L'ÉTERNEL FIANCÉ

Agnès Desarthe

L'ÉTERNEL FIANCÉ

Éditions de l'Olivier

La citation p. 39 est extraite de *La Montagne magique*, de Thomas Mann, traduit de l'allemand par Claire De Oliveira, Fayard, 2016.

ISBN 978-2-7578-9648-8

« Rien n'est mort que ce qui n'existe pas encore
Près du passé luisant demain est incolore
Il est informe aussi près de ce qui parfait
Présente tout ensemble et l'effort et l'effet »

Guillaume Apollinaire
« Cortège », *Alcools*, 1913

La Cité d'or

En rang par deux, les enfants de l'école maternelle se tiennent par la main. Ils vont à la mairie assister au concert de Noël.

Noël, tout le monde sait ce que c'est. Mais un concert ?

Les voilà assis dans la salle des mariages. Au plafond, un énorme lustre à pendants de cristal menace de les écraser si jamais il tombe, songe une petite fille assise juste au-dessous.

Elle a quatre ans. Chez elle, il y a toujours de la musique. Elle est contente d'en entendre. Elle se récite les noms des compositeurs que sa maman et son papa aiment. Il y a Beethoven. Mais maman préfère Brahms. Il y a Schubert que papa adore, mais Lise, la grande sœur, veut toujours du Chopin.

Les mains sous les cuisses, la fillette regarde les musiciens de l'orchestre se mettre en place.

Le chef lève sa baguette. Les maîtresses des différentes écoles du quartier qui accompagnent leurs classes font : « Chut ! Chut ! »

Les enfants se taisent. Ils pensent que le père Noël va peut-être venir. On leur a promis que s'ils étaient sages, c'est ce qui arriverait. La petite fille se fiche du père Noël. Ce qu'elle veut, c'est la musique.

Le chef abaisse la main droite, tout en montant la gauche, et une mélodie, tissée de plusieurs dizaines de voix mêlées, s'élève.

La petite fille en a le souffle coupé.

Le son est si fort. Tout vibre, de ses orteils comprimés dans les chaussures vernies sorties pour l'occasion à ses cils immenses qui lui font un regard triste et doux.

Et puis soudain, comme cédant à un ordre impérieux, le garçon devant elle se retourne pour la regarder. Elle ne l'a jamais vu. Ce n'est pas un élève de la Cité d'or – ainsi s'appelle son école. Qui est cet intrus ? De quelle école vient-il ?

Les cheveux mal coiffés, il la fixe. Une masse mousseuse et déséquilibrée, tout vers la gauche ou tout vers la droite, lui donne un air de travers. Il lui dit qu'il l'aime. Il l'a choisie, elle, entre toutes les filles de la salle, « parce que, explique-t-il, tu as les yeux ronds ».

Comment ose-t-il parler alors que la musique a commencé ?

La petite fille pense que si elle lui répond, ils seront foudroyés. Par les maîtresses, par le chef d'orchestre, par Dieu lui-même.

Elle se tait.

Mais voilà qu'il insiste : « Je t'aime parce que tu as les yeux ronds. »

Ne sachant comment le faire taire, elle rétorque : « Je ne t'aime pas. Parce que tu as les cheveux de travers. »

Le garçon se met à pleurer en silence.

La petite fille est sauvée.

Mais elle songe qu'ils sont à présent fiancés, à cause de la beauté de la musique ; officiellement fiancés, à cause de la salle des mariages.

Des dizaines d'années plus tard, elle considère que ce garçon qu'elle rencontre par hasard, à intervalles réguliers, et qui se rappelle à peine son prénom d'une fois sur l'autre, lui appartient pour toujours.

Comme en musique, elle reprend au début et, à partir de là, le lien se noue. Il lui dit qu'il l'aime, qu'il l'a choisie parce qu'elle a les yeux ronds, et elle lui répond : « Moi aussi, je t'aime, parce que tu as les cheveux de travers », et tout recommence.

PREMIÈRE PARTIE

Les sœurs et leurs parents

J'avais deux sœurs, une mère, un père. Une famille comme une autre. Pourtant, dans mon esprit d'enfant, elle n'était compatible avec aucune de celles qui nous entouraient. Nous appartenions au clan Capulet, quand le reste du monde était Montaigu.

Ma sœur aînée, Lise, m'a confié un jour que c'était l'impression sur terre la mieux partagée. « Du dehors, a-t-elle expliqué de sa voix mélodieuse, les familles paraissent toutes à peu près fonctionnelles, mais du dedans, c'est atroce, on a forcément une tante à barbe, une arrière-cousine mystique, un oncle pédophile, des bègues, des radoteurs, des lâches, des génies, des saintes, des puants, des sportifs compulsifs. »

Ma grande sœur avait raison, sous l'œil du microscope, les cellules cessaient d'être de simples cercles ; à l'intérieur, ça grouillait.

Lise est avocate, spécialisée dans les droits de l'homme. Je crois n'avoir jamais rencontré quelqu'un de plus rationnel. Seulement parfois, quand je la regarde à la dérobée, alors qu'elle argumente ainsi avec quiétude et précision de sa voix qui chante toujours plus qu'elle ne parle, mes yeux s'attardent sur un ourlet défait au bas de sa jupe, un talon étrangement usé, une mèche de cheveux qui a échappé à la teinture. Un détail, quelque chose de superficiel mais qui, je ne sais trop comment, me rappelle l'époque où, avec elle, Dora notre sœur cadette, et mon père, nous essayions de jouer – en réalité il s'agissait plutôt d'un déchiffrage sans cesse renouvelé – le *Quatuor en mi bémol majeur* de Fanny Hensel-Mendelssohn.

C'était Lise l'alto et la meilleure instrumentiste de nous quatre. Nos séances durèrent de mes neuf ans à mes quinze ans. Parfois, nous ne jouions que trois mesures en une heure et demie parce que Lise n'était pas satisfaite. Elle avait un petit mouvement du menton, la mâchoire inférieure qui avançait et la faisait ressembler à un bouledogue. Dès que cette mimique naissait sur son visage, nous savions qu'il était inutile de poursuivre. Mon père était le premier à lever son archet, Dora la dernière, laissant filer une note exaspérante. Comment pouvions-nous être exaspérés par Dora ? Lors de nos premières répétitions, elle n'avait que sept ans et venait de commencer le violoncelle. Incapable d'exécuter l'intégralité de la partition, elle parvenait cependant, parce que c'était un genre de prodige de la lecture musicale, à s'y retrouver et à planter ici ou là un accent décisif.

Nous jouions faux et mal une œuvre qui, comme elle n'avait encore jamais été enregistrée, conservait pour nous une grande partie de son mystère. Malgré notre amateurisme, l'approximation et parfois même la cacophonie, Lise réussissait à établir une gradation entre les bonnes répétitions et les répétitions exécrables. Mon père se pliait à son jugement, lui qui ne se pliait à rien, pas même à l'horaire d'un train. Lise faisait régner sa loi à coups de menton, comme si elle avait été possédée par la conscience de la malheureuse sœur de Felix Mendelssohn. J'aurais voulu lui demander : Connais-tu d'autres familles dans lesquelles un père violoniste autodidacte et ses trois filles – à qui il a transmis les rudiments de la musique avant de passer la main à sa voisine du dessous, Mme Rémi, ancienne flûtiste de l'Orchestre de Paris – se réunissent une à deux fois par semaine dans le minuscule salon où deux des filles dorment dans le canapé-lit, la nuit venue, pour essayer de jouer toujours la même œuvre d'une compositrice parfaitement inconnue ? Je l'aurais aussi interrogée sur Colette, notre tante aveugle qui cousait sans la moindre difficulté des robes de soirée pour ses clientes et prétendait qu'elle avait perdu la vue d'un coup, après avoir embrassé un garçon sur la bouche. Un goy, précisait toujours sa jumelle, Jacqueline, au terme d'un bref silence.

Avant d'entrer au collège, je n'avais jamais eu envie d'être comme tout le monde. Je désirais l'amour de mes parents, la compagnie de mes sœurs, la chaleur rassurante du foyer. Quand nous rations un train parce que mon père était à ce point rétif à toute forme d'autorité qu'il estimait humiliant de se soumettre à la contrainte d'horaires décrétés par la SNCF, je m'asseyais docilement sur ma valise et prenais un des sandwichs que ma mère préparait pour nous faire patienter, tirant de son cabas toutes sortes de débris récoltés dans le frigo en prévision de l'attente : fromage auréolé d'un ravissant duvet de moisissure, saucisson d'âne, restes de salade cuite, morceaux de pain déchirés à la main, rogatons de pâté dont elle grattait, à l'aide de l'Opinel qui ne la quittait jamais, les coins racornis.

Cela ne me semblait pas étrange de grignoter ces rebuts que d'autres auraient jetés à la poubelle, pas plus que je ne considérais comme lassant de devoir passer trois ou cinq heures assise dans les courants d'air d'une gare parce que mon père avait choisi de modifier aux ciseaux à ongles la coupe de sa moustache, de faire un tour au zoo pour aller admirer un émeu mélancolique, ou de rester enfermé dans la voiture jusqu'à la fin d'une retransmission en direct de *La Jeune Fille et la Mort* de Schubert sur l'autoradio.

Je ne pensais pas non plus qu'il convenait de se baigner en maillot et non en sous-vêtements (Quelle différence ? s'agaçait ma mère. L'important, c'est qu'on voie pas les fesses, non ?) et ne remarquais pas les regards pourtant appuyés des vacanciers sur les plages d'été, ou ceux des maîtres nageurs quand nous allions à la piscine durant l'année scolaire ainsi vêtus. Je trouvais nos plaisanteries familiales désopilantes et ne comprenais pas pourquoi les autres, mes camarades de classe, les instituteurs et les institutrices, les connaissances ou même les amis ne s'esclaffaient pas comme nous le faisions systématiquement quand l'un d'entre nous déclarait en écarquillant les yeux face à une assiette pleine de bonnes choses : « Qui va manger tout ça ? »

Nous étions le monde et mon regard demeurait comme myope au reste de l'univers.

Quand j'ai eu onze ans, tout a changé. Était-ce le fait d'une maturité nouvelle chez moi, d'un plus grand nombre d'heures passées hors de la maison, ou simplement que les discussions avaient peu à peu remplacé les jeux aux récréations ? Nous ne sautions plus à la corde, ne franchissions plus les différentes hauteurs de l'élastique qui gravissait deux piliers humains, des chevilles jusqu'aux aisselles, et parfois, pour les concurrents les plus habiles, les plus doués ou les plus grands, jusqu'aux bras levés au-dessus de la tête. Les billes aussi, c'était terminé, et chat perché. Dans la cour du collège, où les platanes avaient remplacé le toboggan, on s'asseyait en tailleur sur le sol bitumé, à trois ou quatre, et on comparait nos goûts : « Qu'est-ce que tu aimes comme musique ? » « Moi, pareil, j'adore », et on devenait encore plus amis. « Quel jean tu vas t'acheter ? » « Oh, t'en as de la chance, moi, ma mère, elle veut pas, elle dit que c'est trop cher. » Je ne connaissais aucune marque de vêtements, je portais ceux que Lise ne pouvait plus mettre parce qu'elle avait grandi. Nous n'allions pas dans les magasins pour constituer les garde-robes de la rentrée ou du printemps, nous récupérions, une à deux fois par an, de grands sacs blanc et rose imprimés pied-de-poule, remplis d'affaires de nos cousins de Grenoble dont le père était fabricant, et cela suffisait.

Nous n'avions pas la télévision et je compris assez vite que certaines émissions qui passaient le samedi soir étaient au cœur des discussions. On parlait de chanteurs, de chanteuses, de groupes. Était-ce de la variété ou de la pop ? Je n'en savais rien. J'ignorais s'il fallait que je fraternise avec les fans de Claude François et de Michel Delpech ou s'il était préférable que je me concentre sur les Doors ou Supertramp dont je lisais les noms en couverture de magazines que mes parents n'achetaient pas et dont j'espionnais le sommaire chez le marchand de journaux. Je croyais que Michel Polnareff était un chanteur russe et Stone et Charden, un couple d'Américains.

Une fille de ma classe m'invita un jour chez elle. Elle s'appelait Delphine Carnac et me proposa de venir goûter pour faire ensemble le devoir d'anglais. Quand Mlle Estèphe, notre professeur, avait demandé qui aimait les langues étrangères, j'avais été la seule à lever le doigt. Delphine Carnac en avait judicieusement conclu que j'étais la plus apte à lui apporter de l'aide pour répondre correctement à des questions comme « What is John doing in the garden ? ».

Après que nous eûmes vidé un paquet de BN, elle décida d'écouter de la musique. « On a tout le temps pour les devoirs. » Elle s'allongea sur la moquette de sa chambre, le menton dans les mains, face à un mange-disque orange et crème et introduisit un 45 tours dans la fente. La chanson s'appelait *C'est la fête*. Je regardai la pochette ornée d'une photo du chanteur, un barbu exalté entouré de gens chevelus en salopette, les bras et les mains grand ouverts, et souriant tous en direction de l'objectif. Aucun adulte dans mon entourage ne portait de salopette. Les messieurs de ma famille avaient un costume pour aller au travail. Quand ils se retrouvaient pour l'apéritif, ils parlaient de leurs soucis. Ils en avaient beaucoup. Des soucis de santé, d'argent. La politique aussi les inquiétait. « On est cuits », avait un soir soupiré Nathan, un cousin de mon père. De nouveau, je contemplai la pochette du 45 tours. Comment peut-on être aussi heureux ? me demandai-je en caressant les visages extatiques des artistes. Mais plutôt que de poser cette question à Delphine Carnac, dont je subodorais qu'elle n'aurait su y répondre, je me contentai de dire : « C'est de la variété ou de la pop ? » Elle haussa les épaules et je sentis – juste prémonition – qu'elle ne m'inviterait plus.

Lise ne paraissait pas rencontrer ce genre d'obstacles. Quand il m'est arrivé, par la suite, de lui parler de cette inadaptation qui, dans mon adolescence, me paralysait et me cantonnait à l'écart des autres, elle rétorquait : « On avait quand même la radio. *Salut les copains*. Le hit-parade… » Cela ne me disait rien. Lorsque j'insistais, elle évoquait des soirées chez la tata de Nogent qui avait la télé et regardait avec ses filles l'émission *Numéro 1* de Maritie et Gilbert Carpentier. Je ne conservais aucun souvenir de ces moments. Peut-être se retrouvaient-ils entre grands, sans Dora ni moi.

Un matin, en quatrième, je décidai d'opérer une révolution vestimentaire : je fouillai dans l'armoire de mes parents pour y subtiliser une vieille chemise de mon père. J'avais observé que les babas cool du collège portaient des liquettes qui descendaient à mi-cuisse par-dessus leurs jeans délavés. Les manches trop longues couvraient leurs doigts ornés de lourdes bagues, leurs paupières croulaient sous le khôl. Je n'avais pas de bagues et ne savais où trouver de quoi me maquiller, mais les manches dépassaient tant de mes mains que l'absence de bijoux serait insoupçonnable ; quant à mes yeux, j'estimai qu'en alourdissant mon regard par en dessous, je parviendrais à donner l'impression qu'ils avaient été soulignés par l'indispensable trait poudreux. J'examinai ma nouvelle silhouette dans le miroir en pied collé à la porte de la salle de bains. Le jean était trop foncé et un peu large en bas, les bottes à semelles de crêpe, autrefois portées par ma mère, n'avaient pas la forme idéale, mais la chemise de mon père rachetait l'ensemble, si longue, si large ; j'étais parfaitement noyée dedans. Je détachai mes cheveux, que j'avais l'habitude de porter en chignon ou en queue-de-cheval, et demeurai un instant fascinée par mon image inédite. Je n'avais pas remarqué, tout à mon extase, le motif à carreaux qualifié de « ringard » par Nathalie Pournèche, dès la récréation de 10 h 15, pas plus que le col raide, comme cartonné, que le seul ami que j'avais, Vincent Melchio, tripota en se moquant gentiment : « C'est une belle petite chemise de banquier que tu t'es trouvée, dis donc. »

Il était hors de question que je confie ces tracas à mes parents ; ils en avaient d'autres, plus sérieux.

Leurs propres parents mouraient. Mais ce n'était pas tout. Depuis mes douze ans, ils se livraient une guerre froide, ma mère dans le rôle du bloc communiste, mon père dans celui du géant américain. Lise tentait de les raisonner. Elle expliquait à mon père qu'il était, au fond, un anarchiste. Elle rappelait à ma mère sa réaction lors de la parution de *L'Archipel du goulag*. « Je ne suis pas du genre à jeter le bébé avec l'eau du bain », répliquait ma mère, et je ne pouvais m'empêcher de rêvasser à cette métaphore, le communisme comme un poupon que maman serrait contre son sein, tandis que les eaux sales du stalinisme ruisselaient tout autour ; mais parfois aussi, c'était Soljenitsyne, le bébé, pataugeant dans les boues troubles de son bain marxiste-léniniste.

Sur les photos collées dans l'album recouvert de similicuir blanc que j'aimais tant feuilleter – *Souvenir du mariage*, lisait-on dans le coin inférieur droit, au-dessus d'un bouquet de fleurs noué par un ruban crème avec de tout petits pompons d'argent que je trouvais d'un raffinement parfait –, ils souriaient. Papa et maman se souriaient l'un à l'autre, main dans la main. Devant la mairie, ma mère, vêtue d'un tailleur blanc à l'aspect satiné, ressemblait à une star de cinéma américain, sourcils peints, bouche pulpeuse rehaussée de rouge (je reconstituais les couleurs sans même m'en rendre compte à partir des clichés noir et blanc), escarpins si pointus qu'on les aurait dit affûtés, cheveux crêpés autour du merveilleux visage, le plus beau que j'eusse jamais vu, si harmonieux que sa contemplation me mettait les larmes aux yeux. Devant la synagogue, en robe longue, sans dentelles, sans décolleté, si sobre qu'elle en devenait provocante, elle souriait aussi, mais d'un autre sourire, indéchiffrable pour moi jusqu'à ce jour.

Quand j'étais enfant, je croyais que tout le monde était juif. Je savais pourtant qu'il y avait des églises (je n'en dirais pas autant des mosquées ou des temples), j'avais entendu parler de Jésus, je constatais que les autres enfants ne buvaient pas de vin, le vendredi soir, et ignoraient l'alliance parfaite du beurre avec le pain azyme ; j'avais, en somme, tous les éléments me permettant de mesurer la différence, ce petit quelque chose que nous avions en moins, en plus, les deux, mais jamais je n'effectuais le calcul.

Si, lors de mon entrée au collège, on m'avait demandé les raisons pour lesquelles je ne me sentais pas comme les autres, la religion n'aurait pas figuré sur la liste.

Souvent, j'ai l'impression de n'avoir aucune mémoire, et cependant, la précision de certains souvenirs m'affole. Certaines images anciennes possèdent une consistance plus ferme, plus sûre que mes journées présentes. Durant mes moments de rêverie, alors que je parcours la ville, la rue disparaît, emportant le trottoir, les oiseaux se taisent, les arbres s'abattent, les voitures sont englouties par le caniveau. Ma mémoire n'établit pas les justes hiérarchies entre les choses, pas plus qu'entre les événements. Le passé m'apparaît comme un livre dont certaines pages demeurent collées entre elles, m'interdisant l'accès au texte, tandis que d'autres, détachées à la pliure du volume, se séparent d'elles-mêmes sans que je le veuille.

Je referme la partie consacrée à la maternelle, je saute la primaire, j'en termine avec le collège, et je rouvre le livre au chapitre suivant.

Les frères

Face à la fresque monumentale qui orne le hall du rez-de-chaussée, un élève se tient, immobile, parmi les flots de secondes, de premières et de terminales qui se croisent, se saluent, s'invectivent. Il fait chaud comme en plein été. On est le 9 septembre, il est 14 heures et c'est la rentrée.

Le garçon, sac sur l'épaule, fronce les sourcils tout en remuant vaguement les doigts, comme s'il cherchait à dénombrer les personnages qui se démènent, figés pourtant sur le mur par le peintre. La fresque mesure quatre mètres sur quinze environ et représente des femmes et des hommes à la peau gris éléphant vêtus de hardes et qui fuient, les yeux affolés, ou se ruent en avant, le regard furieux (ce sont les mêmes dont il s'agit, il n'y a qu'un groupe, mais deux interprétations possibles), sur un fond de forêt vert sapin. L'ensemble évoque des monuments que j'ai pu voir à Moscou lors d'un voyage scolaire en classe de troisième, et plus particulièrement le jour où mon arrière-cousine, ancien capitaine de l'Armée rouge, m'avait servi de guide ; mais d'autres personnes, plus cultivées que je ne l'étais, auraient pu songer aux *Deux femmes courant sur la plage* de Pablo Picasso.

Le garçon se concentre sur la peinture. Il l'étudie. Il arrivera en retard en cours, certaines informations précieuses concernant l'emploi du temps, les salles et les noms des professeurs lui échapperont, peu importe, il est intensément contemplatif. Je le regarde regarder et c'est alors que je le reconnais. Ses cheveux ne sont plus de travers. Mais sa capacité d'observation est inaltérée. De la même façon qu'il a distingué mes yeux ronds autrefois (entre toutes les filles de la salle des mariages), il note que le vent qui agite les jupons des femmes semble souffler en sens inverse de celui qui fait flotter les drapeaux hissés au sommet des lances tenues par les hommes. Ses cheveux sont bien coupés à présent. À peine ondulés, ils encadrent son visage comme les boucles de marbre des statues de Michel-Ange. Ses yeux n'ont pas changé, d'un vert bronze, ourlés de cils drus. Son nez occupe trop d'espace. Son regard est inquiet, son corps hésite à déployer la longueur de ses bras, de ses jambes, comme s'il n'avait pas encore pris la juste mesure de ses nouvelles proportions.

Quand il arrive en seconde au lycée Gustave Courbet, il n'est encore que le petit frère. Pour l'instant, c'est son aîné qui capte la lumière. Martin réussit tout. Il a les filles, il a les notes. Dans l'ombre qu'il projette, il est impossible de discerner l'ébauche qui cligne des yeux et se penche pour avoir l'air moins grand, s'assied au fond de la classe et se ronge un ongle patiemment, comme s'il attendait de devenir lui-même, épaule contre la fenêtre, front moite. Seuls ses pantalons légèrement trop courts peuvent laisser soupçonner la métamorphose imminente. Il se nomme Étienne, mais quand on parle de lui, on l'appelle « le frère de Martin ».

Une rumeur entoure les frères Charvet. On dit « les frères » pour ne pas prononcer le prénom qui fait rougir, ne pas trahir l'émotion qu'il fait naître. Étienne joue, pour les élèves comme pour les professeurs, le rôle d'excipient. Il permet au poison diffusé par Martin de circuler parmi les uns et les autres sans tuer personne. Il dilue la perfection. On déclare « les frères Charvet sont imbattables au basket », mais lors des matchs, c'est Martin qu'on regarde courir, ce sont ses épaules qu'on rêve de caresser. Il s'élève dans les airs pour marquer un panier, et les souffles se suspendent aux semelles de ses chaussures. Ses tenues de sport sont savamment éculées, tandis que celles d'Étienne, qui met encore un soin enfantin à plier ses affaires et à renouveler son matériel, témoignent d'une volonté de bien faire qui nuit à son charme.

Je me souviens que quand on lui posait une question, à cette époque de sa vie, Étienne aspirait entièrement ses lèvres et plissait les paupières. L'effort de concentration paraissait le même que l'on évoquât le menu de la cantine, la signification exacte du mot analepse, l'attente entre deux bus ou le théorème de Pythagore. Le temps qu'il mettait à répondre décourageait la plupart d'entre nous. Pas moi. Au contraire. J'inventais n'importe quoi pour assister au spectacle de ce visage qui semblait s'absorber lui-même. Je ne me lassais pas de le voir s'enfouir dans la réflexion. Lorsqu'il finissait par ouvrir la bouche, il prenait une inspiration profonde qui laissait prévoir un long discours, alors que, le plus souvent, il répondait d'un mot ou de trois (spaghettis, je sais pas, 7 minutes, heueueu).

Certains élèves attirent les autres. Qu'ils aient un caractère détestable, des manies, une voix agaçante compte peu, car l'engouement est inexplicable. Il émane d'eux une lumière particulière qui donne envie de les côtoyer.

Martin est l'élu entre les élus. Si lundi son Walkman diffuse une chanson des Clash, mardi les pics se hérissent sur les crânes, si mercredi il apporte une cassette des Sex Pistols, on ne jure plus que par Johnny Rotten, mais dès le jeudi, las des punks, il débarque au lycée avec un tee-shirt à l'effigie d'Alan Parsons Project. Tout est à refaire. On peine à suivre, et se développe autour de lui une animation mêlée de panique, du genre de celle qu'on imagine autour du faux prophète Sabbataï Tsevi. S'il sort avec Katya qui a de longs cheveux raides et bruns, toutes les filles de la seconde à la terminale s'empressent de se lisser les cheveux et de les teindre si nécessaire. Mais voilà qu'il jette son dévolu sur Viviane qui est rousse et frisée. Le samedi qui suit, le salon de coiffure, au deuxième niveau du centre commercial Planète 2000, ne désemplit pas et permanente une trentaine d'adolescentes. Les moins chanceuses emprunteront les bigoudis de maman et, lundi matin, Martin aura quitté Viviane pour Laurence dont la coupe au bol fera grincer des dents un troupeau de Shirley Temple en grand deuil.

Martin est en première, mais comme j'étais déjà à Gustave Courbet au collège, je l'ai remarqué dès la troisième, au moment où il est entré au lycée. De son côté, il ne sait pas qui je suis. Les premières ne parlent pas aux secondes, savent à peine qu'elles existent.

J'aurais pu m'attendre à voir arriver Étienne à la suite de son aîné. Dix-huit mois de moins et une classe de différence. J'aurais pu m'y préparer. Mais comment aurais-je pu savoir qu'ils étaient frères ? J'ignorais tout du garçon aux cheveux de travers qui m'avait déclaré son amour, dix ans plus tôt dans la salle des mariages, absolument tout, jusqu'à son nom. Nous habitions à moins de cinq cents mètres à vol d'oiseau l'un de l'autre, mais cette distance qu'un pigeon aurait franchie en quelques secondes, nos jambes ne la parcouraient jamais. Le boulevard qui nous séparait constituait une des nombreuses frontières invisibles de la carte scolaire ; nous n'avions fréquenté ni la même école élémentaire, ni le même collège. Ainsi, nous aurions pu, tout en étant voisins, ne jamais nous revoir.

Durant un temps, tout en gardant un œil sur Étienne, Étienne que personne ne regarde, je me laisse entraîner dans le tourbillon des adoratrices de Martin. Je ne vais pas jusqu'à changer de coiffure et encore moins jusqu'à écouter les musiques qui le font sauter sur place, n'importe où, n'importe quand, au milieu d'un couloir, au fond d'une salle de classe, et qui, parce qu'il a eu la glorieuse idée de mettre un tee-shirt légèrement trop court, dévoilent son nombril, sa taille étroite et le début de ses côtes dès qu'il accompagne ses soubresauts de grands gestes, les bras levés vers le ciel N'importe quel autre garçon à sa place aurait l'air idiot, se ferait punir. Martin échappe à tout cela. Il est naturellement élégant, et sa moyenne générale de 18,5/20 lui procure une immunité universelle. Tout en étant captive de son champ d'attraction, je pense rarement à lui. Il m'arrive, cependant, de frissonner parce que j'ai cru sentir une onde plus forte qu'à l'ordinaire. Au moment où nous nous sommes croisés devant les salles de physique, il s'est penché un instant vers Aga (qui s'appelle en réalité Agamemnon, mais qui voudrait prononcer un prénom pareil ? Quant à le porter…), son meilleur ami, pour lui murmurer quelque chose à l'oreille en me regardant.

Les premières ne parlent pas aux secondes, mais cela ne les empêche pas de sortir avec, et parfois de coucher avec, sans un mot, vraiment pas une seule parole, ou uniquement : « Tu prends la pilule ? » Les secondes approuvent cette pratique. Elles veulent montrer leurs seins tout neufs. Elles s'en fichent de souffrir. Elles sont intrépides comme personne.

Quand je dis « les secondes », je ne parle pas de moi. J'ignore où en sont mes hormones. Je vois apparaître et disparaître des boutons sur mon menton, le bord de mes lèvres, les tempes, le milieu de mon front. Je ne souffre d'aucune douleur de règles, et c'est une chance que je n'apprécie pas à sa juste valeur tant l'aversion que j'éprouve pour ce phénomène me sidère. J'ai les cheveux rapidement gras et des cernes nouveaux. Je ne suis pas défigurée pour autant ; un léger retard dans ma puberté me conserve une espèce d'indétermination enfantine. Je frémis en pensant qu'à mon âge, je pourrais déjà avoir une énorme poitrine comme Isaura Duchamp ou de larges fesses comme Véronique Vérité. Je suis innocente, à ma manière. Je sais tout, je connais les mots, je n'ignore rien des endroits où les couples se cachent à l'interclasse pour faire l'amour (mais on ne dit pas comme ça, on dit « le faire »), seulement je ne suis pas pratiquante. Avec Vincent Melchio, nous nous sommes embrassés sur la bouche une fois, pour voir, pour se rendre mutuellement service. J'ai trouvé que sa salive avait un goût déroutant de saumure à l'aneth. Nous n'avons ni l'un ni l'autre eu envie de recommencer.

Je rêve de l'amour de façon très abstraite, la plupart du temps en écoutant de la musique. Les montées chromatiques et les modulations me font de l'effet. Les os de mon crâne s'écartent, mon sternum se soulève, j'ai le souffle court et les paupières brûlantes. Mon amant s'appelle Jean-Sébastien Bach.

Quand, devant les salles de physique, Martin s'est penché vers Aga, en jetant un bref regard sur moi, j'ai ressenti quelque chose qui m'a évoqué un certain passage du concerto pour hautbois et violon, aux deux tiers de l'*allegro*. J'ai détourné les yeux, satisfaite.

Une émotion de ce genre pouvait me durer des semaines. Rentrée chez nous, je posais un disque sur la platine, je m'allongeais par terre, au pied du canapé dans lequel je dormais avec Dora, et je me laissais emporter par les cordes. Les coups d'archet faisaient battre mon corps, je perdais presque conscience et je priais pour que personne ne vînt interrompre ma transe. Mon père, qui travaillait comme ciseleur dans l'orfèvrerie où il avait été embauché en tant que commis à dix-sept ans, ne rentrerait pas avant dix-neuf heures, ma mère, qui avait récemment trouvé un emploi de secrétaire médicale chez notre dentiste, serait à la maison encore plus tard, mais Dora ou Lise pouvaient surgir à n'importe quel moment. J'étais prête à bondir pour me percher sur le sofa, mine de rien. Un cahier et un crayon m'y attendaient, accessoires indispensables pour avoir l'air d'une musicologue en herbe prenant des notes à propos de notes. Je n'avais aucune idée qu'une vocation naissait ainsi.

Si j'étais restée plus longtemps en seconde, l'adolescence m'aurait engloutie. J'aurais rejoint le troupeau haletant des jeunes filles acharnées à jouir de tout, de tous et de toutes. J'aurais couché avec Martin. J'aurais séduit Étienne de nouveau, je lui aurais fait les yeux ronds, il se serait souvenu, il aurait été frappé par l'écho du coup de foudre originel, je lui aurais dit que j'adorais ses cheveux sculptés par Michel-Ange, nous aurions réparé nos fiançailles brisées, je serais devenue une belle jeune fille, heureuse et comblée, comme dans un conte de fées. Mais j'ai dû quitter le lycée.

Une déviation

Un mardi matin, je n'ai pas pu me lever. J'avais l'impression qu'un liquide bouillant, plus lourd et plus dense que mon sang, circulait dans mes veines et que chacun de mes os désirait lacérer les muscles et la peau, comme attirés par un aimant situé à l'extérieur de mon corps, pour quitter l'enveloppe. Je ne parvenais pas à soulever les paupières ; ma mâchoire elle aussi semblait verrouillée. Je voulais appeler, mais aucun son ne sortait de ma bouche. Autour de moi, l'agitation matinale régnait. Dora était déjà debout et enfilait son collant avec des airs d'échassier. Ma mère contournait le canapé pour disposer les tasses et les cuillères. Mon père passait et repassait, un blaireau à la main, le visage barbouillé de mousse à raser, pour surveiller le café qui glougloutait dans la cafetière italienne. Lise coiffait ses longs cheveux en relisant une leçon, sans prêter attention aux ordres que lui donnait ma mère afin d'accélérer la mise en place du petit déjeuner. La pénombre était maintenue par les doubles rideaux que personne n'avait pris le temps d'ouvrir (Lise a toujours possédé une remarquable capacité à lire dans le noir). Le moindre bruit – une chaise repoussée, un genou qui cogne contre l'accoudoir, un verre que l'on pose sur une console en porcelaine, le cliquetis des manches de brosses à dents, le fond d'une casserole qui heurte les croisillons de la gazinière, un livre que l'on glisse dans un cartable – provoquait chez moi une déflagration susceptible de pulvériser mon cerveau. J'ai voulu toucher mon visage parce que j'avais l'impression que mon nez avait disparu et que mes joues avaient triplé de volume. Je n'ai pas pu lever le bras.

Enfin, Dora a tiré un rideau et allumé la lumière du salon dans un même geste. C'était le signal indiquant qu'il était temps de se lever ; on allait replier le canapé pour agrandir la table et y poser les biscottes. Il faudra le replier sur moi, ai-je pensé.

Il y a eu un cri. Puis plusieurs exclamations. J'aurais voulu me boucher les oreilles tant leur stridence me vrillait les tympans. Impossible. D'autres mains que les miennes se sont portées à mon front. Il était brûlant.

Ma mère a dit : « C'est pas vrai ? C'est pas vrai ? C'est pas vrai ? »

Personne n'a répondu à la question.

Mon père a dit ; « Appelez la police. »

Lise a dit : « Pas la police, les pompiers. »

Mon père a dit : « Oui, évidemment, les pompiers, c'est ce que j'ai dit. »

Ma mère a dit : « Dora ! »

Dora n'a rien dit.

Ma mère a dit : « Lise ! »

Lise a dit : « Quoi ? »

Ma mère a dit : « Apelle les pompiers ! »

Mon père a dit : « Lise, ta mère te demande d'appeler les pompiers. »

J'ai fermé mes oreilles de l'intérieur. J'ai pensé que j'étais capable d'accomplir ce prodige grâce à l'épaisseur nouvelle de mes fluides corporels. J'ai vraiment formulé cette pensée avant de disparaître de l'appartement. Mes parents et mes sœurs me voyaient, bien sûr. Ils posaient un gant de toilette frais sur mon front, me relevaient les pieds, accomplissaient toutes sortes de rituels pour patienter jusqu'à l'arrivée des secours.

Les pompiers sont entrés chez nous, ils ont tâté mon pouls, pris ma tension. Ils ont dit : « Non, madame, elle n'est pas morte. » Ils ont dit : « Non, monsieur, je viens de le dire à votre femme, votre fille n'est pas morte. » Ma famille et les pompiers me voyaient, ils me touchaient, mais moi, je n'étais plus là. J'avais disparu. Je ne les entendais pas. En me réveillant à l'hôpital, je me suis pourtant rappelé toutes les paroles qui avaient été prononcées. Dans le camion, un pompier avait confié à son collègue muet : « C'est comme au Loto. Quand tu joues, faut y croire. Sinon, ça marche pas. »

J'avais cette phrase en tête quand je suis apparue de nouveau. Mes paupières étaient gonflées, si bien que je ne distinguais pas ce qui m'entourait. Je sentais l'odeur du drap qui recouvrait le plastique du brancard. On en avait aussi étendu un sur mon corps. Un autre drap. Je me suis dit que les deux avaient la même odeur. Une odeur de médicament, ai-je conclu, déçue par ma faible faculté d'analyse.

La fille de nos anciens voisins, à l'époque où nous habitions rue Gustave Mesureur, avait contracté une encéphalopathie à la fin de l'adolescence. Mes parents avaient déclaré, sans manifester suffisamment de compassion à mon avis : « Elle va devenir un légume et puis elle va mourir. » J'avais quatre ans et j'avais essayé d'imaginer une courgette de la taille de Paula, la fille de nos voisins. Puis la même courgette, morte.

Tandis que le brancard roulait sous le firmament bleu d'un plafond écaillé – bruit mat et suave de la gomme des pneus sur le lino ciré du couloir –, j'ai songé qu'il m'arrivait la même chose. Je sentais mes capacités intellectuelles me quitter. J'allais devenir un légume et puis mourir. Le mot « légume » lui-même se délitait. Il devenait « les », puis « gumes ». Qu'était-ce donc que ces « gumes » ? Je ne pensais plus. Les éléments autrefois ordonnés sans que j'aie besoin d'y prendre garde, cellules, tendons, muscles, neurones, ces milliers de composants qui communiquaient les uns avec les autres sans mon intervention s'étaient brutalement mués en « gumes » identiques, anonymes et chaotiques. L'envers était l'endroit, le haut ne reconnaissait plus le bas, le poids d'un orteil était semblable à celui d'un bras. De la corrélation indiscutable entre l'influx né du cerveau et le geste accompli par le corps, il ne restait rien. Divers liquides s'écoulaient dans et hors de mon corps, au hasard. Mes reins étaient remontés sous mes clavicules, mon foie gisait sous la plante d'un pied. Des organes que je n'avais jamais vus, dont je n'aurais su définir l'emplacement, la fonction, pas plus que la couleur, se présentaient à ce que j'aurais autrefois appelé ma conscience, mais qui n'était plus qu'un « gume » parmi d'autres, pour se craqueler, suinter ou couler. Parfois, ma peau touchait ma peau et le contact m'irritait comme si chaque surface avait produit une bave acide. Je me digérais moi-même, aussi impuissante que lorsqu'on se retrouve englué dans l'épaisseur d'un cauchemar.

Des voix intermittentes me parvenaient. J'aurais voulu les retenir. J'aurais voulu y répondre. J'aurais aimé qu'elles insistent. Je les voyais comme un noyé distingue les dragues qui fouillent les grands fonds à sa recherche et le ratent de quelques centimètres. Je les voyais sans yeux, parfaitement aveugle, comme le sont les cadavres. Les voix disaient : « Combien de temps ? » « Pardon, pardon. » Elles disaient : « Quinze millilitres. » « Vous êtes sûr ? » « Toxique. » Elles répétaient : « Toxique. Toxique. Toxique. » Et parmi ces bribes insensées, soudain : « J'ai apporté son pyjama. » Je m'accrochais à cette phrase, sans vigueur en moi pour maintenir l'étau nécessaire. Maman gume phrase pyjama pyjamaman gume j'ai appor non reviens encore gume gume gume poussez-vous laissez-moi voir le pyja gume elle va devenir un pyjama et elle va mourir.

Quand j'ai pu rouvrir les yeux pour de bon, il n'y avait personne dans la pièce où je me trouvais. Les murs étaient jaunes et j'ai longuement pensé à ce mot « jaune » qui me paraissait approprié, ainsi qu'au plaisir que me procurait l'adhésion d'un adjectif à une surface. « Adjectif », ai-je tenté d'articuler. Un épais tube en caoutchouc occupait tout l'espace de ma bouche et m'empêchait de remuer mes lèvres gercées. Elles étaient si sèches qu'elles semblaient ne plus m'appartenir. Ne restait que leur nom : « lèvres ». Elles avaient perdu la mobilité, la souplesse. Mais le mot « lèvres » qui les désignait miraculeusement – comme si, dans cette correspondance entre le terme et la chose, résidait le langage entier, depuis son invention jusqu'à sa disparition – leur rendait la vie.

Certaines machines autour du lit produisaient des sons. D'autres demeuraient silencieuses. Des poches en plastique accrochées à des potences, posées en équilibre sur… Impossible de savoir car mon champ de vision était réduit et, sans que je puisse comprendre pourquoi, j'étais incapable de tourner la tête… Ces poches étaient emplies de liquides, rouge, transparent, jaune. Jaune, me suis-je dit de nouveau. Jaune est le mur. Jaune est le liquide. Jaune le soleil par la fenêtre, ai-je pensé, en notant que l'astre n'était jamais vraiment jaune, mais plutôt blanc, quand il n'était pas orange ou rouge. Un légume peut-il penser ? Un légume est-il capable d'analyser les couleurs ? Sans doute, ai-je souri. Les croûtes de mes lèvres sèches se sont ouvertes et du sang a coulé sur mon menton. Je n'étais pas devenue un légume. Je n'allais pas mourir.

« Elle saigne. Elle crache du sang. Elle va s'étouffer. »

« Je t'ai apporté un livre, me dit Dora. Je l'ai acheté avec mon argent de poche », précise-t-elle.

Ma mère, qui se tient debout à côté d'elle, fronce les sourcils. Je n'ai plus de tube dans la bouche, à présent. Je peux parler normalement. Je ne peux pas encore m'alimenter seule, et divers réceptacles, que je cache frénétiquement contre l'avis des infirmières qui rient de ma honte et prononcent le mot « selles » et le mot « urine » d'une voix forte, sur un ton quasi triomphal, recueillent tout ce qui s'échappe de moi, ou presque. Il m'arrive de bénir ma sueur, sa transparence, son fumet trop faible pour surmonter les effluves de détergent mêlés d'un fantôme de soupe, l'odeur de l'hôpital.

« Maman, tu veux bien sortir, s'il te plaît ? »

Ma mère m'adresse un bref sourire un peu sec. Elle a pris l'habitude de m'obéir et ce renversement des rôles ne l'enchante pas. Je sais que ce n'est pas par crainte que son autorité s'en trouve bafouée à jamais. Je connais exactement la raison pour laquelle elle éprouve une pointe de douleur quand elle se voit contrainte d'exécuter mes ordres. Cette nouvelle donne lui rappelle que j'ai failli mourir. Elle a horreur de s'en souvenir.

« C'est la libraire qui me l'a conseillé », dit Dora en me tendant un énorme volume que je peine à tenir. Je n'aurai pas la force de le porter, je le sais et Dora aussi le sait. Elle le reprend presque aussitôt.

« C'est moi qui te le lirai. À voix haute.
– Comment ça s'appelle ?
– *La Montagne magique.*
– Qu'est-ce que tu as dit à la libraire ?
– Que tu étais malade à l'hôpital.
– Et ça parle de quoi ?
– De gens malades à l'hôpital.
– Tu es sûre ? Le titre, on dirait plutôt celui d'un conte de fées. Tu ne t'es pas trompée ?
– Non, regarde, c'est écrit derrière.
– C'était cher ?
– Oui, très cher. Mais c'est vraiment celui-là que je voulais. C'est moi qui l'ai choisi. La libraire n'était pas d'accord.
– Vas-y, commence.
– "Chapitre premier – Arrivée. Un jeune homme simple quitta sa ville natale de Hambourg, au plus fort de l'été, pour se rendre à Davos, dans le canton des Grisons. Il partait pour trois semaines, en visite.
"Or, de Hambourg jusque là-haut, le voyage est long et, à vrai dire, il l'est même trop, pour un séjour si bref..."
– Ça a l'air bien. Je sens qu'il va y avoir du suspense. »
Dora n'aime pas lire, ce qui désespère mes parents. Pour l'encourager dans ses efforts, nous lui disons, les uns et les autres, au moment de lui conseiller un livre : « Tu verras, il y a beaucoup de suspense. »
« Oui », dit Dora et, le menton tout tremblant, elle ajoute : « En fait, je ne l'ai pas choisi à cause de l'histoire.
– C'est maman qui a eu l'idée ?
– Non.
– Papa ?

– Non.
– Lise ?
– Non.
– Alors c'est la libraire, finalement ?
– C'est moi, mais pas à cause de l'histoire, précise de nouveau Dora. J'ai pris le plus gros livre qu'il y avait. »

Et elle se met à pleurer sans bruit. Elle me regarde. Elle regarde le livre. Elle me regarde. Par je ne sais quel sortilège, elle a relié la longueur du roman à celle de mes jours. Je ne pense pas qu'elle en soit consciente. Je pense aussi que je suis la seule à ne pas m'être vue mourante, intubée, inanimée. Contrairement à mes parents, à mes sœurs, je ne suis pas rentrée à la maison le soir venu en songeant à l'autre, la malade, celle qui est à l'hôpital, qui ne parle plus, ne marche plus, ne mange plus, ne se douche plus, ne va plus aux toilettes, ne pleure plus, ne rit plus. Celle qui ne fait que respirer et qui peut, caprice ou fatigue, décider d'arrêter.

Je n'ai pas eu, comme eux, à accomplir les tâches du quotidien en songeant qu'à la même seconde, l'autre, la malade a peut-être cessé de vivre. Je n'ai pas eu à trouver la force de dire « bonjour, oui ça va et vous ? » vingt fois par jour à des gens qui ne se doutent de rien, et à d'autres qui savent, mais aux yeux desquels on ne veut rien laisser paraître. Il faudrait que je demande pardon, mais je sais que c'est impossible. Le mal est fait. J'aimerais, comme en musique, pouvoir tout reprendre à partir du début.

Quand je sors de l'hôpital, nous abandonnons le quatuor de Fanny Hensel-Mendelssohn. Lise est passée à autre chose. Elle a rangé son alto. Elle ne pense qu'aux garçons, soupire mon père. Dora s'est mise au piano. À la rentrée suivante, on n'a plus besoin de déplier le canapé. Lise est pensionnaire dans un lycée à trois heures de chez nous. Fidèle à la tradition familiale, elle rate souvent le train qui devrait lui permettre de rentrer le week-end à la maison. Je dors dans sa chambre et Dora occupe seule le sofa. Elle pose un drap sur les coussins. Plus jamais les ressorts du convertible ne grincent. Leur couinement me manque davantage que ma sœur aînée ne me manque. Je regrette le temps où tout semblait devoir durer éternellement. Quand je sors de l'hôpital, l'enfance a pris fin et j'ai l'impression que c'est à cause de moi.

Antonia

Les cours par correspondance que j'avais suivis à partir du mois de février ne m'avaient pas permis de passer en première. Je redoublais ma seconde. Mes parents n'avaient pas fait appel. Le retard que j'avais tenté de rattraper me rattrapait à son tour.

Enfant, lorsque nous roulions sur l'autoroute, depuis ma place au milieu de la banquette arrière, je levais systématiquement les yeux au moment de passer sous un pont. J'espérais apercevoir un piéton, arrêté là, les mains sur la rambarde, immobile, fasciné par le serpent ininterrompu des voitures. Depuis mon séjour à l'hôpital, quelle que soit la situation, j'étais ce bonhomme sur le pont en travers de l'autoroute, ce personnage indéfini, anonyme et patient, qui regarde des inconnus se propulser d'un endroit vers un autre. Comme lui, j'étais placide et indifférente. Comme lui, je n'avais rien d'autre à faire que contempler. Les seuls moments où je percevais une forme de continuité entre ma vie d'avant et la nouvelle étaient ceux que je consacrais à la musique.

J'ai quitté Mme Rémi et, sur les conseils de Marlène Siamois, le professeur d'éducation musicale de Gustave Courbet, j'ai commencé à prendre des cours avec Zoraya Peerlnashty. Au début, tout ce que cette femme disait se résumait à quelques mots : « Eh ben, c'est pas brillant

brillant. » Et, j'ignore pourquoi, ces paroles avaient vertu de baume. Chaque semaine, plusieurs fois par leçon, Zoraya soupirait : « Eh ben, c'est pas brillant brillant », et mon cœur s'en trouvait parfaitement apaisé.

Vers le mois d'octobre, Mme Peerlnashty m'a conseillé d'intégrer l'orchestre du lycée.

« Pourquoi ne l'avez-vous pas fait plus tôt ? Vous fréquentez pourtant cet établissement depuis la sixième. Marlène Siamois est un chef exceptionnel. Quel temps perdu. Eh ben, c'est pas brillant brillant.

– Je jouais en quatuor avec mon père et mes sœurs », ai-je dit pour me justifier, à mon propre étonnement, car je ne répliquais jamais face à mon professeur. On ne converse pas avec la Pythie.

« Et votre mère ? a-t-elle demandé en retour. Que faisait-elle, pendant ce temps-là, votre mère ? »

Ma mère rangeait des pots en plastique ayant contenu du fromage blanc dans des boîtes en plastique ayant contenu des couverts à salade. Elle roulait en boule des sacs en plastique, blancs pour la plupart, qu'elle fourrait ensuite dans un sac rose qui, une fois rempli, rejoignait d'autres sacs roses dans le bas d'un placard tapissé de sachets en papier. Ma mère récupérait les pochettes destinées à recueillir les serviettes hygiéniques usagées et les conservait dans une ancienne trousse d'écolier pour qu'elles puissent servir d'emballage lors des pique-niques improvisés à la gare. Ma mère recousait des élastiques à la taille et aux cuisses afin de ressusciter des culottes trépassées. Elle mettait des pièces aux genoux, aux coudes, faisait tremper du pain sec, récupérait des boîtes de conserve pour en faire des vases déplorables dans lesquels on plongeait rarement des fleurs.

Mme Peerlnashty et moi avons échangé un regard et j'ai eu l'impression qu'elle lisait dans mes pensées, qu'elle voyait tous ces gestes inutiles accomplis par ma mère, ses manies misérables de femme qui n'a pas le temps de s'asseoir dans un fauteuil pour écouter de la musique sans rien faire, encore moins de s'asseoir sur une chaise pour jouer d'un instrument.

« Ma mère, ai-je dit, nous écoutait. »

J'ai pris mon violon et la leçon a commencé.

« Cessez de lever l'épaule, a ordonné Zoraya. Ne baissez pas non plus le menton. Votre violon ne va pas tomber. Il est posé là, et là, a-t-elle précisé en touchant du bout de son doigt toujours parfaitement léger, parfaitement habile, le haut de mon bras à l'endroit où l'instrument rencontrait ma poitrine et la base de ma paume. Avez-vous déjà tenu un chat dans vos bras ? Non ? Eh ben, c'est pas brillant brillant. »

C'est à l'orchestre que j'ai revu Étienne. Comme il était passé en première, nos chemins avaient encore moins de chances de se croiser. Non, ce n'est pas cela. J'invente. Je ne l'avais pas vu avant parce que je ne voyais plus rien. Dans une hébétude dont mon cerveau engourdi ne parvenait pas à sortir, je recevais les images sans les trier, sans ressentir d'émotion. Le coma dans lequel j'avais séjourné plusieurs mois ne s'était pas entièrement dissipé. Il formait un brouillard. J'aimais cette sensation. L'impression d'être coupée du monde, mais d'en être aussi protégée. Mes parents ne s'entendaient plus. Ils s'affrontaient, carambolages entre deux cargaisons de reproches. Mon père faisait du bruit en avalant sa soupe. Ma mère ne disait jamais vraiment ce qu'elle pensait. Mon père oubliait de refermer les portes des placards et des armoires. Ma mère était incapable de jeter quoi que ce soit. Lassés l'un de l'autre, ils ne semblaient jamais fatigués de se battre. Tu as gâché ma vie. Je serais davantage moi-même si je ne t'avais pas connu/e, si je ne t'avais pas subi/e. L'ouate qui m'entourait me permettait d'interrompre la joute où et quand je le voulais. Il m'arrivait de songer que mes sœurs et moi étions les maladies plutôt que les filles de nos parents, trois maladies. C'était un songe fugace, presque aussitôt écrasé par la densité de mon égarement.

L'orchestre me faisait l'effet inverse. Pour la première fois depuis longtemps, je retrouvais l'acuité et j'étais capable de m'en réjouir. Nous étions entre soixante-dix et quatre-vingts élèves, de la sixième à la terminale. Certains d'entre nous étaient déjà virtuoses, d'autres ne le seraient jamais. Les débutants côtoyaient les prodiges. Les arrangements concoctés par Marlène Siamois en tenaient compte. Notre professeur de musique savait très exactement de quoi nous étions capables, aussi bien en tant que groupe qu'en tant qu'individus.

La première répétition à laquelle j'ai participé a eu lieu vers la fin du mois d'octobre. J'avais manqué les cinq précédentes. Je ne sais plus par quelle pièce nous avons attaqué. J'aimerais m'en souvenir, je devrais pouvoir la retrouver, mais il ne me reste de ces premiers instants que la sensation, celle d'être seule et d'être tous, moi dans les autres et les autres en moi. La sensation d'un tissage dont j'aurais été simultanément le fil et la trame. J'entendais toutes les voix, étonnée de les distinguer si clairement, et pas seulement celles des hautbois, si poignantes, si contenues, ou celles des flûtes traversières, qui m'évoquaient toujours la forêt, les roseaux, le vent, je discernais également le basson, la timbale, le trombone, les quatre notes qu'exécutait d'un souffle hésitant une petite de sixième agrippée à sa flûte à bec alto.

L'orchestre du lycée Gustave Courbet était pléthorique et déséquilibré, on pouvait y jouer de l'accordéon, du saxophone ou des congas. C'était le lieu où respiraient d'un même souffle des adolescents qui auraient refusé de s'asseoir à la même table de cantine. Secondes aux oreilles ornées d'épingles à nourrice et cinquièmes en kilt et mocassins. Cancres et premiers de la classe, partageant le même pupitre, se prêtaient un crayon à papier, indiquaient la mesure où il était convenu de reprendre. Et puis Étienne, tout à fait à l'arrière, debout sur un banc, au milieu des percussionnistes, tenant à la main une espèce de râpe à fromage et un peigne en métal, réinterprétation du güiro cubain. Je l'entendais, lui aussi, gratter son instrument, et je le trouvais changé. Encore changé.

Ce n'est pas lui qui est différent, me suis-je dit. C'est autour de lui que cela se passe. C'est plus large et plus lumineux qu'une auréole. Il est arrivé quelque chose pendant mon séjour à l'hôpital, ai-je pensé.

Ce soir-là, j'ai téléphoné à Vincent, mon ami Vincent, celui que j'appelais « Toi-le-frère-que-je-n'ai-jamais-eu » en utilisant une mèche de cheveux pour me dessiner barbe et moustache afin de parodier Maxime Leforestier. Sa mère a décroché. Elle a demandé de mes nouvelles, m'a dit « je suis si contente, si contente », avant de crier dans le couloir que je connaissais parfaitement et me représentai aussitôt, avec sa moquette bleu roi et ses murs tendus de papier japon : « Vin-cent ! » En entendant Mme Melchio s'époumoner à travers le grand appartement qui abritait aussi son cabinet de pédicure, je me suis rendu compte que j'avais négligé mon ami. Quand il était venu me voir à l'hôpital, je l'avais prié de ne plus me rendre visite. Il m'avait apporté un cadeau enveloppé dans un joli papier aux reflets moirés.

Je ne l'avais pas ouvert. (Le foulard qu'il contenait, je le porte encore aujourd'hui, presque quarante ans après.) J'en voulais à Vincent de ne pas être amoureux de moi et je lui en voulais encore davantage de ne m'inspirer aucun amour. J'estimais que durant cette période, des sentiments de ce genre m'auraient été plus secourables que ceux que l'on partage avec un ami. Je me trompais.

Il a dit : « Allô ? »

J'ai dit : « Allô, c'est moi.

– Oui, je sais.

– Ça va ?

– Ouais. Et toi ?

– Ça va. »

Nous n'y arriverions pas. C'était terminé entre nous. Une cassure plus nette et plus cruelle qu'elle ne l'aurait été si nous avions été amoureux. Je ne pouvais pas demander à Vincent de me raconter ce qui s'était passé pendant mon absence, de m'expliquer ce qui était arrivé à Étienne, parce que pendant mon absence, nous avions cessé d'être amis. Adolescents, nous étions des brutes fragiles. Cœurs de cristal et mains maladroites en forme d'enclume. D'un geste nous faisions voler en mille échardes transparentes nos rêves communs, les secrets partagés, les heures au téléphone, les promesses.

Ce qui entourait Étienne, perché sur son banc, les épaules déployées, le menton haut, le regard paisible, c'était l'amour, je l'ai compris seule, finalement. Un amour né dans une ardeur que l'érosion des années éteint chez les adultes. On se méprend quand on juge mineures les passions de jeunesse, ces incendies précoces. Certains cœurs sortent calcinés de l'enfance. Personne n'en porte le deuil. On sourit face aux cendres.

C'est pendant que mon brancard roulait dans des couloirs parfumés à l'éther, pendant que les perles transparentes du goutte-à-goutte égrainaient mes heures, que mes muscles fondaient, qu'on me retournait aussi facilement qu'une méduse au bout d'un bâton pour changer mes draps, me nettoyer, vérifier l'état de ma peau, l'oindre si nécessaire, pendant que mon cerveau hésitait à n'être plus qu'une motte sécable, non électrifiée, qu'Antonia a rencontré Étienne. Elle l'a bousculée hors du sillon tracé par Martin. Elle l'a fait dévier. À partir de là, il s'est mis à la suivre. Il ne marchait plus dans l'ombre de son aîné, il n'était plus le petit frère. Il rayonnait.

Antonia n'a pas d'amis. On ne la remarque pas. A-t-elle les cheveux noirs ou châtains ? De quelle couleur sont ses yeux ? Elle n'est ni grande ni petite. Elle a toujours la bouche entrouverte, comme si elle s'apprêtait à dire quelque chose. Cela lui donne l'air idiot. On ne pense cependant pas qu'elle est stupide. On ne pense rien. On ne s'occupe pas d'elle. C'est quand elle danse qu'elle apparaît, comme si elle se matérialisait par intermittence. Car elle danse comme personne. À la fois folle et méticuleuse, elle découvre une faille dans le rythme. Tandis que les autres le miment selon une figure convenue (pieds écartés à la largeur des hanches, on rapproche le droit du gauche, puis le gauche du droit, les coudes légèrement repliés au niveau de la taille, les mains disponibles, prêtes à s'agiter au-dessus de la tête si la musique ou les paroles s'emballent soudain), Antonia décompose la mesure, dédouble puis redouble le tempo, ondule des chevilles au sommet du crâne, marque des accents avec ses épaules, ses hanches, ses poignets, qu'elle casse, sa poitrine, qu'elle déboîte, articule, ré-emboîte. Ses yeux se promènent dans ses orbites, eux aussi dansent, elle tremble, elle saute et tout cela est parfaitement naturel et inédit.

Étienne, grâce à son talent d'observation, remarque ce style auquel personne ne prête attention, ou alors pour conclure qu'elle est un peu cinglée, cette fille bizarre qui ne parle à personne mais qui est invitée à toutes les fêtes et vient à toutes les fêtes. Étienne note qu'elle semble exiger quelque chose, comme si elle provoquait la musique pour obtenir un supplément. Son envie, son désir ne s'expriment que dans la danse. Le reste du temps, elle paraît inerte.

« Tu cherches quoi ? lui demande Étienne, alors qu'elle fume une cigarette sans filtre plantée au milieu de ses lèvres, pas sur le côté, non, parfaitement au milieu, à l'endroit où on place la paille qui s'emplit de grenadine lorsqu'on est enfant.

– Hein ? fait-elle en clignant des paupières parce qu'elle s'est mis de la fumée dans l'œil.

– Tu veux quelque chose de spécial quand tu danses », précise-t-il.

Antonia acquiesce vigoureusement.

« Tout à fait, répond-elle.

– C'est quoi que tu cherches ? C'est quoi que tu veux ?

– Une transe », dit-elle.

Étienne lui colle sur les oreilles le casque de son Walkman d'où se déversent les basses saturées d'un rock dur. Antonia le lui rend.

« Pas mon truc. »

Il lui demande ce que c'est son truc. Elle lui donne rendez-vous à la répétition d'orchestre, mercredi après-midi.

« Je joue de l'euphonium, déclare-t-elle. Tu vois ce que c'est comme instrument ? »

Étienne secoue la tête. Il n'y connaît rien en musique.

« Ça va te plaire, c'est sûr », affirme-t-elle en lui souriant, après avoir soufflé un interminable nuage de fumée.

Il songe qu'elle a ce genre de visage que le sourire transforme absolument. Un visage un peu triste, presque lourd, terrassé par la gravité, et dont il semble improbable qu'il s'anime.

Le mercredi suivant, il se rend à la répétition. Il n'a pas d'instrument. Il ne sait pas lire la musique. Marlène Siamois lui demande pourquoi il est là.

« Pour jouer dans l'orchestre, répond-il. C'est Antonia qui m'en a parlé.

– Antonia ? » répète le professeur de musique. Un prénom comme un sésame. « Tu vas commencer aux percussions. Tu ne me quittes pas des yeux. Quand je te fais signe, tu grattes le peigne sur la râpe comme ça. Montre-moi si tu peux reproduire ce que je fais. Écoute bien. »

Elle pose le peigne en métal contre les picots et frotte d'avant en arrière, suspend le geste, recommence. Étienne écoute. Il s'empare des deux objets, reproduit très précisément ce qu'il vient de voir, ce qu'il vient d'entendre. Sa vie en dépend. Il ignore qu'il exécute une cáscara, mesure à 4/4, noire, deux croches, demi-soupir croche, demi-soupir croche, noire, noire, deux croches, demi-soupir croche. Pour lui, c'est du morse, le même type de silences, de courtes et de longues qu'il utilisait avec son frère Martin, après qu'ils avaient appris par cœur le code révélé à la page 38 du *Manuel des Castors Juniors*, afin de communiquer des informations sur les Russes dans le cadre de leur mission de contre-espionnage pour le compte des services secrets égyptiens.

Marlène Siamois lui demande d'aller prendre place entre Béranger et Fatima. Il n'aura qu'à grimper sur le banc pour être certain de bien la voir quand elle lui fera signe de jouer. Avant de le laisser filer, elle lève la main gauche comme pour lui flanquer une gifle, il recule instinctivement.

« Ça, précise-t-elle, c'est le signe pour commencer, et ça (elle immobilise sa main un instant, paume vers le sol), c'est quand tu dois arrêter. Ne fais pas attention à ma main droite pour l'instant. Compris ? On va voir ce que ça donne dans le premier morceau. Pour la Barcarolle, je ne pense pas que je puisse intégrer le güiro, mais bon, on verra. Allez, on y va… »

Antonia intercepte Étienne. Elle lui explique que la main droite indique la mesure. Elle lui montre les différentes battues, elle lui donne le repère crucial : « Le Un, le premier temps de la mesure, quelle que soit la battue, il est toujours en bas. Si tu te perds, tu attends. Le Un revient. Si tu rates le premier Un, tu attends le deuxième, etc. Ne réfléchis pas. Ne fais pas exprès de compter. On compte tout, toujours, depuis tellement d'années : les jours qui nous séparent de Noël, l'argent qu'on a dans la poche, les feuilles des trèfles, le temps qui reste jusqu'à la fin du cours. On ne fait que ça, du matin au soir, compter. Alors très vite, tu vas t'habituer et tu vas compter les mesures, les temps dans les mesures. Pas la peine de faire d'effort. Ce qu'il faut, c'est écouter. Tu écoutes à mort. Tu comprends ce que je te dis ? À mort. »

Étienne hoche la tête. Il aimerait lui demander ce qu'est une mesure et le nombre de temps que contient un morceau. Jusqu'à combien va-t-il devoir compter ? Que doit-il écouter ? Et s'il se trompe ? Antonia lui sourit. Il sent ses genoux devenir liquides.

« Vas-y, maintenant. Tout le monde est accordé. Ça commence. »

Étienne grimpe sur le banc, tout au fond de l'immense salle qu'on appelle le hall du premier étage. Devant lui, en léger contrebas, une forêt de crânes. Il observe, comme il en a l'habitude. Il se demande, avec la lenteur d'esprit et le sérieux qui le caractérisent, s'il ne s'agit pas plutôt d'une champignonnière – sans manquer de s'interroger sur la sonorité étrange de ce mot –, les têtes comme des chapeaux posés directement sur le pied ; là un rosé-des-prés (coupe au bol sur cou gracile), ici un bolet (cheveux en bataille sur épaules rondes), plus loin une girolle (crinière dressée en couronne façon punk), juste à côté d'une russule (teinture au henné oblige).

Mais voilà que la musique a surgi d'un coup, de lui, des autres, comme l'eau d'une cascade. Il se concentre, fixe son attention sur la main gauche de Marlène Siamois qui ondoie, se déploie puis se replie, aile d'oiseau au bout du bras. Soudain, elle le regarde, elle inspire sans le quitter des yeux, il inspire avec elle. Elle lève la main, la gifle va partir, c'est le signal, il doit gratter le peigne contre la râpe. Il se lance, il se souvient, le morse, *tchak-tip-tip-hum-tip-hum-tip-tchak-tchak-tip-tip-hum-tip*. La bouche du chef s'étire d'un seul côté, cela dure à peine une seconde. Rictus balayé par la main droite, celle qu'Étienne ne doit pas regarder et qu'il regarde pourtant, parce qu'il n'a jamais pu s'empêcher de regarder. La main de la mesure et le bras qui la soutient paraissent englués dans de la tourbe, une mélasse lourde qui résiste. C'est la matière musicale fabriquée par l'orchestre. Étienne le ressent très fort. Marlène tire dessus, elle l'entraîne, elle veut l'accélérer ; d'une seule main, elle attrape les dizaines de souffles, les centaines de doigts pour les réunir et leur donner l'élan qui manque. Un demi-moulinet les fait taire.

« Olivier, soupire-t-elle. Qu'est-ce que tu fiches ? Tu ralentis tout le monde. Et les autres, pas la peine de rire. On garde le tempo. On s'écoute, donc on écoute la batterie, mais si Olivier a mangé un sanglier à midi et qu'il s'endort sur sa timbale, on réagit, on me regarde. Toi, là-haut, le nouveau, comment tu t'appelles ?

– Étienne.

– Étienne n'a pas ralenti, lui. Il vient d'arriver, il ne sait pas jouer *Au clair de la lune* au pipeau, mais il est en place. Comment vous expliquez ça ? Qui peut m'expliquer pourquoi Étienne est en place ? »

Personne ne connaît la réponse. Tous se taisent, les yeux baissés sur leurs creepers, leurs santiags, leurs mocassins, leurs ballerines, leurs escarpins, leurs rangers, leurs camarguaises.

C'est parce que j'ai regardé la main droite, pense Étienne à qui cette transgression enseigne un principe qu'il n'est pas encore capable de mettre en pratique.

Pendant la Barcarolle, il demeure immobile, bras le long du corps, râpe et peigne morts dans ses mains. Étonné de ne pas s'ennuyer, il ne saurait dire s'il aime cette musique. C'est ancien et rassurant. Un air simple qu'il apprend bientôt par cœur, sans même le vouloir. Il chantonne mentalement. Puis il se concentre sur l'euphonium, cet instrument dont il n'avait jamais entendu le nom, dont il ne connaissait pas la voix. Au début, il a du mal à la distinguer de celles des autres cuivres. Il s'enfonce alors plus profondément dans l'écoute et perçoit les notes, semblables aux battements d'un cœur, ne dessinant qu'en pointillé le ruban de la mélodie. À quelques mètres de lui, Antonia souffle dans ce tube tarabiscoté terminé par un pavillon encombrant. Étienne se demande pourquoi elle a choisi ce mastodonte plutôt qu'une flamboyante trompette ou un trombone à coulisse. Comment va-t-il s'y prendre pour passer sa vie entière à étudier cette personne qu'il vient de découvrir ? Elle possède – il en est certain – un savoir exhaustif. Il est traversé par un sentiment dont le poids et la taille lui broient la poitrine.

Antonia pour la vie, grave-t-il dans l'écorce invisible d'un tronc qui n'existe que dans ses rêves. Il ne se demande pas si elle l'aime. Parce que lui-même n'est pas prêt à dire qu'il l'aime. Il ne s'agit pas d'amour, pas encore ou déjà plus. Il s'agit d'un jeu dans lequel il pose les bonnes questions, tandis qu'Antonia est capable de lui fournir les réponses adéquates. Il suffira, se dit-il, que je continue à la regarder, que je continue avec patience à m'interroger sur ce qu'elle cherche et pourquoi. Une vie entière n'y suffira pas. Étienne est grandiloquent, rendu ivre par des pensées qui le dépassent.

Après la répétition, Antonia l'invite à boire un café. Il n'est jamais allé au café. Il ne comprend pas ce que les gens y font. Il n'aime pas le goût du café, cette boisson qui ne désaltère pas, servie en minuscule quantité dans une tasse parfois poisseuse, et dont le sucre suffit à peine à masquer l'amertume. L'odeur de la fumée de cigarette l'incommode, celle du vieux vin également.

« Tu veux un café ? demande Antonia après qu'ils se sont installés à une table, dans l'arrière-salle du Shamrock.

– Oui, répond-il.

– Ou tu préfères un Coca ?

– Oui », répond-il.

Elle sourit, allume une cigarette sans filtre qu'elle enfonce bien au milieu de ses lèvres charnues.

« Un café et un Coca, s'il te plaît, Jean-Claude », commande-t-elle au garçon.

Elle tutoie le serveur, note Étienne. Elle l'appelle par son prénom. Un exploit.

« Ça t'a plu ? dit-elle.

– Quoi ?

– L'orchestre ?

– Comment tu as eu l'idée de jouer du… de… lance-t-il sans prendre la peine de répondre.

– De l'euphonium. Ça s'appelle un euphonium. C'est un mot qui vient du grec. Ça veut dire voix douce, ou beau son. Mais ce n'est pas à cause du nom que je l'ai choisi. Dans ma famille, tout le monde en joue. Mon arrière-grand-père, mon grand-père, mon père et maintenant, moi. J'aurais dû être un garçon, mais bon, personne n'est parfait. Toute ma famille est au Portugal. Au village, on a toujours tenu le pupitre d'euphonium dans la fanfarra. On ne va plus au village parce que ma mère s'est fâchée avec ma grand-mère, alors la fanfarra, c'est fini. Mais il y a l'orchestre. Ça t'a plu ?

– Comment tu as appris ?

– En écoutant. J'ai pris des cours aussi.

– Tu pourrais m'apprendre ?

– Non, non, non. Tu vas apprendre tout seul. Moi, ce que je voudrais… »

Elle ne termine pas sa phrase, écrase sa cigarette dans le cendrier, garde les yeux baissés un instant sur le mégot, puis lève le regard.

« Ce que je voudrais, reprend-elle en faisant quelque chose avec ses yeux, quelque chose qui évoque à Étienne ce que faisait Marlène Siamois avec ses mains lorsqu'elle intimait à l'orchestre d'accélérer le tempo.

C'est… c'est quoi, à ton avis ? Et d'abord, comment tu t'appelles ? »

Étienne ne répond pas. Il fait ce qu'il n'a jamais fait. C'est une journée comme ça, une journée consacrée aux actions inédites, se dit-il – car, de la même façon qu'il observe les autres, il s'observe lui-même. Il avance lentement son visage de celui d'Antonia et embrasse sa bouche.

« C'est un très beau prénom », déclare-t-elle en interrompant le baiser.

Puis elle le reprend et elle apprend à Étienne comment on s'y prend.

Les néons du bar sont des ruisseaux d'or. L'acrylique du pull-over violet d'Antonia est plus doux que le ventre d'un chat. Quand leurs genoux se touchent sous la table, le désir pulvérise les os de leurs hanches. Le velours côtelé des pantalons hérisse ses millions de poils.

Antonia saisit les mains d'Étienne, suspendues qu'elles étaient dans l'air, à mi-chemin de la table et de sa poitrine, et les guide jusqu'à sa taille. Elle appuie un peu. Elle veut qu'il étrangle sa taille pendant qu'il l'embrasse. Et sa taille est si fine. Comment est-ce possible ? se demande Étienne. N'y a-t-il aucun os, aucun organe, aucun muscle à cet endroit du corps ? C'est si tendre et si creux. Il a l'impression qu'il pourrait serrer jusqu'à ce que les doigts de sa main gauche rejoignent ceux de sa main droite. C'est ce qu'il tente. Il serre de plus en plus fort. Jusqu'à couper le souffle d'Antonia. Et c'est exactement ce qu'elle veut.

C'est ainsi que cela se passe entre eux, elle exige et il comprend, il exécute. En échange, elle lui enseigne les plus infimes, les plus secrets détails : que le dessous de la langue est plus doux que le dessus, que la paume de la main caresse mieux que les doigts qui agacent. Elle lui dit : « Regarde avant de toucher. Regarde longtemps et bien. Tu toucheras mieux. Ça change complètement le contact de la main sur la peau. Même de dos, je sais que tu me regardes, et l'idée de ce que tu vois m'éveille et me révèle. »

Rentré chez lui, seul dans sa chambre, il glisse dans son Walkman des cassettes qu'Antonia a enregistrées pour qu'il les écoute. Les *Kindertotenlieder* de Mahler, le concerto pour piano numéro 1 de Prokofiev, *Didon et Énée* de Purcell. Le lendemain, au lycée, elle lui demande ce qu'il en a pensé. Elle l'interroge sur le nom des interprètes. Il s'est endormi. Il a oublié. Alors il recommence. Il s'endort encore, ne s'éveille que lorsqu'il reconnaît la « Danse de la fée Dragée » extraite de *Casse-noisette*.

« Abruti, lui dit-elle. Ouvre la bouche. » Il ouvre la bouche. Elle fait couler en lui un mince filet de salive. C'est le goût qu'il préfère au monde, le goût du dedans d'elle. « Un jour, lui promet-elle, quand la musique entrera dans tes oreilles, ça te fera la même chose. » Il s'étrangle de rire. Avale la salive de travers. « Rien, ni personne, lui dit-il, ne me fera, ne me feront jamais cet effet. » Elle menace de le quitter. « Nous ne ferons l'amour, déclare-t-elle, que lorsque tu seras parvenu à entendre comme il faut. Je saurai si tu mens. »

Ils se battent, roulent sur le carrelage moucheté de la cuisine, chez Antonia. Le carrelage froid qui sent l'ammoniaque. Étienne essaie de retirer le pull d'Antonia, ce pull violet qu'elle porte tout le temps. Il est affreux et produit de l'électricité statique. « Je m'en fous, dit-elle. Il est chaud et j'aime faire des étincelles. » Elle lui attrape les poignets et les tord. Elle a un visage de boxeur. Elle est moche quand elle se bagarre. Elle est très souvent moche, songe Étienne, qui n'est jamais aussi ému par la beauté qu'il l'est par les expressions butées et les traits ingrats de sa promise. Elle lève un sourcil et descend l'autre, façon Groucho Marx, et il pense à ses seins qu'elle ne lui a montrés qu'une fois. Le gauche est plus petit que le droit et ils sont incroyablement splendides. Ils sont exactement comme ses yeux, spirituels, tendres et inquisiteurs. Autoritaires aussi.

Tandis que la lumière baisse dans la loge de concierge désertée par la gardienne qui sera de retour à 17 heures, comme l'indique un petit panneau fait maison, qu'ils gisent sur le dos, épuisés par le combat, mais surtout par l'inassouvissement, que leurs camarades de classe sont en cours de géographie – Thierry a accepté de cacher le cahier de textes pour que leur absence n'y figure pas, en échange du devoir de maths –, Étienne se demande si ce ne serait pas le moment de prononcer la parole décisive. Dire « Je t'aime », il ne l'a jamais tenté. Il ignore ce que ça fait. Il pense que cela déclenche une espèce de séisme.

« J'ai envie d'aller en latin, pas toi ? » lance Antonia en se redressant sur un coude.

« Je t'aime », il l'a déjà dit. Autrefois, à une petite fille lors d'un concert à la mairie. « Je t'aime parce que tu as les yeux ronds. » C'est à moi qu'il l'a dit, mais il ne s'en souvient pas.

Quand un garçon de quatre ans dit « je t'aime » à une petite fille, est-ce la même chose que quand il en a quinze ?

Oui, c'est exactement la même chose.

Les amoureux

En 1982, les frères Charvet, ça n'existait plus. Martin avait obtenu une mention très bien au bac et s'était inscrit en fac de droit. On l'apercevait parfois dans le quartier, différent, terminé si l'on peut dire. Il ne sautait plus sur les tables pour exhiber son nombril, il marchait, tête en avant, vêtu d'un loden vert, chaussé de mocassins College. Des golfes se dessinaient sur son front, il perdait ses cheveux déjà, à force de marcher tête en avant, me disais-je. Étienne régnait seul, ou plutôt, il partageait le trône avec Antonia.

Nous l'avions vu se transformer. Nous rêvions de lui, absolument inaccessible, entièrement réservé à elle. Quand ils dansaient ensemble, ah ! On s'écartait, on formait cercle, on regardait. *Don't Stop*, *Money*, *Call Me*, *Master Blaster*, *Rapper's Delight*, *Upside Down*, *One Step Beyond*, *Stupid Cupid*, *Sweet Dreams*, ils transformaient les tubes usés, mille fois entendus, ou les plus récents pour lesquels aucune chorégraphie n'avait encore été définie, en événements. Ils enchaînaient ska et rock acrobatique, inventaient des passes, des contre-passes, des marches, des pirouettes. Ils ne craignaient ni de tomber, ni de se bousculer, ils ne redoutaient pas non plus l'excès. Ils n'avaient pas cet air sérieux, presque macabre, qu'on aimait afficher en remuant à peine, paupières baissées, regard sur son propre corps ou sur les pieds des autres. Ils se dévisageaient, hilares. Ils prenaient toute la place, ils étaient ridicules, ils n'en faisaient qu'à leur tête. C'était juré, à la prochaine fête, on ne les inviterait pas. Mais une fête sans eux, c'était raté. On se demandait toute la soirée où ils étaient, ce qu'ils fabriquaient, où ils dansaient.

On aurait voulu les imiter. C'était impossible. Ils achetaient leurs vêtements aux puces à une époque où personne n'aurait songé à le faire. Elle débarquait en crinoline. Il portait un chapeau melon. Il s'était mis à fumer des Player's sans filtre, comme elle. On les trouvait parfois, affalés l'un contre l'autre dans un des halls du lycée, un ghetto blaster dans le berceau formé par leurs cuisses repliées vers leur poitrine. Des larmes roulaient sur leurs joues tandis que l'appareil diffusait la ballade de Brahms opus 10 par Arturo Benedetti Michelangeli. J'étais la seule au lycée à reconnaître la pièce et l'interprétation. Les autres passaient leur chemin comme devant un couple de clochards. Nul ne comprenait pourquoi ils s'infligeaient ce chagrin partagé sur une musique de vieux. Mais deux jours plus tard, arrivés vers 23 h 30 à la fête des dix-huit ans de Raphaël, ils fendaient la foule de corps déjà suants, bravaient le brouillard de fumée, prenaient garde de ne pas glisser dans les flaques de vomi et, s'attrapant par la main avec la force et la vigueur d'une paire d'alpinistes, ouvraient le quart d'heure rock en exagérant les mouvements de hanches, le corps presque cassé en deux, rapides et énergiques, se singeant eux-mêmes, levant les genoux jusqu'aux épaules et agitant leur main libre comme un éventail fou, façon swing.

Étienne s'était procuré un trombone, sans doute pour se rapprocher d'Antonia dans les rangs de l'orchestre. Il avait appris, aidé par Marlène Siamois qui lui consacrait deux demi-heures par semaine durant la pause déjeuner, les rudiments, puis les raffinements. Il était doué pour le phrasé et l'improvisation. Dans *Porgy and Bess*, on l'avait applaudi dès la première répétition pour son solo sur *Summertime*. Comme ils avaient le projet de partir au Brésil après le bac, Antonia et lui s'étaient mis à fabriquer des bijoux qu'ils proposaient aux terrasses des cafés. Je n'ai jamais compris pourquoi ils n'avaient pas plutôt choisi de gagner leur voyage en passant le chapeau pour leur musique. Cette décision leur ressemblait, illogique et parfaite à la fois.

Les bagues, les pendentifs, les boucles d'oreilles et les bracelets qu'ils confectionnaient avec un mélange de perles, d'éclats de porcelaine, de rubans et de dentelles anciennes récupérés chez une mercière en faillite étaient irrésistibles. Ils en vendaient plus qu'ils ne pouvaient en produire et avaient un plein carnet de commandes à honorer chaque semaine. Ces bijoux, tout le monde voulait les acheter, tout le monde voulait les porter. Ils ressemblaient à des fétiches, à des porte-bonheur. Peut-être se disait-on qu'en les possédant, on obtiendrait une parcelle de l'aura qui s'était formée autour de leurs créateurs. Étienne et Antonia avaient réquisitionné une partie du foyer des lycéens pour y installer leur atelier et personne n'avait rien à y redire, pas plus les pions que l'administration, ni les autres élèves qui venaient là entre deux cours pour fumer en écoutant Santana.

Nous éprouvions une fierté chauvine à fréquenter le même établissement qu'eux. À Paul Verlaine et à Montesquieu, les deux lycées les plus proches du nôtre, ils avaient tenté d'élire leur propre couple princier. Il y avait Baïta et Lionel près de Colombières et Anne-So et Fred à la porte de Sancy. Ils débarquaient à nos fêtes, rouge à lèvres écarlate ou fond de teint blanc, haut-de-forme et canne à pommeau. Excentriques, extravertis, parlant très fort et buvant la vodka au goulot, mais ce soir-là, Étienne et Antonia avaient décidé de faire profil bas, jean et twin-set bleu canard pour elle, veste militaire teinte en noir pour lui, un volume des poèmes de Maïakovski dépassant de la poche.

En plus de leurs innombrables talents, ils possédaient celui – art suprême – de passer inaperçus. Je me rappelle certains après-midi où, les cherchant dans la masse des élèves réunis sur les marches et le parvis du lycée après les cours, je finissais par abandonner, songeant qu'ils étaient partis plus tôt, avant de les repérer, assis sur le premier degré de l'escalier en pierre, entourés d'un bosquet d'élèves de troisième qui chahutaient sans prendre garde à eux, se balançant à la tête leurs sacs U.S vert kaki, qui planaient une seconde au-dessus des deux amoureux occupés à lire une partition, tout en fumant allègrement des cigarettes courtes et épaisses dont la fumée seule témoignait de leur présence.

Un peu avant la fin de l'année scolaire, nous nous retrouvons, professeurs, élèves, surveillants, parents, dans une file d'attente face à trois pupitres qui forment un stand. Les bijoux sont en vente. Après cela, Antonia et Étienne disparaîtront. Ils quitteront le lycée, partiront en Amérique du Sud, deviendront pour nous tous des inconnus. Chacun réclame un souvenir, prêt à payer pour un anneau, une boucle d'oreille, un pendentif, n'importe lequel de ces objets qu'ils confectionnent et qui ressemblent à ce que la nature crée dans les sous-bois, sous l'entrelacs des ronces et entre les coussins parfaits de mousse. Je réfléchis à ce que je vais dire quand mon tour viendra de choisir parmi leurs trésors. Je cherche une phrase, un geste qui me rendraient inoubliable. Je résiste difficilement à l'envie de passer devant les autres en prétextant que j'ai connu Étienne bien avant tout le monde. Ce garçon m'appartient, ai-je envie de clamer. Il m'appartient pour toujours. Mais voyant ma petite sœur à quelques mètres devant moi, je renonce. Je préfère repartir, les mains vides, le cœur vide, ne conserver comme relique que l'un des pendants du lustre en cristal qui, au-dessus de nos têtes d'enfants, dans la salle des mariages, témoin de milliers de « oui » échangés, me rappelle que j'ai dit non.

S'arrêter, reprendre, continuer

« Tu as atteint un palier, me dit un jour Zoraya Peerlnashty. Et voilà que tu ne progresses plus. Tu travailles à la maison ?

– Oui.

– Combien de temps par jour ?

– Environ une heure, mentis-je.

– Une heure, ça ne veut rien dire. Écoute-moi, à ton âge, c'est soit trois heures soit quarante minutes. Et certains jours, vingt minutes.

– J'ai mal au dos.

– C'est-à-dire ?

– Mal autour de la colonne vertébrale, comme si… comme si j'avais trois colonnes vertébrales au lieu d'une.

– C'est parce que tu respires mal. Parce que tu ne respires pas. Les gens, je ne parle pas forcément de toi, mais les gens, en général, croient que le souffle n'est important que pour chanter ou jouer d'un instrument à vent, d'un bois ou d'un cuivre. C'est faux. La respiration est la même pour tous. Elle est un plaisir et un privilège. Chaque fois que tu inspires, il faut bénir l'air qui entre par tes narines, par ta bouche. C'est la joie d'être vivant. Tu comprends ce que je te dis ? Ce n'est pas très compliqué. Tu sembles complètement ailleurs. Tu es amoureuse ?

– Non.

– Quelque chose s'est interrompu chez toi. La musique, ça ne s'arrête jamais. C'est fort sans arrêt, beau sans arrêt – quand c'est fort et quand c'est beau. La musique ne t'attend pas. Elle ne te laisse pas le temps de pointer du doigt et de t'écrier Là ! c'est beau ! Là. Elle a déjà continué, elle est déjà plus loin, dans une autre beauté. Accepte au moins de vivre ça, de chanter avec ton instrument, de le laisser échapper, de le guider sans le brider. Vas-y, reprends mesure 18, juste avant le *crescendo*. »

Je voyais ce que Zoraya voulait dire, mais je ne parvenais à rien exécuter. J'aurais souhaité qu'elle se contente de me seriner le « C'est pas brillant brillant » des débuts. Seul ce bref refrain saturé par l'absence d'espoir savait me calmer.

« Comment ça va à la maison ? » demanda-t-elle soudain, alors que ma main droite maniait un archet qui avait, je ne sais comment, triplé de volume, tandis que les doigts de ma main gauche se bousculaient sur une touche qui paraissait raccourcie de moitié.

– La maison ? dis-je.

– Tes parents, tes sœurs ? »

La maison n'existe plus, aurais-je voulu lui répondre. Lise fait ses études à Lyon, Dora est avec ses copains, ma mère est partie avec le dentiste et mon père devient aveugle, comme tata Colette, sauf que lui, ça l'empêche de travailler à l'orfèvrerie. La maison est sombre. Elle ne sent plus jamais la nourriture et toujours le renfermé.

Quand j'étais petite, tout en sachant que je finirais par grandir et avoir ma propre famille, ou du moins ma propre maison, je n'imaginais pas ma vie sans mes parents ni mes sœurs. Cela m'aurait paru aussi incongru que d'envisager mon avenir sans mes pieds ou sans mes mains. Ils faisaient partie de moi. Nous étions là, ensemble, pour toujours. Et même s'il était clair pour chacun que le temps passait – mon père et ma mère, je le voyais bien, ne vivaient pas avec leurs propres parents –, ce que nous formions tous les cinq avait quelque chose d'éternel.

Quand ma mère est partie, j'ai pensé : Comment peut-elle partir puisque nous sommes ensemble pour toujours ?

Un soir, elle était rentrée plus tard que d'habitude, les yeux rouges. Elle portait un bandeau dans les cheveux et son grand front semblait produire une lumière, comme celle d'un phare, au-dessus de ses yeux. J'ai pensé qu'elle avait l'air d'un animal, d'un animal sauvage. Quelque chose dans son regard étincelait d'un éclat trop vif pour la cuisine d'une maison normale avec un père normal et trois filles… enfin deux, car Lise était déjà en pension, mais suffisamment liée à nous pour être présente sans avoir à l'être. Les mains de ma mère tremblaient et j'ai su que ce n'était pas de froid. J'ai songé qu'elle venait d'accomplir un effort musculaire intense. Elle a saisi une casserole sur la gazinière, en a étudié le contenu avec une fixité inquiétante, comme si elle interrogeait le cristal d'une boule divinatoire. Puis elle s'est armée d'une spatule, a appuyé sur la pédale de la poubelle dont le couvercle s'est soulevé, et a versé le reste de riz aux champignons aux ordures.

Dora, mon père et moi l'avons regardée, stupéfaits. C'était la première fois que nous la voyions jeter quelque chose qui n'était pas un déchet. Mais le mot « déchet » n'est pas approprié. Un reste de nourriture, même un peu brûlé, était le prélude d'un nouveau plat ; un morceau de coton ayant servi à nettoyer du fard à paupières pouvait être utilisé le lendemain, une fois sec et retourné, pour retirer une marque de rouge à lèvres. Il y avait dans le placard de la salle de bains un petit carton empli de débris de savonnettes desséchées, certains jaune pâle, d'autres couleur lavande, crème ou grisâtres. Un jour, Lise l'avait ouvert pour me montrer son contenu et m'avait dit :

« Tu sais ce que maman veut faire avec ça ?

– C'est quoi ?

– Des bouts de savon.

– Non. »

Je note au passage qu'une personne étrangère à notre famille aurait été susceptible de répondre simplement : « Les jeter. »

« Elle va les envoyer à Auschwitz pour qu'ils refabriquent des bébés juifs avec ! » avait déclaré Lise avant d'éclater de rire.

J'avais neuf ans, Lise en avait onze et cultivait le sarcasme. Me voyant froncer les sourcils, elle m'avait gentiment pincé le bout du nez : « Trop jeune pour comprendre. »

Notre mère ne jetait rien. Et voilà qu'elle flanquait à la poubelle un plat qui n'avait été réchauffé que deux fois. Aucun de nous ne savait quoi dire. La scène à laquelle nous assistions n'avait pas de sens. Maman a traduit pour nous :

« Je suis tombée amoureuse d'Henri, a-t-elle annoncé, la casserole toujours en main, en s'adressant à mon père, le front plus lumineux que jamais.

– Qui c'est ça, Henri ? a demandé mon père.

– Le docteur Taïeb.

– Henri Taïeb, le dentiste ?

– Oui, a dit ma mère.
– Tu es indécente, a dit mon père.
– Oui », a dit ma mère, et elle a laissé tomber la casserole vide sur le carrelage.

C'est le son qu'a produit leur séparation.

Tout le bruit qu'il y a eu par la suite n'avait rien à voir avec notre histoire, avec notre famille. Notre maison, celle où nous avions grandi, est restée silencieuse. Mes parents ne se sont pas expliqués davantage. Il n'y a eu ni hurlements ni insultes. Le soir même, après avoir préparé une omelette trop cuite pour son mari et ses enfants, ma mère a fait sa valise et elle est partie. Elle nous a embrassées, Dora et moi, et nous a dit : « Ne vous inquiétez pas, on va se revoir très vite. » Il y avait une telle joie dans ses pleurs – car elle pleurait en nous serrant contre elle – que nous avons été conquises, ma sœur et moi. Conquises et horrifiées.

Tous les enfants pensent que leur mère ne changera jamais. Elle sera toujours jeune et belle (même quand elle est ingrate et déjà plus si jeune à leur naissance). Petit, on croit à la pérennité des mères comme on se fie au lever quotidien du soleil. Nous comptons sur nos mamans pour survivre à tout, demeurer intactes, inépuisables. Notre mère, à Lise, Dora et moi, a complètement changé quand elle a quitté la maison. Je ne pense pas qu'elle soit un cas unique. D'autres femmes subissent des métamorphoses au cours de leur vie. Celle accomplie par ma mère a simplement été magistrale.

L'homme que je n'ai appelé Henri que cinq ans après la séparation de mes parents avait commencé par être son dentiste avant de devenir son patron, puis son mari. J'ignore s'il était déjà amoureux d'elle quand il lui soignait les dents. Je suppose que oui. Ma mère était une beauté. S'approcher d'elle, que l'on fût homme, femme ou enfant, provoquait une sorte d'irradiation. Je l'ai constaté souvent et toujours avec fierté. Il n'y avait pas de raison pour que le Dr Taïeb ne succombe pas. Ce qui est plus mystérieux, c'est la passion que ma mère a déclarée pour cet homme. Non qu'il manquât de séduction. Il était élégant et drôle, possédait de longues mains habiles et récitait en italien des pans entiers de *La Divine Comédie*. Je ne crois pas qu'il l'ait courtisée. Il était lui-même marié et père de deux enfants, assez religieux, timide en présence des femmes et son cadet de cinq ans. Ce qui m'étonnait surtout – car on voit souvent des couples mal assortis –, c'est que ma mère ait eu le temps et l'idée de tomber amoureuse non de lui, mais amoureuse en général.

À la maison, elle avait toujours l'air si préoccupée. Les tempes creusées par une anxiété constante. Elle rangeait, elle classait, elle pliait et repliait. Je me disais parfois que, si on l'avait laissée faire, elle aurait tout plié et replié en carrés de plus en plus petits, sa famille, sa maison, les voisins, la ville, la campagne tout autour, les montagnes, les lacs, la mer, les océans, les continents lointains et leurs habitants, jusqu'aux régions polaires, tout ça, en minuscules carrés qu'elle aurait consignés dans le bas du placard, avec sa collection de sacs en plastique.

Un soir qu'elle était repassée à la maison pour prendre des chaussures oubliées, mon père l'avait apostrophée avec douceur, un sourire au coin des lèvres :

« Qu'est-ce qu'il a de plus que moi, le docteur Taïeb ? Ne me dis pas qu'il est communiste !

– Il a voté Mitterrand.

– Tout le monde a voté Mitterrand, même moi. Il n'y a que Tartigno – comment il s'appelle déjà, le coiffeur de Planète 2000, Tartuffo ? – qui a pris ses jambes à son cou pour échapper aux rouges.

– Je n'ai pas envie de parler de ça.

– De quoi veux-tu qu'on parle ?

– De rien. J'ai fini de parler avec toi.

– Eh bien, moi non. Moi, je n'ai pas fini de parler avec toi.

– Tu veux qu'on se dispute ?

– Non. Ce que je veux, c'est comprendre. Je suis un intellectuel, moi, madame.

– Il n'y a rien à comprendre.

– Tu as quitté ton mari et tes filles et il n'y a rien à comprendre.

– Je suis amoureuse.

– On n'est pas amoureuse à quarante-cinq ans. »

Ma mère avait ouvert les mains, désolée, énigme à ses propres yeux.

Le bruit qu'il y a eu après ça, c'était le tintement des bracelets en or à ses poignets, alors qu'elle n'avait jamais porté de bijoux auparavant, et les youyous de ses nouvelles belles-sœurs au mariage. « La première femme de Riri, m'avait expliqué une de mes nouvelles tantes, elle était fière. On ne l'a jamais aimée dans la famille. Une Tangéroise. Quelle idée ! Ta mère, c'est une princesse slave. La grande classe », avait-elle conclu en embrassant le bout de ses doigts serrés en bourgeon de chair ambrée.

Le bruit, c'étaient les rires et les cris de joie de mes nouveaux petits frères qui passaient leur dimanche à courir dans le couloir de l'appartement de leur père sans jamais se fatiguer ni tomber, à courir sans but, leurs cheveux noir ébène collés en accroche-cœurs autour de leur visage par de minuscules sphères de sueur.

Le bruit, c'étaient les blagues tonitruantes, les mains qui frappent, doigts écartés, bien à plat l'une contre l'autre, les exclamations, le babil ultra-rapide de mes nouvelles cousines qui savaient tout sur tout, sur où et quand, et se cachaient les yeux avant d'embrasser leurs doigts quand elles croisaient un mendiant, un malade, un affligé pour éloigner le mauvais œil de la joie qu'elles avaient à vivre.

Mais ce n'était pas tout. Pour son quarante-sixième anniversaire, ma mère avait reçu le premier volume de l'intégrale des cantates de Bach par Nikolaus Harnoncourt et Gustav Leonhardt, une attention que nous n'avions et n'aurions jamais eue parce que nous pensions qu'elle n'avait pas le temps d'écouter de la musique ou ne s'autorisait pas à le prendre. Sa nouvelle famille ignorait ce genre de scrupules. Ma mère occupait ainsi les après-midi de sa nouvelle existence à écouter des cantates. Car sa nouvelle famille ne la connaissait pas encore assez bien pour savoir qu'elle préférait Brahms. L'année suivante, Henri l'ayant appris, elle a reçu la symphonie n° 3 par le Philharmonique de Munich sous la baguette de Sergiu Celibidache. Elle m'a montré le disque et fait admirer la pochette, avant de le passer sur la chaîne haute-fidélité Marantz. « C'est un Américain, m'a-t-elle dit, la tête penchée, comme déçue. Mais c'est un juif. » De qui parlait-elle ? De Celibidache ?

« C'est cher, une chaîne comme ça, tu sais ?

– Qui est juif ? ai-je demandé.

– Marantz, le fabricant de cet appareil.

– C'est comment d'être riche ? »

Elle a réfléchi un instant et s'est mise à rire.

« C'est la chose la plus agréable après le communisme. »

Le visage de ma mère avait changé. Son corps aussi. Ses lèvres, qui étaient charnues, sont devenues pulpeuses parce qu'elle a cessé de les pincer. Sa démarche autrefois heurtée – elle donnait toujours l'impression de se faufiler, poursuivie par un danger ou cherchant à éviter des obstacles – s'est révélée sensuelle jusqu'à la nonchalance. J'ai découvert qu'elle savait danser. Lise ne s'en est pas étonnée : « C'est papa qui n'aimait pas. C'est pour ça que tu n'as jamais vu maman danser. Elle a toujours adoré et elle connaît un tas de danses différentes. » Je me demandais comment deux ans d'écart avaient pu permettre à Lise d'en savoir tellement plus que moi sur nos parents. Qu'avait-elle vu qui m'avait échappé ? Comblerais-je un jour ce gouffre ?

La première fois que je suis allée dormir chez ma mère, chez le « dentiste sépharade », comme l'appelait mon père, j'ai eu l'impression de faire la connaissance d'une autre femme. Celle que j'avais toujours appelée maman était rapide, rétive, recluse. La dame que les petits garçons aux cheveux noirs appelaient moumi en se jetant sur elle pour l'embrasser était distraite, rêveuse, tendre. J'ai cru comprendre, au cours de ce séjour, qu'elle n'accomplissait plus aucune tâche ménagère. Le linge sentait l'assouplissant à la lavande (une fantaisie coûteuse et proscrite dans mon foyer d'origine), il était lavé et plié chaque semaine, mais j'ai découvert plus tard que ma mère ignorait le fonctionnement de la machine à laver qui équipait sa nouvelle salle de bains. Un matin, elle a déposé dans le tambour de l'appareil une culotte à moi tachée de sang, puis a haussé les épaules face au bandeau de programmation orné de trois boutons ronds en métal argenté et d'un cadran. « Tu la récupéreras la semaine prochaine, mon poussin. Je ne sais pas comment ça marche », a-t-elle déclaré en parlant des commandes du lave-linge comme s'il s'était agi du tableau de bord d'un avion à réaction.

Je me disais que c'était comme ça quand on était riche. On n'avait plus de corvées, plus de soucis, on ne ressentait plus la nécessité de plier des sacs, des morceaux de papier, de recycler la nourriture à l'infini. Quand on était riche, on était souriant et alangui, on prenait juste ce qu'il fallait de poids, on embellissait. Je sais aujourd'hui que ce n'était pas une question d'argent. Henri et ma mère n'avaient pas de femme de ménage. Ils ne sortaient pas au restaurant. Partaient rarement en vacances. C'était simplement lui qui faisait tout à la maison. Il accomplissait les tâches, quelles qu'elles fussent, avec la joie exaltée d'un nouveau converti. Il avait conquis la plus belle femme du monde. Il la conserverait ainsi, inaltérée.

Je songeais aux contes de fées dans lesquels une souillon devient altesse : Cendrillon, Peau d'âne. Ne finissaient-elles pas par s'ennuyer ? C'est ce que suggérait mon père en marmonnant : « Elle se lassera tôt ou tard d'un type qui lui mange dans la main. Vous verrez. Les femmes aiment qu'on leur résiste. Les Hébreux eux-mêmes en ont eu assez de la manne. » Mentalement, je répondais : C'était peut-être à cause de la composition et de la qualité de la manne…

Mon père, de son côté, continuait à vieillir. Il se voûtait et se moquait de ma mère, se voûtait encore plus et la maudissait, puis il s'en voulait, se redressait un instant, déclarait qu'elle avait bien fait Dieu la bénisse, comme disaient ses nouveaux amis, les shwartz fiss, les pieds-noirs, sa nouvelle famille africaine. Bon bougre, finalement, ce Henri Taïeb. Bon dentiste, en tout cas. Il lui avait posé un bridge gratuitement. Geste que mon père avait commenté en disant : « Il essaie d'acheter mon amitié… et il y parvient très bien. C'est un sacré cadeau qu'il m'a fait là. Rien ne l'y obligeait. Dommage qu'il ne soit pas ophtalmo, il m'aurait donné de nouveaux yeux. »

« Ah, la famille, soupira Zoraya Peerlnashty. C'est pas brillant brillant. »

Je me demandai pour la première fois où était la sienne. Avait-elle un mari, des enfants ? Avait-elle des frères, des sœurs, des parents ? Je n'aurais pas su lui donner d'âge. Sa peau n'était pas ridée, mais elle pendait légèrement par endroits. Elle avait les cheveux très noirs, d'un noir dont je sais aujourd'hui qu'on ne l'obtient que par la teinture.

« Reprends ton violon, me dit-elle en penchant légèrement la tête sur le côté, un éclat de malice dans l'œil. On va jouer ensemble, tu veux ? »

Je pris mon instrument que j'avais posé sur la table ovale trônant au milieu de la pièce, elle sortit le sien de son étui et nous nous accordâmes.

« On commence simple, dit-elle. Tu me donnes un *do* sur quatre temps, puis un *sol* sur quatre temps. Ensuite deux fois deux temps et on recommence. »

Je m'exécutai. Je tirai mon archet longuement, comme elle m'avait appris à le faire et, pendant ce temps-là, elle exécuta des traits rapides et déchirants, improvisant en *do* mineur sur la basse dépouillée que je lui fournissais.

« Maintenant, on échange, dit-elle. Je te donne un *la* et un *mi*. C'est à ton tour de chanter. »

Elle tira puis poussa son archet, tandis que je reposais mon violon sur la table.

Je m'assis, les genoux en dedans.

« Je n'ai rien à chanter, lui dis-je.

– Pense à quelque chose d'agréable.

– Je n'ai rien à quoi penser.

– Un souvenir ? Quelque chose que tu voudrais faire ? Un vœu ? »

Je pensai à Étienne. À la façon qu'il avait d'attraper Antonia par les cheveux. Elle tournait aussitôt la tête et lui offrait un baiser affamé. J'aimerais qu'Étienne m'embrasse comme ça, me dis-je en empoignant mon violon. Une pluie de notes suivit.

« Bon, on va procéder autrement, s'exclama Zoraya. J'ai essayé pour voir, mais ça ne te convient pas du tout. Aucune importance. On reprend le Saint-Saëns. Mouvement lent. Tout calme. »

Elle se mit à le chanter en faisant légèrement danser sa main devant ses yeux fermés.

Je rangeai mon violon dans sa boîte.

« Je ne me sens pas très bien », dis-je en déposant un billet de cinquante francs sur le piano, à l'endroit habituel, près du chandelier.

C'est fini, songeai-je. Le violon, c'est fini. La musique, pareil. En juin je laisse tomber l'orchestre.

J'espérais, inconsciemment, qu'on essaierait de me retenir, que Zoraya Peerlnashty appellerait chez moi pour savoir ce qui m'arrivait, demander quand je reviendrais. Je croyais que Marlène Siamois exigerait des explications, tenterait de me convaincre que la classe de terminale n'était pas incompatible avec la pratique d'un instrument et la participation à l'orchestre. J'imaginais qu'on me supplierait. Je recevrais des coups de téléphone, des lettres, on me harcèlerait.

Rien de tout cela ne s'est produit.

J'ignorais alors que les adultes, à force d'être trahis et abandonnés par les adolescents, se préservent du chagrin que cela risquerait de leur causer en anticipant leur fuite. Ils se laissent rejeter sans protester, sans opposer de résistance, quitte à ce que ce fair-play qui les protège brise le cœur des jeunes gens.

J'ai tenu bon. J'ai eu mon bac sans me présenter à l'option musique facultative. Je me suis inscrite en droit. J'ai appris par cœur un très grand nombre de phrases, de paragraphes, de pages. J'ai rédigé des devoirs sans comprendre un mot de ce que j'écrivais. J'ai validé certaines UV du premier coup. Il m'a fallu en repasser d'autres. J'aurais été incapable d'expliquer pourquoi telle note dépassait la moyenne, alors que telle autre demeurait en dessous.

J'ai croisé Martin à un séminaire sur les baux. Ha ! Ha ! me suis-je dit. Les beaux.

Je faisais de l'esprit à cette époque. Je m'étais fabriqué une personnalité entièrement neuve à base de cynisme et d'arrogance. J'avais des ennemis, j'avais des admirateurs.

Quand nos regards se sont croisés, j'ai pensé que Martin avait changé, en mal, et j'ai pris conscience que, moi aussi, j'avais changé. En bien.

Plastiques

« Je ne veux pas de ça, dis-je, assise à la table du fond du bar de L'Alouette, près de la baie vitrée où nous avons nos habitudes.

– De quoi tu parles ? me demande Martin en caressant le dos de ma main avec ses doigts qui me semblent trop doux ou trop râpeux.

– Le côté petit couple, comme Anne-Do et Victor. Une nuit chez mes parents, une nuit chez les tiens, et le reste du temps à s'appeler Doudou-Chéri-Minou.

– Qu'est-ce que tu racontes ? Quand on va chez moi, mes parents ne sont pas là, et quand on va chez toi, ton père ne s'en aperçoit même pas.

– Il est aveugle, mais il n'est pas sourd.

– S'il sait que je suis là, pourquoi il ne me dit jamais bonjour ?

– Il est malpoli. »

Martin bourre sa pipe en écume et l'allume en tétant fort sur le tuyau. Le crépitement mêlé de salive me dégoûte. Je me rends compte que je le hais et cela me fait souffrir car je voudrais à toute force l'aimer. Je repense à la proie inaccessible qu'il était à seize ans. Je songe à ses multiples conquêtes, à toutes les filles qu'il a fait pleurer, à son corps étroit d'adolescent. Je sais qu'il est encore séduisant. J'ai conscience que lorsqu'il joue ainsi avec sa pipe en écume, certaines personnes le regardent avec envie. Il a du style, de l'allure. Je le regarde comme si c'était la première fois que je le voyais et je parviens à le trouver beau, à attiser une minuscule étincelle de désir. Mais il remue de nouveau le bout de ses doigts sur le dos de ma main et je me dis que jamais plus je n'aurai la force de faire l'amour avec lui.

Pourtant, deux heures plus tard, après que nous nous sommes disputés en hurlant sur plusieurs kilomètres (de la rue des Jardins au square Kitchener) – je l'ai frappé à la tête et au ventre, il m'a broyé les poignets, a menacé de m'étrangler et m'a poussée contre une poubelle –, nous haletons, l'une sous l'autre, l'un dans l'une, le ventre moite, les aisselles poissées, pendant que je me répète en boucle, comme un mantra, le trésor qu'il m'a livré sans y prendre garde.

À court d'arguments, tandis que l'ennui menaçait d'étouffer le feu de notre colère, il avait déclaré :

« Tu es froide. Tu t'empêches de vivre. Tes théories sur le couple sont bidon. Regarde mon frère et sa copine.

– Ton frère ? » ai-je demandé, et j'ai compris alors que c'était ce que j'attendais depuis que nous nous étions retrouvés au séminaire sur les baux, qu'il me parle de son frère.

« Étienne, Étienne et Antonia. Ce n'est pas un "petit couple", comme tu dis. C'est des gens qui s'aiment. Mais toi, ça, tu ne comprends pas.

– Pardon pardon pardon », ai-je dit, et je suis tombée à genoux dans la rue, je lui ai attrapé les jambes, là, au milieu du trottoir. J'ai embrassé ses genoux, ses cuisses et j'ai répété : « Pardon pardon pardon, mon Doudou-Chéri-Minou, je suis nulle, je suis folle, je t'aime, je t'aime, je t'aime. »

Il m'a relevée. Il pleurait et riait en même temps. Il chuchotait dans mon cou : Je t'aime, je t'aime, je t'aime. Ne voyant pas son visage, enfoui qu'il était dans mes cheveux, je m'imaginais que c'était celui d'Étienne. Étienne que je n'avais pas croisé depuis trois ans. Où était-il ? Que faisait-il ? C'était lui qui me manquait quand je m'ennuyais en cours. C'était lui qui me manquait quand j'avalais deux gin tonics coup sur coup en arrivant à une fête. Je le cherchais sans le savoir, sans le nommer. Pourtant, quand j'avais croisé Martin au séminaire sur les baux, je n'avais pas pensé à Étienne, parce que, à force, j'en avais terminé aussi avec lui. Comme avec la musique. Je m'étais purgée de sa présence. Je m'étais engagée sur la voie fiable du désespoir. Ce n'était pas brillant brillant et c'était beaucoup mieux ainsi. Le soulagement de renoncer me procurait une ivresse inégalée. Mais voilà qu'il revenait dans ma vie.

À partir de ce moment, j'ai calculé chaque parole, chaque geste avec Martin pour fabriquer un amour factice et convaincant. Dans la rue, je lui prenais le bras ; dès qu'il me regardait, je lui offrais un sourire tendre ; si le vent se levait, je remontais sur son cou le col de son loden ; chaque fois que c'était possible, je le caressais, je l'embrassais avec emportement, je le serrais fort contre moi, je me disais Imagine qu'il part pour le goulag, jamais une autre phrase, toujours Imagine qu'il part pour le goulag, et je devenais une dissidente soviétique, j'étais Nadejda Mandelstam, une amoureuse éperdue et fidèle par-delà la séparation et la mort. J'étais attentive, toutefois, à moduler l'intensité de ces manifestations. Je maintenais l'exagération sous contrôle. Martin était un garçon intelligent et sensible. Mon habileté à le manipuler ne devait connaître aucune faille. Je lui racontais mes rêves. Je pleurais contre sa poitrine en parlant de la cécité de mon père, murmurant que c'était une maladie génétique dont j'étais sans doute porteuse. Je lui disais : « Et si moi aussi, je deviens aveugle, comme ma tante Colette et comme mon père, tu ne me quitteras pas, hein ? Tu ne me quitteras jamais ? » Un dégoût pour moi-même me serrait alors la gorge. Je persistais : « Dis-moi que nous serons toujours ensemble. » Il me cajolait en m'assurant de sa loyauté éternelle, et le seul moyen que j'avais de ne pas vomir était de me persuader que, de son côté, il mentait aussi.

Ce que j'attendais est arrivé deux mois après le début de ma campagne. Mais j'aurais pu attendre dix ans. J'étais armée d'une patience dont je n'ai jamais retrouvé la qualité depuis. C'était comme un élan mystique. J'étais à ce point portée vers la réalisation de mon vœu que le temps ne s'écoulait plus. Je vivais une transe constante et chacune de mes actions, de la plus insignifiante à la plus cruciale, était exécutée avec autant de minutie que d'indifférence.

Un soir, alors qu'il venait me chercher à la sortie des cours, Martin a lancé :

« Ça te tente d'aller à l'expo de fin d'année de l'école d'art ? Étienne m'a dit qu'on pouvait passer quand on voulait entre jeudi et samedi.

– Étienne ? ai-je demandé en trouvant que mon jeu d'actrice laissait pour une fois à désirer.

– Étienne, mon frère. Tu sais, avec Antonia, ils ont monté un projet. Il m'a raconté. Ça avait l'air compliqué, comme tout ce qu'ils font. Un peu frime aussi. Mais bon, c'est pas loin de la fac et comme il va y avoir du soleil toute la fin de la semaine, on pourra aller se promener au parc zoologique après. »

Après, ai-je songé. Après, tout sera illuminé. Après, le monde entier sera baigné d'or. Après. Ce mot anodin jetait un pont entre l'ennui du présent, sa vacuité et l'accomplissement du désir. Après, quand nous marcherons dans les allées du parc zoologique, me suis-je dit, sous le soleil constant prévu par mon petit ami qui ne rate pas un bulletin météo, observe la trajectoire des nuages et serait capable de dresser un diagramme de la pluviométrie mensuelle de mémoire, je serai une autre personne. Je serai moi, inondée par la joie d'avoir revu l'autre. Je longerai l'enclos des gaurs, celui du cheval de Przewalski, la cage de l'harfang des neiges et celle des aras, la main dans la main d'un garçon que je n'aime pas, en lui susurrant à l'oreille Doudou-Chéri-Minou pour le remercier, sans qu'il s'en doute, de ce qu'il aura fait pour moi. Il recevra toute ma gratitude pour m'avoir permis de revoir mon éternel fiancé. Il sera mon chevalier sacrifié au service d'un amour qui ne le concerne pas.

« Alors ? Tu veux bien ? m'a demandé Martin.

– Oui, ai-je répondu. Oui. Jeudi ou vendredi, comme tu veux. Ça fait si longtemps qu'on n'est pas allés au zoo. »

Étienne et Antonia ne présentaient pas un projet, mais deux. Le premier se situait dans une salle du rez-de-chaussée, dont la plupart des visiteurs commençaient par croire qu'elle était condamnée à cause de la bâche constellée de taches de peinture blanche qui en barrait l'entrée.

« Vas-y, entre, m'a dit Martin en me poussant gentiment dans le dos. C'est exprès. Étienne m'a prévenu. Il faut se frayer un chemin dans le plastique, pousser les pans sur les côtés ou se glisser par-derrière, ça fait partie du truc.

– Alors j'y vais ? Tu es sûr ?

– Oui, vas-y. De toute façon, tu vois bien comment c'est. Porte ouverte et compagnie. On se promène comme on veut. »

J'ai poussé, j'ai écarté, je me suis faufilée et j'ai pénétré dans une pièce dont je n'ai pas immédiatement compris la forme ni l'aspect. Mais peut-être était-ce à cause de la lumière. Les fenêtres hautes de trois ou quatre mètres étaient entièrement recouvertes d'un genre de papier blanc translucide, ce qui donnait l'impression d'être à l'intérieur d'un nuage. Sauf qu'en y regardant de plus près, j'ai constaté qu'il ne s'agissait pas de papier, mais de plastique, des centaines et des centaines de sacs en polyéthylène, récoltés, lissés, assemblés puis collés sur les vitres et les montants. Les anses aplaties dessinaient des créneaux subtils. Le sol était tapissé du même revêtement. Les semelles l'avaient déjà souillé et abîmé. Au centre, une pyramide se dressait. Un énorme tas de sacs roulés en boule, encastrés les uns dans les autres, blancs, certains plus transparents que d'autres. Il y en avait des milliers. Comment avaient-ils eu le temps de les récolter ? Attirant la clarté de leurs multiples facettes, ils généraient leur propre lumière, une lumière d'avant le monde, ai-je pensé.

Nous étions seuls dans la salle, Martin et moi, immobiles face à ce monument insolite, et j'ai sursauté quand une voix s'est élevée. Une voix d'enfant qui disait, dans un murmure qui allait s'amplifiant : « Maman… Maman… Maman ? »

Martin s'est approché de moi pour me glisser à l'oreille : « C'est une bande-son. Étienne m'a dit de rester tout le temps qu'elle durait. Quelques minutes, je crois. »

Alors nous sommes restés à écouter cette voix d'enfant, qui devait être celle d'Antonia, légèrement trafiquée, appeler sa mère, d'abord avec confiance puis, à mesure qu'aucune réponse ne venait, avec effroi, pour culminer dans un cri de panique étranglé par les pleurs.

« C'est pénible », a fait Martin en ressortant.

Une fois dans le couloir, je me suis dirigée vers le cartel fixé au mur, à gauche de la série de bâches qui formaient un rideau à l'entrée de la pièce. J'ai lu :

MAMAN
INSTALLATION VISUELLE ET SONORE
ANTONIA RODRIGUEZ ÉTIENNE CHARVET

« N'importe quoi, a dit Martin. Moi, j'aurais appelé ça "Décharge publique". Tu veux continuer ? Si tout est de ce niveau… »

Je n'ai rien répondu. Je pensais à ma mère. Au placard de la cuisine. Je me suis demandé si elle avait emporté ses quinze années de réserves de sacs en plastique quand elle avait quitté la maison. En avait-elle rempli une valise ? Et une fois chez Henri Taïeb, l'avait-elle vidée dans un autre placard ? Cela me paraissait peu probable. Mon père les avait-il jetés après son départ ? Il lui reprochait si souvent cette collection minable. J'ai eu envie de rentrer chez nous immédiatement pour vérifier. Comment n'en avais-je pas eu l'idée plus tôt ? Inspecter le placard à gauche de la chaudière, ouvrir sa porte sans cadenas, sans loquet, un placard pourtant secret, interdit, qui renfermait le seul butin que ma mère ait jamais réussi à amasser. L'unique capitalisation autorisée par son lointain idéal communiste.

Quelque chose se serrait dans ma gorge. J'avais envie de retourner dans la salle, d'y demeurer, d'y être enfermée. J'étais reconnaissante et jalouse à la fois. Éperdue de gratitude envers Antonia pour avoir effectué ce raccourci ; envers Antonia et Étienne, devrais-je dire, mais j'étais persuadée que l'idée était venue d'elle. Il l'avait aidée pour la réaliser. Il était si fiable, si observateur, patient aussi ; sans doute avait-il passé des heures à repérer les divers endroits où se procurer la matière première de leur œuvre. Des sachets, on en trouvait partout, mais blancs et en telle quantité, c'était une autre histoire. Étienne avait du mérite. Son nom avait sa place sur le cartel. Antonia avait du génie. Elle avait su résumer l'essence de nos mères, cette façon qu'avaient ces femmes (je ne connaissais pas Mme Rodriguez, mais cela ne m'empêchait pas de tracer des parallèles) de s'incarner dans la modernité en s'y échouant, d'être à la fois lumineuses et invisibles, translucides et étrangement opaques, protectrices et froides, car la salle fermée par la bâche ne représentait pas seulement leur quotidien, leur rapport à la consommation et au monde, elle était leur matrice. Dans cette salle comme autrefois dans leur ventre, nous nous tenions à l'abri, protégées par leur fragilité, exposées à la lumière, aveuglées par leur candeur. Elles engendraient des filles libres, elles qui ne l'avaient pas été, pas tout à fait, mais qui avaient éprouvé la douloureuse conscience de l'enfermement, l'insuffisance de leurs forces, l'émiettement constant de leurs convictions, à la différence de leurs propres mères qui avaient subi sans nommer, se satisfaisant de survivre, avec pour seul luxe l'abrutissement antalgique que procure la misère.

« Prise de tête », a marmonné Martin, comme s'il avait commenté mes pensées.

J'avais honte d'être ainsi bouleversée et je ne lui en ai pas voulu, mais j'ai dit que c'était marrant quand même, que j'avais envie de voir le reste, comme ça on ne se serait pas déplacés pour rien.

Il a accepté de poursuivre la visite après que je me suis serrée contre lui, promettant par ce contact une des voluptés que j'avais si bien appris à feindre. Il a aimé l'accrochage d'animaux empaillés dont les têtes avaient été remplacées par des microprocesseurs, le couloir dans lequel des Minitel en papier mâché peints en rose et ingénieusement assemblés formaient le corps d'une géante alanguie, cuisses ouvertes.

Emportée par l'enchantement, je le suivais, pas plus attentive aux visiteurs qu'aux étudiants que nous croisions dans l'enceinte de l'école transformée en musée éphémère. Une saveur amère ternissait toutefois la sensation éveillée par la première œuvre. J'éprouvais de la reconnaissance à l'égard d'Antonia parce qu'elle était parvenue à exprimer le mystère de nos mères, à l'exhiber et à me le faire comprendre, mais la colère l'emportait à mesure que je m'éloignais de *Maman, installation visuelle et sonore*. La colère de n'avoir jamais été capable de réfléchir à cette passion modeste de ma mère, de n'en avoir rien fait, de m'être bornée à la constater. En exposant le syndrome honteux, me disais-je, Antonia se sauvait elle-même d'un genre de malédiction et sauvait Mme Rodriguez dans le même geste. D'un tic elle faisait une légende. Une femme qu'elle aimait et qui l'aimait, grâce au regard curieux qu'elle lui portait, cessait d'être une ressasseuse ridicule, une ramasseuse maniaque, pour devenir un symbole.

Et moi, pendant ce temps, qu'avais-je fait, sinon déplorer ?

J'en avais presque oublié l'élan qui m'avait portée jusque-là. Le voir, le revoir enfin. Étienne.

Lorsque nous avons atteint la coupole, le lieu situé au troisième étage, là où se terminait l'exposition, j'ai remarqué un couple qui rebroussait chemin, s'apprêtant à descendre l'escalier que nous venions de gravir. Un monsieur et une dame se tenant par le bras. Ils détonnaient au milieu des autres visiteurs. Le gilet informe de la dame, sa mise en plis, la veste trop épaulée du monsieur, la brillantine dans ses cheveux. Je me suis surprise à penser qu'ils s'appuyaient l'un sur l'autre pour ne pas chanceler. J'ai cru voir leurs jambes se dérober sous eux. La ressemblance m'a aidée à confirmer mon intuition. Le visage lourd de la femme, ses cheveux d'un châtain très sombre, la finesse de ses articulations. Sur la figure de l'homme, l'effroi autant que le chagrin constituaient un indice supplémentaire. Quelque chose aussi dans leur attitude, qui semblait dire : « Excusez-nous d'être là. » Ils n'avaient rien à faire dans ces murs, selon eux et plus encore selon les lois de la sociologie. Elle n'aurait pas dû demander à sa sœur de la remplacer à la loge durant tout un après-midi, il n'aurait pas dû prévenir son patron qu'il quitterait le garage plus tôt. Pour voir quoi ? Pour voir ça ? Leur fille unique, là ? Ils appelaient ça un diplôme ? Quel genre d'école était-ce ? Ils avaient honte de leur indignation et plus honte encore d'avoir honte. M. et Mme Rodriguez sortaient à l'instant de la salle dans laquelle leur fille, Antonia, se livrait en compagnie de son camarade de classe à quelque chose qu'elle appelait une performance, mais que, pour leur part, ils préféraient ne pas nommer. L'appréhension a aussitôt remplacé dans mon cœur la gratitude et la jalousie qui l'avaient empli quelques minutes plus tôt. Quel affront les parents d'Antonia venaient-ils d'essuyer ? Qu'avaient-ils vu qu'ils n'auraient pas dû voir ?

Là aussi, une bâche en plastique, mais celle-ci constellée de taches de peinture multicolores, fermait l'accès à la rotonde.

« C'est leur marque de fabrique, on dirait », a noté Martin en franchissant le rideau synthétique accroché à l'emplacement des portes.

Régnait à l'intérieur une atmosphère opposée à celle de la salle du rez-de-chaussée. À la voix enfantine et déchirante se substituait un montage en boucle d'une dizaine de mesures d'un concerto pour violon de Vivaldi, répété jusqu'à l'écœurement. Au blanc succédaient les couleurs : celles de serpentins, de paillettes, de confettis volant de tous côtés. Les badauds plus nombreux qu'ailleurs, comme si une rumeur concernant le clou de l'exposition de fin d'année avait circulé, paraissaient ivres. Bousculés, ils perdaient l'équilibre, se cognaient. On ne comprenait pas immédiatement pourquoi et, dans un premier temps, on commençait par trouver leur attitude étrange, puis on était bousculé à son tour, on titubait et on se rattrapait à son voisin, car, parmi les spectateurs, deux elfes, absolument nus, se poursuivaient en courant le plus vite possible, comme si rien, ni les murs ni la présence de corps ou d'obstacles, ne pouvait interrompre ou faire dévier leur trajectoire.

Martin a éclaté de rire et a voulu saisir la main de son frère au moment où il passait près de lui. Mais Étienne l'a repoussé si vivement que Martin est tombé, entraînant deux filles dans sa chute. « Connard ! » a-t-il soufflé en se relevant.

En sortant, je n'ai pas eu besoin de consulter le cartel pour savoir qu'en lettres sages et austères était écrit :

L'AMOUR
PERFORMANCE
ANTONIA RODRIGUEZ ÉTIENNE CHARVET

Ainsi s'aimaient-ils, comme des sauvages, comme des athlètes. Ils ne se poursuivaient pas, mais couraient ensemble, parfois dans la même direction, parfois dans un sens opposé. S'ils venaient à se rencontrer, ils ne se bousculaient pas, comme ils bousculaient les autres, mais se fondaient en un seul corps, durant une seconde à peine, avant de repartir aussitôt, telles des flèches, des étoiles qui filaient, disparaissaient, renaissaient inlassablement, en écho à la musique entêtante qui faisait déferler les violons dans une tempête statique.

Nous n'avons pas dit un mot, Martin et moi, sur le trajet qui menait au parc zoologique. Le soleil brillait, comme prévu, l'air chaud faisait trembler les perspectives, les chaussures des enfants soulevaient des nuages de sable blanc, signaux indéchiffrables ponctuant les allées. Les nounous, les mamans, les papas, les bébés. Ferais-je un jour partie de ce monde ? Il me semblait impénétrable et odieux. Un monde de sucre et de morve, un univers toujours sale et collant, de pantalons bombés par les couches, de tétines qui tombent sur le sol du métro et qu'une main adulte ramasse promptement pour la glisser dans une bouche adulte avant de l'introduire dans celle de l'enfant, un monde de bave, un univers de microbes, de mouchoirs, de cotons, d'écharpes puantes. Pourtant, si je m'enferrais dans mon attitude présente – cela m'apparaissait soudain –, si je perpétuais le mensonge, si le pantin que j'avais ordonné à mon corps de devenir poursuivait son numéro, je finirais, sans le vouloir, et peut-être même sans m'en rendre compte, par m'engager sur la pente et, glissant, roulant aux côtés de Martin qui aimait tant prévoir et qui, je le savais d'avance, surveillerait ma courbe de température avec la même passion que celle qu'il vouait à la météo, je pénétrerais dans la lice, je m'engluerais dans l'amour sirupeux et les effluves de pisse.

Devant la vitrine où s'ébattaient les orangs-outans – Nini, la grand-mère, était assise dans un coin et nettoyait fébrilement un bidon en plastique bleu avec une boule de paille ; Jordan, son fils et père du nouveau-né, Tony, se suspendait alternativement par ses mains antérieures et ses mains postérieures à des cordages, lent et rapide, infiniment délicat, se saisissant, d'un air distrait, de l'épaisse tresse de chanvre comme il l'aurait fait d'une tige de coquelicot ; le bébé, roulé en boule, dormait dans un hamac ; Lola, la maman, qui n'avait pas le moral depuis quelque temps, s'était fabriqué un heaume à l'aide de chiffons, de feuillages et de résidus en tous genres. Elle ne voulait voir personne et refusait qu'on la regarde. Je la comprenais. Devant cette vitrine, donc, Martin porta ma main à ses lèvres et se mit à lui parler tout bas. Son souffle chaud sur ma peau chaude, la caresse imprécise de sa bouche, tout cela recelait pour moi, en cet instant, plus d'étrangeté que les gestes et les déplacements des grands singes roux de l'autre côté de la paroi de verre.

C'est la dernière fois que nous nous sommes parlé, Martin et moi, et je ne connaîtrai jamais le sens des mots déposés ce jour-là au creux de ma paume. Ni leur sens. Ni leur son.

Après la singerie, nous nous sommes dirigés vers les fauves. Nous avons contemplé leur chagrin, l'atrophie de leur musculature divine, la rage à peine contenue de leurs allers-retours incessants. À l'intérieur du vivarium, face à la mygale, Martin a marmonné un *Brrrr* presque amical, joyeux, et j'ai pensé que c'était une façon de réengager la conversation. Mais je n'ai pas su quoi répondre. À la sortie, après avoir rêvé d'éden au cœur de la volière et aux grandes migrations face aux flamants roses, nous avons échangé un baiser muet, un baiser sur nos lèvres fermées qui nous a fait mal aux dents.

Comme il est simple de devenir étranger à l'autre. Martin et moi y avons excellé. Nous nous croisions dans les couloirs de l'université, dans les cafés, dans la rue, et nous parvenions à ne pas échanger un seul regard. Apercevant la silhouette familière au loin, il nous suffisait de refermer légèrement l'éventail de notre champ de vision, de l'orienter davantage sur la droite ou sur la gauche pour annuler la présence de l'intrus, de l'intruse, finir de détacher le corps appris par cœur de notre pensée, l'effacer de notre souvenir, nous en déposséder. C'était un dépouillement mutuellement consenti : j'ignore le grain de beauté en haut de ta fesse droite, tu effaces la tache de naissance sur l'intérieur de mon poignet, je délie la boucle qui se forme au réveil sur ta nuque, tu renonces à la minuscule ride ciselée dès ma naissance entre le lobe de mon oreille et ma joue, je taille les cuticules de tes ongles bombés, tu oublies le bouton cocasse de mon nombril, je ne sais plus de bâbord ou de tribord vers où ta queue penche, rien ne reste de la teinte de mes tétons étonnés par le froid, par ta main dont les doigts – étaient-ils courts, étaient-ils longs ? – ne m'évoquent plus rien. On ne s'est pas connus, on ne s'est pas aimés, on ne s'est pas perdus. Personne ne s'étonne. Pas de questions. Ou alors de pure forme : Et Martin, tu ne le vois plus ? Et cette fille avec qui tu étais ? Tu parlais pourtant de prendre un studio avec elle. Que s'est-il passé ? Vous aviez l'air si bien ensemble.

Je n'étais pas triste. Je promenais ma solitude, mon immense liberté retrouvée, en cercles concentriques, aux abords de l'école d'art. L'attribution du diplôme de fin d'études, pas plus que le cadenas fermant la grille d'entrée pour les vacances, ne me dissuadait de poursuivre mon guet. J'attendais de le voir, de les voir. Lui ou elle, ou elle et lui. Étienne et Antonia.

En septembre, je suis retournée aux séminaires, en cours, à la bibliothèque, plus tard dans l'année, j'ai passé des examens, des écrits, des oraux. Les articles de lois, les définitions s'étageaient dans ma mémoire qui, n'ayant rien d'autre à chérir, les conservait sans effort. Mes camarades, je le constatais, étaient écœurés de fatigue, d'anxiété. Ils se comparaient à des oies gavées. Je ne ressentais rien de semblable. J'étais évidée, cloche privée du seul battant qui aurait su faire résonner ses flancs. Perdant Martin, j'avais perdu Étienne. Contrairement à ma mère, j'avais jeté le bébé avec l'eau du bain. Cette expression me tourmentait. Elle ne cessait de s'imager. Je voyais nos enfants, ceux que j'aurais eus avec Martin, réunissant l'une contre l'autre leurs paumes dodues, dans la joie d'accueillir oncle Étienne et tante Antonia. Pourquoi n'avais-je pas été capable de fournir ce petit effort supplémentaire ? Il aurait suffi que je déclare, face à la cage des orangs-outans : « Ça fait envie, non ? » et j'aurais bu l'eau du bain jusqu'à la lie.

« Tu as maigri », remarque ma mère avec un sourire.

Assise dans son salon, une tasse de thé à la main (depuis quand boit-elle du thé ? Qui lui a appris à le préparer ?), elle me regarde, ni critique ni admirative, avec curiosité plutôt, tandis que je me demande : Serai-je un jour aussi belle ? Serai-je un jour aussi paisible ? Saurai-je, comme elle l'a fait, emprunter une autre route que celle qui semblait tracée ? Mon ancienne mère me manque : celle qui paraissait fuir, dont les yeux étaient alternativement audacieux et affolés, celle qui doutait de tout et s'armait d'un rien. La vraie, me dis-je, en songeant combien ce regret est cruel, car ma mère, la nouvelle, est enfin exaucée. Que t'apporte cet homme que ne t'apportait pas mon père ? ai-je envie de lui demander. Et je ne puis m'empêcher de penser que, de la même manière que je me suis dépouillée de Martin, elle s'est défaite de son ancien mari, oubliant l'implantation de sa barbe, l'odeur de cuir que diffusait le creux de son coude, les heures passées avec lui dans les courants d'air de halls de gare à confectionner des collations de croûtes, de menus goûters moisis. Elle s'est débarrassée de lui, et de nous avec. De nous avec ! m'écrié-je intérieurement. Nous, ses bébés, ses trois filles, vlan, avec l'eau du bain. Anéanties.

« Je mange mal », dis-je, désirant qu'elle me plaigne, qu'elle me nourrisse, qu'elle m'aime follement, plus que tous ses maris.

– Ça te va bien. Tu es si jolie. Quelle chance tu as. Belle et brillante. Tu réussis tout ce que tu fais. Je n'aurais jamais cru être capable de mettre au monde un être si accompli. »

Elle pose sa tasse et me tend la main. Au lieu d'y déposer la mienne, j'y colle ma joue et me mets à pleurer dès que le contact entre nos peaux se fait.

« Je suis malheureuse », dis-je.

Elle caresse mes cheveux et prononce une phrase qui, bien que je n'en comprenne pas le sens, tarit aussitôt mes larmes :

« Tu vas tellement plus vite que moi. »

Le couple

Aller vite. C'est ce que j'ai fait après ça. J'ai rencontré Yves à une fête et, malgré la musique à fond et sa voix éraillée de fumeur, j'ai entendu qu'il était professeur de français, avait douze ans de plus que moi et trouvait que j'étais waouh ! Pourtant les mots c'était son truc, mais là, il était comment dire ?… « Dingue, je sais pas, c'est… tu vois, un peu comme dans *L'Éducation sentimentale*, Mme Arnoux. "Elle était là." Et, pour moi, elle, c'est toi. »

Nous avons dansé et il dansait bien. Il m'a invitée à dîner chez lui et il cuisinait bien. Je me demandais quand il finirait par m'embrasser. Ma mère avait raison, j'étais rapide. Et j'en attendais autant des autres. Mais Yves tardait à s'approcher. Jamais il ne tentait un geste. Il me regardait et patientait. Pour que je ne m'ennuie pas, il me faisait rire ; ça aussi, il le faisait bien. Il me posait des questions, se passionnait pour ma biographie. Sans les avoir jamais vues, il appelait mes sœurs par leur prénom, se souvenait du nom exact de la maladie qui avait fait perdre la vue à mon père, se moquait gentiment de moi quand, racontant une anecdote, au lieu d'avoir recours au terme objectivé « ma mère », je ne résistais pas à l'affectueux « maman ». « Et maman ? disait-il avec un sourire adorable. Comment elle va, maman ? »

J'étais le centre du monde.

Il m'a appris à boire du vin, à tricoter, enseigné la dénomination d'un grand nombre de fleurs et d'arbres, engagée à apprécier les qualités des matériaux nobles comme le chêne et la fonte, montré comment poser un domino sur des fils électriques, transmis l'art du tissage et de la teinture. « Rien de tel qu'un hippy », répliquait-il quand je lui demandais où il avait appris telle ou telle chose. « Un hippy ? » plaisantais-je en attrapant le col de sa veste en tweed, ou en donnant un petit coup de pied dans ses copies très réussies de Weston. « Un ancien hippy », rectifiait-il en levant deux doigts au ciel façon peace and love, pour finir par baisser l'index et ne garder levé que le majeur.

Ma mère aimait beaucoup Yves. Lise comme Dora se sont entendues avec lui dès la première rencontre. Mon père ne trouvait rien à lui reprocher. Et moi je n'en revenais pas d'avoir mis la main sur cet homme fiable et tranquille, drôle, agile, et qui, subtilité inconnue de moi jusqu'alors, parlait en faisant l'amour. Il nommait en agissant, ou juste avant d'agir, ce qui avait le pouvoir de démultiplier le plaisir. Rien de tel qu'un ancien hippy, me répétais-je en moi-même lorsqu'il a fini par m'approcher, six mois après que nous avions fait connaissance, au terme d'une nuit à nous raconter la maison de nos rêves.

Je me sentais rescapée. Rescapée de ma propre existence, telle qu'elle aurait pu devenir si je n'y avais pas pris garde. Rescapée des Doudou-Chéri-Minou. Ma mère avait raison, j'allais vite. Je m'étais réorientée aux portes de la catastrophe.

Lise me confiait quand elle passait à la maison – une maison qui ne ressemblait pas à celle de nos rêves, mais plutôt à un appartement un peu trop sombre, quoique chaleureux, à proximité des boulevards circulaires : « On ne s'ennuie jamais chez vous. Si j'avais un foyer (Lise était sans cesse en déplacement. Elle sautait d'une plaidoirie à l'autre comme s'il n'y avait eu ni frontières ni océans entre les pays, entre les continents), je le voudrais exactement comme ça.

– Avec le même canapé défoncé ?

– Exactement le même. Je commanderais le modèle avec le ressort qui jaillit hors du rembourrage dès qu'on s'assied dessus.

– Et les mêmes chaises dépareillées ?

– Les mêmes.

– Et les mêmes rideaux cousus par tata Colette ?

– Non, ceux-là, je sais que Dora les adore, je les lui enverrais par la poste pour meubler son igloo. »

Notre petite sœur était partie vivre en Alaska où elle avait ouvert une école de musique grâce à l'argent reçu en héritage par son compagnon rencontré en classe de direction d'orchestre au conservatoire.

« Mais ce qu'il y a de mieux, d'archi-mieux chez vous, ce ne sont pas les meubles, ni le parfum de curry, ni l'encens – à moins que ce ne soit de l'herbe. C'est ça, cette odeur qu'on sent chez vous ? Ce qu'il y a de mieux, ce n'est pas la bibliothèque qui déborde de livres que j'ai envie de lire, ni le désordre rassurant qui y règne.

– Alors c'est quoi ? » demandais-je, faussement naïve, car je connaissais sa réponse.

Lise sortait une cigarette de son étui en argent, la plantait entre ses lèvres, l'allumait, tirait dessus, histoire de ménager le suspense, et soufflait dans un soupir : « Ce qu'il y a de mieux chez vous, c'est ton mari ! » Elle pointait le doigt vers Yves, qui levait son verre à sa santé. Yves n'était pas mon mari, mais c'était tout comme, tout en étant le contraire.

Ma courte expérience de la vie m'avait appris que les maris sont, la plupart du temps, ridicules. Ils ne sont pas ridicules au travail, seuls en forêt, ou avec leur maîtresse. Ils sont ridicules à côté de leur femme car au bout de quelque temps, comme une bille sur un plateau de solitaire qui finit par se caler dans un creux après avoir hésité entre deux, ils s'immobilisent dans le rôle de l'enfant, petit garçon dépendant de l'épouse transformée en maman, ou dans celui du père, tyran grommeleur et impatient. Yves n'était jamais ridicule. Avec moi, sans moi, devant ses élèves. Il n'était pas ridicule avec un bandeau dans les cheveux. En short, en tongs, en djellaba, en cravate.

Dora a prétendu qu'un jour, il avait été ridicule en patins, mais c'était sur une photo. J'ai nié vigoureusement.

« C'est parce que tu l'aimes », a-t-elle répondu.

Impossible de la contredire. J'ai quand même secoué la tête.

Et puis, un jour, Yves est parti en voyage scolaire avec sa classe de troisième. Un séjour à Parme sur les traces de Stendhal. J'avais peur d'être seule à la maison, le soir. Je ne savais pas quoi y faire. J'essayais de cuisiner, mais je brûlais les plats. Les salades n'avaient aucun goût. Je restais devant la télévision jusqu'à 3 heures du matin et ne parvenais pas à me lever le lendemain pour travailler à ma thèse. J'avais désappris à être seule. C'était comme si, en partant, Yves avait confisqué l'horloge : le temps n'avançait plus. Les après-midi semblaient éternels, pour soudain se précipiter vers la nuit sans que j'aie pu profiter du jour. Les matinées étaient rongées par un sommeil forcé, saturé de rêves déplaisants.

Je pensais sans cesse à *Barbe-Bleue*, ce conte de mon enfance dans lequel l'épouse, livrée à elle-même, accomplit le forfait prévu par son époux. Incapable de résister à sa curiosité – un défaut réputé féminin –, elle tourne la clé d'or dans la serrure du cabinet secret. Elle tourne la clé avec un geste d'Ève cueillant la pomme. Elle tourne la clé et ouvre la porte, découvrant d'un même regard le passé et l'avenir, le passé de ses devancières et son avenir à elle, unis dans des coulées de sang. Petite, j'adorais cette histoire, à cause du cabinet, qui me rappelait les cabinets, à cause du bleu de la barbe, du nombre de femmes égorgées, de la sœur Anne dont on n'avait jamais entendu parler avant et que l'on découvrait dans la complainte inoubliable et merveilleusement rythmée : Anne, ma sœur Anne, ne vois-tu rien venir ? À cause de la tache de sang sur l'or de la clé, symbole du mensonge, du péché, de l'inavouable, de la preuve absolue. Je sentais qu'il y avait un sens caché dans ce motif de tache indélébile. Que me disait-on quand on me racontait que toutes les taches disparaissent, le gras, les fruits, la terre, toutes, sauf les taches de sang ? Un joyau de culpabilité scintillait au fond de moi. Aussi inaccessible que flagrant.

Une fois par jour, à 19 h 15, je pouvais joindre Yves en appelant le numéro d'une cabine téléphonique parmesane située au pied de son hôtel. Parfois, pour me faire la surprise, il m'appelait lui-même depuis cette cabine ou une autre, me dictant à toute vitesse le numéro que je devrais composer pour le joindre juste après qu'il aurait raccroché ; et parfois il optait pour la communication en PCV. Dans l'attente de ces irruptions inattendues, je passais de longs moments, allongée par terre, le téléphone entre les bras, comme un oreiller repoussé au cours de la nuit, mais dont on étreint encore l'un des coins. « Ciao bella ! » claironnait sa voix dans le combiné, chargée de soleil, d'aventures, d'anecdotes. Je me sentais aussitôt belle. Belle et vide, car, de mon côté, je n'avais rien à raconter.

De mes silences, Yves parvenait pourtant à créer un récit. « Ma Pénélope, blaguait-il. Ma femme impatiente, ma compagne inerte. C'est bien de ne rien faire. Continue. Ne fais rien. J'adore penser à toi chez nous, seule, à ne rien faire, nue de préférence. » Je lui répondais que j'étais plutôt nulle que nue. Il ne se décourageait pas. Il m'aimait silencieuse, il m'aimait bougonne. « Plus que quatre jours ! » disait-il gaiement. Puis, le lendemain : « Plus que trois jours ! » Et, je ne sais pourquoi, j'avais l'impression qu'il se livrait au dernier décompte avant mon exécution.

J'ai appelé Lise.

« Je ne peux pas te parler longtemps, m'a-t-elle prévenue. L'audience démarre dans vingt minutes et ça va te coûter une fortune. (Elle était à Washington). Qu'est-ce qui t'arrive ?

– Je ne sais pas. Je me sens bizarre. Inutile. J'ai peur.

– Et Yves ?

– Il est à Parme, en voyage scolaire avec ses élèves.

– Ah ? Alors c'est très simple. Tu sors. Ne reste pas chez toi. Fais ce que tu ne fais pas d'habitude. Appelle Magali.

– Magali ?

– Magali Ledoux. Tu vois qui c'est ? La blonde qui disait que le M de McDonald lui faisait penser à des oreilles de lapin.

– Mais elle est débile.

– Oui. Tout à fait débile. Tu ne vas pas l'appeler pour qu'elle t'explique la transcendance chez Kant. Tu l'appelles parce qu'elle fait tout le temps des fêtes. »

Lise a raccroché avant que j'aie pu la remercier pour ce conseil qui prouvait une fois de plus que ma grande sœur était une créature magnifiquement rationnelle.

Dans le répertoire à couverture dorée où je notais les numéros de téléphone, je n'ai pas eu de mal à trouver celui de Magali : sur le « o » de Ledoux, j'avais dessiné, des années plus tôt, une paire de longues oreilles.

Je n'arrivais plus à être seule chez moi, je ne savais plus assaisonner une salade, mais je savais encore boire et danser. Alors j'ai traversé la ville et j'ai sonné à la porte d'un appartement inconnu, immense. Un appartement de médecin, ai-je pensé. Je ne connaissais personne et j'ai hésité à rebrousser chemin. Mais les Rita Mitsouko chantaient *Marcia Baïla* et je me suis dit que je pouvais au moins rester le temps d'exécuter la chorégraphie que nous avions mise au point sur cette chanson, Dora et moi, quelques années plus tôt, un soir où mon père avait décidé d'aller enlever ma mère et où nous avions passé une heure à l'en dissuader en lui expliquant que certes, il était plus beau et plus fort qu'Henri Taïeb – bien entendu, s'ils se battaient, il le mettrait au tapis en trois minutes –, mais que s'il aimait encore notre mère – comme il le prétendait –, il devait vouloir son bonheur et le lui prouver en la laissant vivre la vie qu'elle s'était choisie. Il aurait été fort malvenu à cet instant, nous le savions Dora et moi, de lui rappeler qu'en plus, avec ses problèmes de vue, il aurait été contraint de recourir à nous pour commettre son crime.

« Elle finira par en mourir si je n'y vais pas, avait-il prédit.

– Tu comptes la sauver ? Et de quoi ?
– De l'ennui. »

Comme nous feignions de ne pas comprendre, il avait asséné :

« La princesse Grace !
– Quel rapport ? avait demandé Dora.
– Grace de Monaco. C'est elle qui conduisait.
– Et alors ?
– Elle a quitté la route volontairement. Ce n'était pas un accident. Elle a choisi le vide. Elle a choisi la mort plutôt que l'ennui. Elle a préféré en finir. Elle était anéantie, comme votre mère le sera bientôt, par le luxe et la monotonie d'une vie de rêve.
– Papa, tu as bu ?
– Oui.
– Beaucoup ?
– Oui.
– Alors, attends un peu. Maman n'aimerait pas ça. Tu iras l'enlever quand tu seras présentable. »

Il avait obtempéré, était allé se coucher, et Dora et moi avions mis une cassette pour danser. Danser jusqu'à suer, jusqu'à perdre haleine, jusqu'à nous endormir, comme font les enfants avec les pleurs.

Dans le salon colossal au sol collant à cause des boissons renversées, j'ai mimé timidement les gestes inventés autrefois avec Dora et qui me semblaient à présent ridicules face à des inconnus. J'ai goûté la sangria, l'ai trouvée trop sucrée. Je suis restée un certain temps debout, adossée au mur, renouant avec de menues tortures adolescentes : de quoi avais-je l'air ? Si je repartais maintenant, est-ce que je risquais de me faire remarquer ? Les autres voyaient-ils que j'étais mal à l'aise ? Ces questions m'empêchaient de me tenir droite, de garder un visage neutre. Mes mains erraient de mes poches à mon cou. Je regrettais de ne pouvoir y glisser une cigarette. Il aurait fallu que je me décide à fumer, mais j'avais horreur du goût. Je remettais une mèche imaginaire en place, marquais le rythme avec le pied, avec le menton. Depuis que je connaissais Yves, je n'étais jamais allée seule à une soirée et cela me donnait l'impression de commettre une trahison. Je savais pourtant qu'il ne l'aurait pas mal pris. Il m'y aurait encouragée.

Magali Ledoux a réclamé du Marvin Gaye. Je n'avais jamais aimé danser sur ce genre de musique et j'ai décidé que c'était le signal, le moment pour moi de quitter dignement la soirée. Qui s'en souciait ? Malgré tout, cette autojustification sciait efficacement les chaînes qui m'avaient retenue prisonnière du mur, du parquet, et surtout des regards que je croyais dirigés sur moi alors qu'ils ne faisaient que m'effleurer.

Dehors, la nuit était fraîche. Les lumières de la ville me semblaient neuves, allumées spécialement pour moi, et je m'amusais à les détailler une à une : rectangles des fenêtres, cônes des réverbères, paires d'yeux rapides des phares de voitures, points clignotant dans le ciel portés par les ailes d'avions invisibles et, plus haut encore, plus loin dans l'éther, têtes d'épingle des étoiles et des planètes. Je marchais, le cœur joyeux, libre et seule. J'ai emprunté le pont ancien, celui dont l'arche unique enjambe le fleuve. Tout en bas, l'eau miroitait. La moindre vaguelette se teintait d'or et d'argent. J'ai trébuché contre la protubérance d'une dalle mal scellée, me suis rattrapée au parapet et quand j'ai relevé la tête, je les ai vus, comme s'ils venaient d'apparaître à l'instant, jaillis du pavé, hurlant à deux voix, totem improbable, totem mobile et tonitruant. J'ai senti ma gorge se nouer et, sans bouger, pétrifiée par cette vision, j'ai attendu qu'ils arrivent à ma hauteur.

« Étienne ! » ai-je crié.

Le totem poursuivait sa route.

« Étienne ! » ai-je crié plus fort.

Alors il s'est arrêté. Étienne, le visage ravagé par les larmes, la bouche tordue par les sanglots. Sur son ventre, dans un porte-bébé, un nourrisson vagissait, grimaçant, face rouge et furieuse. Créature à deux têtes, précipitée hors d'une mythologie inconnue, le totem n'était plus qu'à un mètre de moi.

« Étienne », ai-je répété plus doucement.

Il a cligné des yeux, essuyé ses larmes d'un revers de main, repris son souffle, puis m'a regardée tout en haussant les épaules et en secouant la tête. Il ne me reconnaissait pas. Pourquoi prononçais-je son nom ? Qui étais-je ? Qu'est-ce que je lui voulais ? De mon côté, je reconnaissais tout : le questionnement, la curiosité, l'analyse patiente, la beauté.

« Je suis… Tu ne te rappelles pas ? On était à l'école ensemble. À la maternelle. Enfin, non. On s'est connus à la maternelle et après on s'est retrouvés au lycée. Je suis sortie avec ton frère, Martin… »

Je lui parlais une langue étrangère. Aucun des mots qui sortaient de ma bouche n'avait de sens pour lui. Il me regardait toujours, muet, et entre nous se dressait, comme un mur sonore, la plainte lancinante du bébé.

« Ça ne va pas, on dirait, ai-je remarqué. Vous n'avez pas l'air bien, toi et… Il est tard. Vous allez où ? Il est… il est malade ? ai-je demandé en baissant un regard terrifié sur la trogne écarlate qui semblait fleurir à la manière d'un dahlia diabolique en plein milieu de la poitrine d'Étienne.

– C'est une fille, a-t-il répondu d'une voix étonnamment calme, à la limite du chuchotement, comme s'il avait craint de perturber l'enfant.

– Ah, pardon, ai-je murmuré à mon tour. Elle est malade ? »

Étienne a secoué la tête. Il a fermé les paupières et les a tenues ainsi, scellées, quelques instants.

« Je peux t'aider ?

– Non. »

Mais il ne bougeait pas et l'enfant pleurait toujours.

« Viens, lui ai-je ordonné. Faut pas rester dehors, la nuit, avec un bébé. (D'où tirais-je cette science soudaine ?) Ça va aller. J'habite pas loin. Viens. Venez. Faut pas rester dans le froid. On va aller chez moi. Tu m'expliqueras après. Viens. On y va. »

J'ai passé mon bras sous le sien et je l'ai conduit, en silence. Mon bras sous le sien. Mon bras. Le sien. C'était la première fois que je touchais Étienne.

Deux mesures avant 32

Nous avons gravi les quatre étages et la cage d'escalier faisait comme le chœur d'une église autour de la voix du bébé, l'amplifiant, lui donnant de l'écho. J'avais envie de plaquer ma main sur la petite bouche. Comment pouvait-on supporter un vacarme pareil ? Comment qui que ce soit pouvait pleurer si longtemps et si fort ?

En entrant chez moi, j'ai été assaillie par l'odeur de l'appartement. Quand Yves était à la maison, ça sentait un mélange doux et tonique de vinaigre, de haschisch, de fenouil et de lessive, mais depuis qu'il était parti, je n'avais pas ouvert les fenêtres ni rien cuisiné, et c'était comme si seul subsistait le parfum de l'absence et de la paresse, celui de mon corps endormi, de mon corps fatigué, de mon linge éparpillé un peu partout. J'ai eu honte et j'ai repoussé du bout du pied des culottes roulées en boule, des chaussettes célibataires, des tee-shirts écartelés.

« Pardon, c'est pas très bien rangé », ai-je dit, mais les cris du bébé couvraient ma voix.

J'ai hésité à ouvrir la fenêtre et me suis souvenue qu'il faisait froid dehors et que j'avais, quelques minutes plus tôt, émis une théorie selon laquelle les bébés avaient besoin de chaleur.

Étienne ouvrait les mains comme pour demander quoi faire. Il semblait désorienté et toutes les paroles qu'il était incapable de prononcer jaillissaient de son plexus sous la forme de hurlements.

Rien ne va, me suis-je dit.

J'ai pensé à notre quatuor amateur d'autrefois, avec mon père, Lise et Dora. Je me suis rappelé la respiration profonde et lente que nous faisait prendre Lise avant d'attaquer les premières notes du *Quatuor en mi bémol*. Le miracle de notre départ en chœur, violon 1, violon 2, alto et violoncelle, à la même milliseconde, comme si Lise, Dora, mon père et moi avions constitué un organisme unique. La flèche décochée par Fanny Hensel cent cinquante ans plus tôt nous atteignait tous les quatre au même instant, tuait nos individualités et nous faisait renaître dans un seul corps, capable, avec ses quatre voix impeccablement synchronisées, d'articuler la première phrase découpée en trois segments, comme un très lent IL/ÉTAIT/UNE FOIS. Puis, après un soupir, le violon seul de mon père entonnait le chant, presque aussitôt rejoint par le mien, l'alto de Lise et, pour finir, le violoncelle de Dora. Il s'agissait alors, pour chacun de nous, de déposer une deuxième mélodie, comme une fine pellicule, sur la première, puis une troisième, et ainsi de suite, à peine décalées, afin de créer une transparence.

Lise utilisait une image pour nous aider à prendre ce départ dans le sillage de l'instrument qui nous précédait : « L'oiseau qui se pose sur une branche, nous disait-elle, ne la fait pas trembler. Imaginez que vous êtes cet oiseau, mais que vous devez vous poser tout au bout de la branche, peut-être même sur la feuille située à l'extrémité de la plus petite brindille, et pourtant rien ne bougera. » Dora enchaînait : « C'est parce que l'oiseau, juste avant de se poser, bat très vite des ailes, comme ça. » Joignant le geste à la parole, elle agitait les bras, manquant de lâcher son archet et de faire basculer son violoncelle. Mon père fronçait les sourcils, mais sa sévérité se noyait dans un sourire et il savait que nous garderions tous en mémoire l'image de la benjamine à qui il manquait les deux dents de devant, changée en oisillon qui, au moment d'atterrir, s'agite plus que jamais. Se poser en s'élevant, c'est ce que nous nous appliquions à faire et c'est ce que j'ai fait, moi aussi, en posant mes mains sur les épaules d'Étienne.

Je l'ai aidé à ôter son manteau. Si j'avais été plus grande, j'aurais senti son souffle sur ma joue. J'en serais morte. Ensuite, j'ai détaché sans trembler, malgré l'émotion que faisait naître en moi la proximité de ce corps que j'avais vu nu parmi les cotillons (Ah ! l'os de sa hanche. Ah ! le velouté de sa peau à peine brune en haut du ventre), la sangle du porte-bébé en passant mes mains dans son dos. J'ai maintenu les bretelles, le temps d'attraper le nourrisson, si léger et si chaud que j'ai eu un instant l'impression que c'était l'oiseau d'autrefois, inventé par Lise et mimé par Dora, qui voletait entre mes mains. Je l'ai plaqué contre ma poitrine en me concentrant sur le souvenir du quatuor, tandis que, du regard, j'invitais Étienne à entrer dans la grande pièce.

« Assieds-toi », lui ai-je dit.

J'ai été étonnée d'entendre ma propre voix. Sans que je m'en sois aperçue, le bébé s'était tu.

À peine installé sur notre canapé défoncé dont les ressorts auraient ravi n'importe quel fakir, Étienne s'est endormi. Sans avoir prononcé un mot.

Le voilà qui s'endort en sursaut, ai-je songé, contemplant son visage lavé par les larmes. Et me voilà, moi, debout, face à mon promis rencontré lors du concert de

Noël à la mairie, mon fiancé depuis que j'ai quatre ans, qui ne se souvient de rien, ni du lustre à pendants de cristal, ni de Gustave Courbet, ni de celle qui, un temps, arpenta les rues au bras de son frère. Peut-être n'était-il pas physionomiste. Peut-être avais-je changé, une fois de plus. Ou alors il mentait. Mais à quoi bon ?

Dans mes bras, le bébé silencieux ne pesait presque rien. Il diffusait une chaleur étonnante étant donné sa taille. Qui était cet enfant ? Que faisait-il chez moi ? Pourquoi Étienne se l'était-il harnaché dans cette espèce de sac ventral qui traînait à présent sur le sol de l'entrée, avec nos manteaux, une gomme, deux crayons à papier, des spaghettis échappés d'un paquet et des moutons de poussière qui, après s'être envolés sous l'effet de la bourrasque provoquée par notre arrivée, s'étaient redéposés ici et là, en petits nuages effilochés ?

Depuis le salon, je regardais cette nature morte, si peu naturelle et tout à fait morte. Les vêtements dont on se défait à la hâte, me disais-je, à peine la porte refermée derrière soi, dans la précipitation du désir. Pas le temps de les accrocher au portemanteau, pas une seconde à perdre avec la poignée d'une penderie. On balance les impers, on piétine les écharpes, et c'est le contraire d'un strip-tease, pas de bretelle qui glisse lentement sur l'épaule, puis remonte et glisse encore, agace et attise. À l'issue de cette hâte, c'est l'assaut des corps, l'urgence de la peau qui cherche la peau.

« Je vais t'installer bien confortablement », ai-je murmuré, surprise de m'adresser à la minuscule personne que je ne connaissais pas et qui s'était pelotonnée contre moi.

Sans bruit, je me suis dirigée vers la chambre. L'enfant toujours dans les bras, je me suis assise sur le lit défait.

« Qui es-tu, petite fille ? ai-je demandé tout bas. On est dans ma maison. Regarde, là, ce sont les rideaux cousus par tata Colette. Ils sont beaux. Tu vois les fleurs ? Ça, c'est un coussin. Je vais te mettre sur un coussin. Ça te fera un petit matelas. C'est tout doux. Je vais t'enlever ta combinaison. Ne pleure pas. N'aie pas peur. Il fait chaud ici. Voilà. Tu me donnes ta main et on tire tout doucement. C'est bien. »

Les yeux inconnus captaient parfois les miens. Puis ils roulaient vers le haut, disparaissant sous les paupières, se fixaient un instant sur un point que je ne parvenais pas à situer et revenaient se plonger dans mes prunelles, sans intention. C'était pour moi un regard insoutenable, d'une gravité sans fin, un regard incompréhensible à cause de l'absence d'expression du visage dépourvu de sourcils, animé ni par la curiosité, ni par la peur ou l'amusement, une face énigmatique dont je ne pouvais me détacher et dont je n'ai compris qu'après coup qu'elle était tendue vers un but crucial exigeant toute sa concentration : l'attente et la recherche du sommeil. Quelques secondes plus tard, ses paupières, comme deux pétales de pavot blanc, s'étaient refermées sur les iris.

J'ai dû m'endormir à mon tour.

Un grincement dans le salon m'a réveillée. J'ai vérifié que le bébé était toujours calme et je me suis glissée dans la pièce voisine. Dès qu'il m'a vue, Étienne a demandé :

« Où elle est ?

– Chut ! ai-je chuchoté en indiquant la direction de la chambre. Elle dort.

– Elle dort ? » a-t-il répété, et je n'aurais su dire s'il était outré ou soulagé.

« Oui. Elle dort.

– Depuis combien de temps ?
– Je ne sais pas. Deux heures ? Peut-être trois.
– Mais elle ne dort jamais.
– Elle dort.
– Comment tu as fait ?
– Je lui ai enlevé sa combinaison.
– C'est tout ?
– Je lui ai dit…
– Tu lui as parlé ? »

Était-ce interdit ?

« Oui, ai-je avoué. Juste un petit peu.

– Ah ? a soupiré Étienne. C'est pour ça. Je lui parle trop, je crois. C'est ça. Je ne sais pas combien de temps il faut lui parler.

– Ses parents travaillent de nuit ? »

Étienne n'a pas répondu. Il s'est levé très lentement. S'est étiré.

J'ai pensé : Quelle majesté dans ses gestes.

« C'est ma fille », a-t-il déclaré dans un bâillement.

Lui aussi sortait d'une fête. Il en avait marre d'être seul. Il voulait voir où en était la vie. Quand il était arrivé, tout le monde s'était écarté pour le laisser passer. Pas à cause du bébé. Au début, il avait cru que c'était ça, le bébé sur le ventre, qui impressionnait les gens. Mais dans les regards, il avait perçu quelque chose d'autre que la surprise ou le respect qu'inspirent les tout petits enfants. Il avait lu, dans les yeux fixés sur lui, la crainte brute. S'il était entré dans la pièce, armé d'une faux, avec, en haut du cou, un crâne décharné à la place du visage, il n'aurait pas produit un autre effet. On s'éloignait de lui parce qu'il était comme un mort-vivant. L'autre partie de lui-même, sa moitié, ayant disparu, il revenait, comme un revenant revient, auréolé d'horreur. Il aurait dû repartir aussitôt. Il n'en avait pas eu la force. Il avait épuisé toute l'énergie qu'il possédait pour habiller l'enfant, la mettre dans le sac ventral, quitter l'appartement. Et maintenant qu'il était là, parmi ses anciens amis, quelques connaissances et tout un tas d'inconnus, il n'avait d'autre choix que de rester. Alors il s'était rendu dans la chambre, avait déposé le bébé sur le lit, lui avait fabriqué un nid d'ange avec son manteau et était allé danser, une bière à la main. Danser comme il dansait avec Antonia. Avant. Pourquoi n'était-elle pas là ? Il aurait voulu qu'elle le rejoigne sur la piste, qu'elle se glisse dans ses bras, qu'elle l'entraîne et le mette au défi de la suivre dans ses cabrioles, dans ses ondulations et ses sauts. Combien de temps avait-il dansé ainsi ? Suffisamment longtemps pour que l'effroi causé par son apparition s'émousse. Comme il avait eu envie d'une cigarette, la bonne cigarette de l'essoufflement et de l'ébriété légère, il était retourné dans la chambre pour prendre son paquet dans la poche du manteau. De nombreuses personnes étaient arrivées après lui et avaient toutes, comme lui, posé un imperméable, une veste, une parka sur le lit. Certaines l'avaient jeté en vitesse et à présent, une montagne de vêtements s'élevait sur le matelas, manches mélangées, doublures déployées. Une montagne de tissu recouvrait le bébé.

Avec la musique, on n'entendait pas les pleurs et peut-être s'était-elle endormie, à force. Peut-être se taisait-elle pour toujours, maintenant, étouffée, écrasée sous la masse. Il s'était mis à creuser en hurlant de douleur et de colère contre eux tous, contre lui-même. Où elle est, putain ? Où elle est ? Il envoyait les habits valdinguer à droite, à gauche, enfouissait les bras, tout en prenant garde de ne pas faire de gestes trop brutaux par crainte de la blesser. Enfin, il l'avait atteinte, l'avait sortie de là, écarlate, brûlante, vivante. C'était alors qu'il m'avait vue. Que je l'avais vu. Enfin, juste après, sur le pont.

Étienne parlait vite, ne cherchait pas ses mots, ne les choisissait pas non plus. J'ai pensé en l'écoutant : Il parle comme l'araignée tisse sa toile, comme le lombric creuse la terre, comme le bourgeon perce l'écorce, mû par une nécessité qui relègue la finalité au second plan. Les scènes venaient sans ordre. Parfois, je ne comprenais pas de quoi il parlait, qui était telle ou telle personne, ni quand les événements s'étaient déroulés. Il disait : « Marie-Louise, ma grand-mère, pas la Tourangelle, celle qui ressemble à Agnès Varda », et je hochais la tête comme si, grâce à ces précisions, j'avais pu distinguer l'une de l'autre ces deux aïeules dont j'ignorais l'existence. Je ne posais pas de questions. Je n'osais pas l'interrompre. J'avais peur que derrière une peine immense se cache une peine plus grande encore.

Il m'a raconté son premier baiser, échangé dans la salle du fond, au Shamrock ; le pull violet d'Antonia, sa taille si étroite, le goût du café et de la cigarette dans sa bouche à elle. Pourquoi pas la mienne ? Pourquoi n'était-ce pas moi, assise dans l'arrière-salle, dans le passé, avec lui ? Il a parlé du carrelage de la cuisine chez les parents d'Antonia, de l'arôme de javel, de leurs salives échangées, de l'envie de faire l'amour et des exigences imposées à son désir : écouter ci, comprendre ça, reconnaître telle interprétation.

Il gardait les yeux baissés vers ses genoux, comme si un livre y était ouvert et qu'il découvrait, à mesure qu'il déchiffrait le texte, le récit de sa propre existence. Je ne suis pas certaine qu'il était conscient de ma présence. Et l'absence, ma propre absence dans son discours, dans la pièce, dans sa vie, m'a anéantie.

Il a raconté la danse, la folie de la danse, leur frénésie commune, leur accord. Il a dit comment la musique était entrée en lui, semblable à un filet de salive, familière, tiède puis brûlante, et comment ensuite chaque note lui apparaissait, chaque son, à la fois détaché des autres et mélangé, les textures sonores changées en autant de couleurs, si bien qu'à la fin, quand l'orchestre jouait, il avait l'impression d'avaler une montagne, de chuter au fond d'un gouffre, de tout vivre en même temps, du haut jusqu'en bas, et plus haut que le haut et plus bas que le bas, et que seule la danse, la danse avec elle, avec son maître, Antonia, lui permettait de supporter pareille connaissance et pareille beauté. La danse, c'était avant, bien sûr, avant qu'elle ne lui ouvre son corps.

Puis il a repris l'histoire à un autre endroit.

« On était seuls avec Matthieu. Au début, tout le monde venait à la maison. Ils voulaient voir le bébé. Les filles prenaient Rita, comme ça, dans le creux du bras, et elles la berçaient, mais Rita continuait à pleurer, alors les filles la reposaient et elles disaient qu'elles ne savaient pas comment s'y prendre. Je voyais qu'elles étaient vexées. Et je trouvais ça con. Ça me faisait du bien de trouver ça con. C'était comme retrouver le goût ou l'odorat. Les premiers jours, il y avait pas mal de gens et puis ils ont arrêté de venir. Je pense qu'ils s'ennuyaient. Surtout qu'au début je leur demandais de ne pas fumer. Maintenant, je m'en fous. Si tu veux fumer, ne te gêne pas.

– Je ne fume pas.

– Matthieu a continué à venir. Je ne sais pas pourquoi. Parfois, je me dis que c'est par bonté. Sauf qu'on ne ressent aucune bonté chez Matthieu. Il ne diffuse rien de bon. Il vanne. Il est froid. Mais il est organisé. Chaque fois qu'il vient, il m'apporte quelque chose qui me manque ou qui va me servir. Quelque chose de bon marché, il n'a pas beaucoup d'argent, mais d'utile. Il ramasse des ustensiles dans la rue. Il pique des trucs chez sa mère. Un jour, il est venu juste pour faire le ménage. Il avait des éponges, un seau, des serpillières. Il a tout lessivé, même les murs. Moi, je le regardais faire. Rita pleurait, comme d'habitude. Il avait mis une cassette d'Al Jarreau et parfois, pendant une chanson entière, elle se taisait, peut-être que ça l'endormait, je ne sais pas. Ça ne faisait même pas trois semaines qu'elle était née et moi j'étais à bout. Je me disais que ça s'arrangerait, mais ça ne s'arrangeait jamais. Un soir, Matthieu a débarqué avec de la farine. Il m'a dit : Viens, on va essayer de lui mettre ça dans son biberon, si ça se trouve, elle a faim. C'est lui qui lui a donné à manger. Ça m'a fait bizarre de la voir dans ses bras, avec le biberon. Comme si lui, c'était moi. C'était étrange aussi parce que, Matthieu, c'est pas le genre qui jouerait à la poupée.

– Matthieu ?

– Matthieu Farnèse. »

Je ne lui aurais pas laissé mon chien à garder, ai-je pensé. Et je n'ai jamais tellement aimé les chiens. Matthieu était avec nous au lycée. Il était sorti de ma mémoire. Mais à présent que son nom avait été prononcé, il se dessinait clairement : grand et maigre, le dos voûté. Il portait des lunettes dont une des branches tenait avec un sparadrap. Il ne souriait jamais et se fichait de tout. Un jour, il avait piqué la canne du prof de maths aveugle et l'avait perchée dans un arbre de la cour. Tout le monde savait que c'était lui qui avait fait le coup, mais personne ne l'avait dénoncé.

« Rita a bu tout le biberon et Matthieu l'a posée dans le cageot. C'était lui qui avait eu l'idée du cageot pour lui faire un lit. Avec Antonia, on n'avait rien acheté à l'avance. Rita était calme, alors on en a profité pour faire une partie de golf sur l'ordinateur. On a fait une première partie, et puis une deuxième. Le temps passait comme avant, comme quand ça n'avait aucune importance que le temps passe ou qu'il ne passe pas. J'ai perdu le fil. On a refait une partie et une autre encore. Rita ne s'est pas réveillée. On est allés la voir. Elle avait vomi. Son visage était couvert de bave blanche. Ses narines formaient des bulles. Je l'ai prise dans mes bras. Elle était molle. Elle n'était pas morte, mais elle ne se réveillait pas. On a eu peur. On est partis à l'hôpital, à la maternité. C'est Matthieu qui a conduit. Arrivés là-bas, on a vu qu'il y avait du monde aux urgences. Matthieu est allé parler à une sage-femme. Je ne sais pas ce qu'il lui a raconté. Elle est venue vers moi. Elle m'a emmené dans une petite salle et elle a fermé la porte derrière elle. Elle m'a dit qu'elle était au courant. Elle savait que c'était dur, très dur, mais que j'allais m'en sortir. Ce n'est pas compliqué, un bébé. Voilà ce qu'elle m'a dit. Pas trop à manger, pas trop peu, couvrir ni trop, ni trop peu, supporter son inconfort qui, la plupart du temps, est transitoire. Rester calme, rester confiant. Lui parler.

"Je ne sais pas quoi lui dire.

– Il faut lui parler quand même.

– De quoi ?

– De tout, de rien. Faites comme si elle était votre journal intime. Parfois, on n'a rien à écrire, alors, sur la page blanche, on écrit : Aujourd'hui, je n'ai rien à écrire, je n'ai pas envie de parler."

Elle m'a conseillé de prendre rendez-vous avec l'assistante sociale.

L'assistante sociale m'a aidé pour les papiers, le livret de famille, les déclarations à faire, tout ce qui était en retard. Je ne sais pas pourquoi je te raconte tout ça. Je ne sais pas pourquoi je te parle, en fait. On ne se connaît pas. »

On se connaît, ai-je pensé. On se connaît depuis presque toujours. Tu ne te rappelles pas. Moi, je me rappelle. Et parce que nous nous connaissions depuis si longtemps, depuis presque toujours, j'ai posé la question que je n'aurais jamais cru avoir le courage de formuler. Je me suis dit : C'est ça, l'héroïsme, c'est se lancer dans une action qu'on est certain de ne pas pouvoir accomplir. C'est une affaire de moment. Une seconde avant, on ne peut pas. Une seconde après, c'est trop tard.

« Où est Antonia ?

– Elle est morte », a répondu Étienne du tac au tac, d'une voix parfaitement tranquille.

Je le savais avant qu'il le dise. C'était la raison pour laquelle il était si difficile de poser la question. Je le savais mais je ne le savais pas. Le vrai et le faux avaient exactement le même statut. Si Étienne m'avait répondu : Elle est partie au Guatemala avec son prof de handball, j'aurais pu me dire, avec autant de conviction : Je le savais. Je savais qu'elle était partie au Guatemala avec son prof de handball.

« Elle est morte en accouchant. Sa tension est montée. Juste avant, tout allait bien. Et après, les visages ont changé autour. Le médecin a été appelé. Il avait un tablier en plastique et des bottes, comme un pêcheur ou un boucher. Plusieurs personnes en blouse sont arrivées. Il y a eu des piqûres, un masque à oxygène, césarienne en urgence, pas d'anesthésie possible. Ils m'ont écarté. Ils m'ont poussé aussi loin qu'ils pouvaient, mais j'ai vu le corps d'Antonia se cabrer au-dessus de la table. Les pieds dans les étriers, et tout le reste comme un arc suspendu. J'ai vu ses dents serrées, les gencives découvertes par les lèvres. J'ai entendu une infirmière ou une sage-femme dire merde merde merde puis le médecin dire on la perd, on est en train de la perdre, et je n'écoutais pas vraiment. Je me chantais une petite chanson dans laquelle je ne savais plus s'il fallait dire Polichinelle ou Cadet Roussel. Un courant très fort m'entraînait ailleurs, très loin de la salle de travail. Je me disais je ne suis pas là, je ne suis pas là, elle n'est pas là, on n'est pas là. C'était ça ma petite chanson. Et à la fin, j'ai entendu un cri et depuis, ce cri ne s'est pas arrêté. C'était le bébé. C'était notre fille. Rita. C'était Rita qui criait et qui n'arrête pas de crier depuis. Rita. On avait choisi le nom, mais c'était le seul préparatif qu'Antonia avait accepté de faire. On était allés à la maternité sans rien. Sans valise, sans mallette, sans brumisateur. Rien. Même pas un pyjama, même pas un paquet de couches. Les sages-femmes nous ont engueulés et nous, on rigolait. On leur disait qu'on mettrait le bébé dans nos habits et qu'on s'enfuirait de l'hôpital en courant dès qu'il serait né. Et vos parents, ils sont où, vos parents ? demandait le personnel. Ils regardent la télé, répondait Antonia. Ils ne sont pas au courant. C'était vrai. On n'avait rien dit à personne. On sentait que c'était la bonne chose à faire. On voulait être comme les premiers parents de l'univers. La seule raison pour laquelle on était allés à la maternité, c'est parce qu'on voulait être sûrs que notre bébé soit pris en charge correctement. C'est ce qu'on disait, mais il y avait une autre raison. C'était trop le bordel chez nous. »

« C'était une éclampsie, a-t-il poursuivi après un silence, les yeux secs, le visage impassible, hormis une double ride très légère entre les sourcils qui lui donnait l'air un peu idiot du mauvais comédien qui souhaite qu'on le trouve intense. Ils ont sorti le bébé de la salle. Ensuite ils ont dit que tout allait bien. Qu'on allait endormir Antonia pour la recoudre. Mais ça n'a pas été possible parce qu'il y avait trop de sang. C'était une hémorragie. Énormément de sang. À ce moment-là, ils m'ont fait sortir aussi. Je me suis assis dans le couloir. Je me sentais bien. J'étais soulagé. C'était fini. Je n'allais plus voir le corps arqué, ni les gencives, comme celles d'un cheval. J'ai attendu. J'étais tranquille. Je ne savais pas ce que j'attendais et ça, c'était un problème pour moi, mais pas un problème très important. Je me disais que je finirais bien par savoir. Au bout d'un temps, une infirmière est venue me trouver avec un paquet dans les bras. Elle me l'a montré. Elle m'a dit : "C'est une fille. C'est votre fille. Elle est très belle. En parfaite santé. Comment allez-vous l'appeler ?" J'ai répondu quelque chose de bizarre. C'est écrit dans mon dossier, mon dossier de suivi psychologique à l'hôpital. Je suis suivi. C'est gratuit. Je n'ai pas le temps d'y aller, avec le bébé qui pleure. Et donc j'ai dit, enfin, il paraîtrait que j'aurais dit : "C'est bon, je l'ai vue, vous pouvez la remettre dans le ventre et recoudre." L'infirmière est partie avec le bébé et peut-être que j'ai cru qu'ils allaient faire ce que j'avais demandé. Je me suis remis à attendre. Et je ne savais toujours pas ce que j'attendais. Je crois que j'attendais Antonia. Je me demandais où elle était. Pourquoi elle n'était pas avec moi. D'habitude, on était toujours ensemble. De temps en temps, je me disais : Elle est morte. Comment je vais l'annoncer à ses parents ? Et la seconde d'après, je recommençais à l'attendre. J'attendais qu'elle arrête d'être morte. Il fallait que quelqu'un vienne me l'annoncer. C'était aussi simple que ça. Quelqu'un allait venir et m'annoncer :

“C’est bon, vous pouvez y retourner. Elle a arrêté d’être morte.”

« Dans la vie, tu dois te taper chaque seconde. Il n’y a pas d’ellipse qui t’amène deux heures, une semaine, ou cinq ans plus tard. Quand ta femme est morte, elle continue d’être morte la seconde d’après et celle d’encore après. Tu regardes la pendule et les aiguilles n’ont pas avancé. Elle est toujours morte et toi, tu éprouves exactement le même déchirement, la même quantité de chagrin. Les gens te disent que le temps fera son travail. Il faut faire confiance au temps. Très bien. Mais le temps est si lent. Quand on me met la petite fille dans les bras, le bébé survivant, je sais comment, si c’était un film, on nous verrait, elle et moi, dans le plan d’après. Elle, jeune femme, et moi, vieillissant, tous les deux cicatrisés, éloignés de la tragédie de sa naissance. Mais c’est la vie, la vraie vie où tout passe lentement, alors quand on me met cette personne dans les bras, je sais que cette épreuve va être interminable. Nous allons énormément nous emmerder. Je vais souffrir âprement et longtemps. Il n’y aura aucun répit. Elle, comme c’est un bébé, elle ne sait pas. Elle n’a pas de chagrin du fait que sa mère est morte. Elle a la chance de ne l’avoir jamais connue.

« Dans le couloir, le temps s’est dilaté. Comme si on l’avait filtré. Ou comme si de liquide il était devenu une boue. J’étais dans ce couloir depuis toujours et toujours j’y restais. Je crois que je voulais surtout revenir en arrière, remonter dans le temps. Et une partie de moi s’accrochait à la paroi lisse des heures et des minutes. Je ne pouvais pas m’empêcher de revenir en arrière. J’allais au moment où on avait quitté la maison. Je portais Antonia dans mes bras. Antonia n’a jamais été lourde. Même avec le bébé à l’intérieur. Je la portais tout le temps. Sur mon dos. Sur mes épaules. Quand son ventre a commencé à devenir trop gros et que c'était inconfortable pour elle, je la portais comme les princes portent les princesses et ça ne me fatiguait pas. Parfois on marchait comme ça dans la rue, pour faire les courses ou pour aller à une soirée. Les gens nous regardaient bizarrement. Les gens nous ont toujours regardés bizarrement. Pas à cause de moi. Moi, je n'ai rien de spécial. À cause d'Antonia, parce qu'elle ne fait rien comme personne. On est allés comme ça à la maternité. Je l'ai portée tout le chemin dans mes bras. Ce n'était pas loin. J'étais tellement heureux que j'avais mal, à force de sourire. Je n'avais jamais été heureux comme ça. Je crois que personne n'a jamais été aussi heureux que moi à ce moment-là. Et c'était juste avant. Trois ou quatre heures seulement avant le couloir. Je me concentrais. Je me disais que si j'essayais vraiment, je pourrais revenir à ce moment-là qui était tout frais dans ma mémoire. Du bout du doigt je parvenais à toucher quelque chose, une sorte de filament. Je m'y accrochais et j'étais près d'y arriver, mais quelqu'un venait me déranger pour me montrer ma fille, pour que je signe une feuille, pour savoir si je voulais retourner dans la salle dire au revoir à Antonia. Laissez-moi tranquille. J'y suis presque. Je vais retourner là-bas, là où tout allait bien, là où tout allait continuer normalement. On va s'y prendre autrement. On va recommencer.

« C'est une chose que je n'arrête pas de faire. C'est devenu un réflexe. Pendant que je te parle, je suis en train de retourner en arrière. Quand je nourris Rita, quand je lui donne son bain, je retourne en arrière. Je me présente à l'entrée de la maternité avec Antonia dans les bras et la réceptionniste nous regarde comme si on avait mangé son stylo. Une infirmière demande : "Qu'est-ce qui se passe ? Elle ne peut pas marcher toute seule ?"

“Si.” “Ben posez-la par terre et laissez-la marcher, ça aidera le travail.” Je retourne sans arrêt à ce moment et je dis : “Non, je la garde dans mes bras. Je veux la porter jusqu’à la salle d’accouchement. Je veux qu’elle donne naissance à notre enfant dans mes bras.” On me laisse faire. J’ai beaucoup d’autorité. Et grâce à moi, grâce au fait que je lui évite tout contact avec le sol, Antonia n’a pas d’éclampsie, l’hémorragie n’advient pas. Antonia nourrit Rita et lui donne le bain avec moi.

« Parfois, je retourne plus loin dans le passé. Surtout quand Rita pleure plus d’une heure d’affilée. Je rends visite à Antonia, la nuit de la conception. Antonia est fatiguée. Elle n’a pas envie. Pas très envie. Ou juste un petit câlin. Mais je ne l’écoute pas. Je la dévore et je la rends folle, comme elle m’a appris à le faire, car elle m’a appris le corps comme elle m’avait appris la musique, le toucher, la respiration, le tempo, le chant et le contre-chant, les accélérations et les retards, le double *pianissimo* et le *crescendo*. Elle était si dure et si rigoureuse et quand je lui demandais où elle avait appris tout ça, elle répondait Peu importe, jusqu’au jour où elle avait marmonné : “Fille unique, loge de concierge de dix-sept mètres carrés, cuisine et salle d’eau comprises.” L’espace est partout, m’expliquait-elle. Entre l’inspiration et l’expiration, il y a de l’espace, entre deux clignements de paupières, il y a de l’espace, entre deux mots, entre deux lettres, entre deux sons. Rien n’est collé. Rien n’est continu. Et quand tu coupes, recoupe et coupe encore ! Entre deux de mes cheveux, il y a autant d’air que dans le ciel au-dessus de ta tête.

« Retourner à ce moment-là est pénible. Cela crée une douleur horrible. Je vais dans cette nuit, on ne fait pas l’amour, Antonia ne meurt pas, j’efface Rita à qui je donne à manger ou son bain. Je regarde ce bébé que je ne connais pas et que j'ai toujours connu, je regarde ma fille dans les yeux et, à l'intérieur de ma tête, je l'efface. Son nez disparaît en premier, puis son crâne, son front, son menton, sa bouche. Bientôt ne restent que ses yeux et je me demande ce qu'ils lisent dans les miens.

« Ça me rappelle l'orchestre, quand quelque chose clochait, Marlène Siamois disait : "On reprend une mesure avant 15. Quatre avant 285, ou deux mesures avant 32." Une fois, deux fois, cinq fois, autant de fois qu'il le fallait pour que ça sonne à peu près correctement. Comment ça s'appelle ?

– Quoi ? je demande, étonnée d'avoir encore une voix tant je suis terrassée par ce que je viens d'entendre.

– Comment ça s'appelle ? répète Étienne.

– De quoi tu parles ? En musique, quand on reprend ?

– Non. Le muscle, le nerf, le truc qui fait qu'on peut revenir en arrière. Retourner mentalement en arrière. C'est quoi, ce truc ? Je veux qu'on me l'enlève. Je veux arrêter d'y retourner. Et je ne sais même pas comment ça s'appelle. »

J'aimerais lui répondre que le mot qu'il cherche, l'organe qu'il désigne est la mémoire, mais je n'ose pas. J'ai peur de me tromper. J'écope un navire avec un élytre de coccinelle et je continue de disparaître. Je suis assise dans l'appartement que j'ai décoré avec l'homme que j'aime et qui m'aime, un homme inventif et drôle, mais je disparais. Et quand Yves rentrera, il n'y aura plus trace de moi, me dis-je. Quelques culottes roulées en boule, des chaussettes célibataires, des tee-shirts écartelés, mais pas une miette, pas une poussière de peau, pas un cheveu, pas un cil.

« Il faut que je prenne des médicaments. Le psychiatre m'a dit que c'était la seule chose à faire. Il m'a dit : "La molécule vous déconnectera." Je lui ai demandé si j'arrêterais de retourner dans le passé et il a affirmé que oui, absolument. Grâce au médicament j'allais pouvoir vivre dans le présent et profiter de ma fille. Profiter de ma fille ? C'est quoi, cette phrase ? Le bébé, ce n'est pas une fille, c'est l'amarre, c'est l'ancre, la chaîne qui retient le temps. C'est un bourreau qui découpe chaque minute en secondes, chaque seconde en milliers de micro-instants. Le bébé boit son biberon et je respire, mais c'est déjà fini et je dois attendre jusqu'au prochain biberon parce que, entre les deux, il n'y aura que des cris, une couche à changer, une lessive que je n'ai toujours pas faite, et depuis combien de temps je ne me suis pas douché ? Rita et moi, on est si sales. On pue. Et la pire odeur qu'on dégage, c'est celle de la mort. C'est pour ça que Matthieu vient. Matthieu et personne d'autre. Les gens normaux ne supportent pas cette odeur. Lui, ça ne le dérange pas. Peut-être même que ça lui plaît. C'est un tordu. Mais c'est le seul ami que j'aie encore.

« Ma mère m'a envoyé un chèque avec un catalogue de thalassothérapie. Elle a entouré une cure à la page 4. Ça s'appelle "Maman-Bébé" et c'est le cadeau qu'elle a choisi de m'offrir. C'est dégueulasse et c'est normal en même temps parce que, la dernière fois que je l'ai vue, je lui ai dit quelque chose de très désagréable. Je ne me souviens plus exactement quoi. C'était il y a plusieurs années. Je crois que les mots que j'ai utilisés étaient irrespectueux. Son visage a complètement changé quand elle les a entendus. Il est devenu le visage qui s'était toujours caché derrière son autre visage. Elle m'a parlé de mon frère. De Martin.

« J'ai gardé le catalogue de thalassothérapie. Je le lis pendant que Rita pleure. Je regarde les photos de gens qui sourient. Je regarde la plage, les carrés bleus ou verts des piscines, les assiettes où sont disposées des saint-jacques dans un nid de tagliatelles, j'étudie la forme des galets chauds posés sur le dos d'une femme dont je ne vois pas le visage, je m'interroge sur le poids des pierres, sur la façon dont on les a chauffées. Ça m'occupe. Pendant que Rita pleure. Au début, je regardais la télé, mais c'était trop fatigant, la télé plus le bruit de Rita. Le catalogue, c'est bien. Finalement, c'est un bon cadeau. J'ai découpé le chèque en morceaux et je l'ai jeté à la poubelle. Je n'en ai pas besoin. L'assistante sociale m'a obtenu une aide des allocations familiales. Je veux que Rita aille bien. Je ne supporte pas qu'elle souffre. Je ne sais pas si elle a mal quelque part. Je ne sais pas ce qu'il y a entre nous. Je n'ai jamais eu d'enfant. Je ne sais pas ce que c'est d'avoir un enfant. Je lui parle, comme m'a expliqué la sage-femme. Je lui raconte nos journées, mais il n'y a rien à raconter, vu qu'elle était là et qu'on ne fait rien, ou alors la même chose que d'habitude. Parfois, quand j'ai du courage, parce que j'ai bu une bière, ou que Matthieu m'a apporté un truc bon à manger, je lui explique notre première nuit à elle et à moi. Comment elle était, toute petite, allongée sur mes genoux, à me dévisager. Je lui parle de son air furieux et je lui dis que moi aussi, j'étais furieux. Je n'avais pas envie de te voir. Je lui dis des choses comme ça. Des choses qu'on ne doit surtout pas dire à un bébé, mais je n'ai pas d'autre idée. Je lui raconte la première fois que j'ai eu envie de pisser après la mort de sa mère et comme c'était bizarre de le faire, de pisser, de voir ma bite encore vivante, innocente, contente de pisser, comme si elle n'était pas au courant. Je lui dis la première fois que j'ai eu faim et comme manger était impossible, malgré la faim, parce que j'avais honte que mon corps veuille encore vivre, que la machine qu'était mon corps se contrefiche à ce point du fait que tout était fini pour moi. Je ne pense pas à lui mentir. J'oublie qu'on peut mentir. Elle m'écoute. Parfois elle s'arrête même de crier pour m'écouter. Je lui dis : Tu ne peux pas comprendre ce que ça fait d'être dans le couloir. Tu ne sais même pas ce que c'est, un couloir. Être dans le couloir et attendre que ça change, tout en sachant que rien ne changera, que la mort est pour toujours. Se dire : Peut-être que dans dix minutes, j'irai mieux, mais au bout de trente secondes, on en a déjà marre d'attendre d'aller mieux. On est cassé, complètement irrécupérable, et on se regarde soi-même comme si on pouvait se réparer, mais non. On est irréparable. On se dit : Dans une semaine. On se dit : Dans un mois. Mais on sait que dans une semaine, dans un mois, dans un an, ce sera pareil. Le psychiatre m'a demandé si je prenais mes médicaments. J'ai dit non. Il m'a demandé pourquoi. J'ai répondu que je ne savais pas, que c'était lui le médecin. J'ai arrêté d'y aller. De toute façon, je n'ai pas le temps. L'assistante sociale m'a trouvé une place en crèche. Une place pour Rita. Je n'ai plus que deux semaines à attendre. Je m'accroche à ça. Deux semaines. Ça fait quatorze jours et quinze nuits. Ou le contraire. Je ne sais plus. Au début, ce sera l'adaptation. Pendant une semaine. J'y vais une heure avec Rita. Le lendemain, je laisse Rita pendant une demi-heure. Le lendemain, je la laisse une heure. Je crois que c'est ça. L'assistante sociale m'a donné un dépliant, je le lis presque aussi souvent que le catalogue de thalassothérapie. C'est moins long et moins varié. C'est moins cher. Il n'y a pas d'images. »

Un cri l'interrompt. Rita s'est réveillée. Elle hurle. Étienne bondit du canapé. Il se déplace plus rapidement et plus agilement que personne. Je n'ai pas besoin de lui montrer le chemin jusqu'à la chambre. Il se dirige grâce au son. Il est télécommandé par la voix du bébé.

Le voilà qui revient, avec son paquet sonore contre l'épaule.

« Elle a faim », déclare-t-il. Puis il la détache légèrement de sa poitrine, la regarde et lui dit tout doucement : « Tu as faim, mon bébé ? On va y aller. »

Je n'ai jamais rien entendu d'aussi tendre.

Quelques minutes plus tard, ils sont partis. Je m'assieds sur le canapé, à l'exact endroit où Étienne s'était endormi, et je regarde le mur en face de moi. Les secondes se dilatent. Elles peinent à former une minute. Elles se dispersent avant d'avoir accompli leur rotation autour du cadran.

DEUXIÈME PARTIE

Ce temps que la musique ignore

Tata Colette et tata Jacqueline, les jumelles, sont arrivées les premières. Je ne m'étais jamais rendu compte, avant ce jour, combien il est étrange qu'elles soient jumelles et que l'une d'elles soit aveugle. C'est comme si elles m'apparaissaient pour la première fois. Ces deux femmes nées presque au même instant ont grandi ensemble, me dis-je. Elles ne se sont jamais quittées, n'ont eu ni mari ni enfants, et se sont ressemblées au point que leurs proches avaient parfois du mal à les distinguer l'une de l'autre, jusqu'au jour où tata Colette est devenue aveugle. La maladie s'était développée chez elle bien plus précocement que chez mon père. Elle n'avait pas trente ans quand elle avait perdu la vue (après avoir embrassé un garçon – un goy, précisait sa sœur Jacqueline au terme d'un bref silence). Elle était déjà couturière, alors que sa jumelle était comptable. Jacqueline avait commencé à grossir à cette époque et n'avait pas cessé depuis.

À présent, elles n'ont plus grand-chose en commun. Colette aveugle et maigre, Jacqueline voyante et obèse. Elles marchent, bras dessus bras dessous. La voyante guide les pas de l'aveugle. La maigre aide l'obèse à soutenir la masse encombrante de son corps. Malgré sa cécité, Colette continue de porter avec chic les tenues qu'elle coupe, assemble et coud dans son atelier obscur. Parfois, j'imagine un de ses longs doigts élégants piqués par une épingle ou transpercé par le minuscule pieu mécanique de la machine. Mais ses mains ne portent ni pansements ni cicatrices. Jacqueline, de son côté, enveloppe son corps informe dans de grandes chasubles fleuries qui la font ressembler à un énorme bébé, d'autant que sa démarche, rendue difficile par le surpoids, évoque celle des enfants qui commencent à marcher. L'une comme l'autre sourit peu et paraît absorbée par le soin constant qu'elle croit devoir prodiguer à sa sœur infirme.

Il y a des années de cela, chaque jeudi, elles descendaient déjeuner au restaurant russe qui se trouve à quelques rues de chez elles. Parfois, elles m'y emmenaient. Jacqueline lisait le menu – que Colette connaissait par cœur – à sa sœur. Puis Colette passait la commande pour elles deux, expliquant son choix : « Je t'ai pris le koulibiac de saumon parce que c'est plus léger que le bœuf Stroganoff. » « Bien sûr », acquiesçait Jacqueline avec fermeté. Quand je voyais arriver le saumon en croûte avec sa rondelle d'œuf dur au centre et l'abondante sauce jaune dans laquelle il nageait, je me demandais quelle idée les jumelles se faisaient de la légèreté. « Je n'ai pas touché au pain ! » s'écriait Jacqueline à l'issue du repas, fière de sa tempérance. J'ignorais comment Colette pouvait connaître les problèmes de poids de Jacqueline, privée d'yeux pour les constater. Sans doute prenait-elle ses mesures dans l'atelier sans lumière. De son pouce expert, elle sentait sur le ruban délateur combien de centimètres avait gagné le tour de taille de sa jumelle.

En repensant à ces rares déjeuners partagés avec ma paire de tantes, je me demande comment certaines pratiques s'inscrivent en nous sous l'enseigne de l'habitude.

Je n'ai répondu à leur invitation que trois ou quatre fois, mais dès que je me retrouvais sur la chaise aux accoudoirs recouverts de velours vert jade du restaurant russe, j'étais envahie par un sentiment de répétition, une impression rassurante et douce d'éternité. J'avais la sensation qu'à l'abri de ce lieu, face à ce menu qui jamais ne changeait (malgré ce que l'exclamation de Jacqueline « Tiens, il y a des kotletki ! » aurait pu laisser croire), aucune catastrophe, aucun chagrin ne pouvait nous atteindre. Le monde ainsi conservé, un peu comme si nous avions toutes les trois été assises dans une de ces boules de verre où la neige volette après qu'on les a retournées, semblait être parvenu à son paroxysme, devenant le monde absolu : mes tantes et moi chez Dimitri ; après les guerres, après les révolutions, après la bombe atomique, après le goulag, après la crise de Cuba, après le choc pétrolier, un monde parfait, sans rien ensuite que l'addition avec un petit café en même temps s'il vous plaît, Aliocha.

En les regardant depuis l'étage, tandis qu'elles clopinent dans la cour de la mairie, je songe que, de jumelles, elles sont devenues siamoises. Pour ce grand jour, Colette a revêtu un tailleur façon Chanel qu'elle a confectionné elle-même, veste courte, gros boutons, col rond et jupe droite dans un tissu compliqué qui paraît presque en relief. Jacqueline, dans son habituel sarrau informe, a chaussé une paire d'escarpins blancs, alors que ses pieds gonflés ne supportent plus que les savates. Elle a aussi jugé approprié de coiffer son crâne légèrement dégarni d'une capeline ornée de tulle couleur lilas. En observant sa démarche, je me dis qu'elle a dû cacher ce détail à sa sœur car, tout en lui tenant le bras, elle s'écarte imperceptiblement d'elle. Colette, en bonne adepte du classique impeccable qu'elle est, n'approuverait pas cette fantaisie.

Je suis touchée par ces efforts de toilette et affligée aussi, car Yves et moi, si nous nous marions, c'est à cause des impôts. Il n'y aura pas de cérémonie religieuse ni de fête. On a prévu un apéritif avec les deux familles afin de ne froisser personne et surtout pour se faire bien voir de Matteo et Nelly, nos enfants, qui, malgré leur jeune âge, six et quatre ans, ou à cause de lui, sont éperdus de formalisme. L'adjoint au maire, un très grand homme à la peau d'un brun foncé, presque violet, nous serre la main, à Yves et moi. Il caresse la tête des enfants, sans ébouriffer leurs cheveux, et je sais que Matteo et Nelly apprécient cette réserve.

Je me demande si Yves est heureux. Il soulève Nelly du sol et la prend dans ses bras. Je songe à la contenance que nous donne un enfant quand on le porte, quand on lui tient la main ou qu'on se contente d'appliquer nos paumes sur ses épaules. Je me demande aussi comment et pourquoi j'ai arrêté d'aller chez Dimitri avec mes tantes (y vont-elles encore elles-mêmes ?). Comment ai-je pu croire que je déjeunerais là-bas une infinité de jeudis ? Où est passée mon enfance ? Et celle de mes parents ? Qu'est devenue l'intemporalité gorgée d'ennui de nos après-midi oisifs, allongées sur le ventre, le menton dans les mains ? Quand ai-je eu le temps de grandir et comment ai-je pu ne pas m'en apercevoir ? Au point d'avoir moi-même des enfants, de me marier ?

Je ne me rappelle aucune conversation entre nous, mon futur mari et moi, concernant le contrat que nous nous apprêtons à conclure l'un avec l'autre. Il me semble que tout s'est effacé au moment où j'ai franchi la grille de la mairie. Dès que je tente de retracer le fil des échanges qui ont mené à cette décision, lorsque je me concentre pour tenter d'exhumer un débat entre nous, rien ne vient. Je n'ai à l'esprit que les noces de ma belle-cousine, Nathalie, la fille du frère d'Henri Taïeb, célébrées deux ans plus tôt.

La synagogue à étage. La tête d'Yves avec une kippa. Mon agacement quand il s'était penché pour relacer ses chaussures, qu'elle était tombée et qu'il ne l'avait pas ramassée. Depuis le balcon, j'essayais de lui faire signe. J'avais fini par demander à Matteo de se rendre au rez-de-chaussée pour s'introduire dans la partie réservée aux hommes et remettre le petit chapeau sur la tête de son père. Notre fils avait brillamment accompli sa mission et passé la fin de la cérémonie comme un monsieur miniature, la main dans celle de son papa.

Je revois le motif du brocart de soie blanche qui enserrait la taille fine de Nathalie, sa jolie poitrine que le modèle ajusté mettait en valeur. Je frappe dans mes mains tandis que, dans les salons Poirey loués pour l'occasion, elle est hissée sur une chaise que soulèvent quatre jeunes hommes bruns à la peau mate et aux longs cils. Elle sourit, agrippée à l'assise. Elle s'élève au-dessus de nos têtes, portée par la houle de la musique. Elle manque de tomber, éclate de rire, tend les bras vers David, son mari. Lui aussi tangue sur une chaise, triomphal, en sueur, les prunelles scintillantes. J'admire ses mains magnifiques, brunes, glabres, aux doigts ravissants. Je le sais bon pianiste. Je sais aussi que Nathalie n'aime pas beaucoup la musique. Enfin, ils s'embrassent. Toujours portés par la foule, au-dessus des danseurs et de la famille éblouie. Leurs lèvres se touchent et il n'y a rien de plus chaste que ce baiser. La ronde se resserre et s'écarte alternativement autour d'eux. Une farandole se crée. Yves est en troisième position. Très vite il comprend le système qui consiste à intégrer au fur et à mesure que l'on se déplace toutes les personnes isolées. Il sent aussi à quel moment lever les mains en l'air et former une nouvelle ronde autour de la ronde centrale. C'est son premier mariage juif et on croirait qu'il en est l'animateur.

Je m'écarte des danseurs. J'observe les enfants Taïeb, une ribambelle de cousins. J'admire les ressemblances dans l'implantation des sourcils, l'écartement des yeux. Je joue à identifier les parents à partir de traits caractéristiques repérés chez leurs descendants et soudain, je tourne mon regard vers mes propres enfants, Matteo et Nelly, qui ne se ressemblent même pas entre eux. Nelly a les cheveux souples et châtain clair, les yeux gris, un tout petit nez à l'arête si fine qu'on pourrait craindre qu'elle ne se brise. Matteo a une tignasse raide et noire, un nez légèrement camus, très spirituel, et une bouche plus pulpeuse que celle de sa sœur. Quel genre de famille sommes-nous ?

Sur une chaise à l'écart, mon père, les deux mains appuyées sur sa canne, ne fait aucun effort pour masquer sa réprobation : beaucoup de bruit, musique horrible, folklore ridicule, trop de joie. Qui l'a invité ? Ma mère a-t-elle insisté ? Est-ce une idée de son nouveau mari ? Pourquoi mon père est-il venu ? Lise dépose un baiser sur son front avant de repartir dans la danse. Elle ne paraît pas se poser de questions ; à son aise parmi les youyous comme au tribunal, à la plage ou ailleurs. Elle a l'air de connaître tout le monde. Je la surprends en grande discussion avec Sophie, la sœur de Nathalie, et je me demande, une fois de plus, quand elle a eu le temps de tisser des amitiés, dont je n'ai moi-même abordé que les contours, avec notre belle-famille. Je songe qu'il doit être doux de suivre la coutume, de placer son pied, sans trop s'interroger, dans la trace qui précède. C'est si bon d'être semblable, d'être conforme. Pourquoi devrait-on jouer au malin avec la vie ?

Mes yeux s'arrêtent alors sur ma mère. J'admire son port altier, le chignon qu'elle a noué au sommet de son crâne à l'envers de la mode, et qui fait paraître ses tempes et son front démesurés et lumineux, comme si on avait vissé une ampoule à l'intérieur de sa tête. Je la regarde se soustraire discrètement à la farandole, une main sur le côté, à hauteur de la taille. Jamais elle ne s'essouffle quand elle danse. Pourtant, c'est à court d'haleine qu'elle s'éloigne de la piste. Ses lèvres se tendent à peine. Quelque chose en moi, à cet instant, quelque chose d'infime, un brin d'herbe, un pétale détaché d'une fleur bien avant qu'elle ne se fane, s'immobilise soudain.

Le jour de sa mort, je repense à cette fraction de seconde et je me dis : C'est là que tout a commencé. Je date ainsi le début de la fin. Une fin rapide, déroulée avec la légèreté inéluctable d'une pelote de laine tombée sans bruit de la table à ouvrage.

« Vous avez pensé aux alliances ? me demande le grand monsieur à la peau couleur aubergine.

– C'est Yves, enfin, mon mari, je veux dire mon futur mari qui les a. »

L'adjoint au maire sourit de ma confusion qui s'exprime par cette avalanche de précisions inutiles.

« C'est toujours émouvant un mariage, savez-vous ? »

Je me demande à quoi sert une réclame pour le mariage au moment de le célébrer.

« Moi, en tout cas, déclare-t-il en tâtant son écharpe tricolore, cela m'émeut à chaque fois. »

Je ne me sens pas à la hauteur. Indigne de la sensibilité du fonctionnaire qui va m'unir au père de mes enfants. Je cherche quoi répondre. Je regarde autour de moi et, sur un banc recouvert de velours rouge, juste au-dessous d'une immense fenêtre par laquelle le soleil inonde la salle des mariages, j'aperçois Henri Taïeb et mon père, assis côte à côte. Il est tôt. L'endroit est encore vide. Mes tantes n'ont pas osé s'installer et patientent sagement dans le couloir. Les deux hommes auraient pu s'asseoir n'importe où ailleurs. Un fauteuil au premier rang, une chaise dans le fond. Ils sont tout proches l'un de l'autre, comme on l'est quand on se tasse pour faire de la place à de nouveaux venus. Ainsi ne laissent-ils aucun espace au fantôme de ma mère, me dis-je.

Henri a sans doute voulu porter secours à mon père qui est arrivé encore plus tôt que Colette et Jacqueline – car depuis quelques années, sa manie du retard s'est muée en passion de l'avance. Henri lui a pris le bras pour le guider. Mais une fois dans la salle, que faire ? L'abandonner ? On ne sait, bien souvent, comment se séparer d'une personne malvoyante dont on a saisi le coude, avec maladresse la plupart du temps. Parfois, ne sachant comment prendre congé (doit-on prévenir ? Quelle phrase se prête le mieux à l'annonce de l'abandon ?), on demeure tout près, sans un mot, se croyant invisible et donc ignoré de l'autre, tenaillé cependant par le sentiment de commettre une indiscrétion en restant à ses côtés. Alors que la personne aveugle sait que nous n'avons pas bougé ; elle le sent grâce à l'air qui ne s'est pas déplacé, grâce à l'absence de bruits de pas. Elle le constate et n'ose pas non plus le manifester.

« Mon père et mon beau-père sont déjà installés », dis-je à l'adjoint au maire en désignant les deux maris de ma mère.

Il hoche la tête avec une lenteur empreinte de compassion. Il connaît ma situation de famille. C'est écrit dans ses notes.

« C'est pour ça que nous ne faisons pas de fête. Ça fait vingt mois seulement.

– Elle vous regarde de là-haut », m'assure-t-il.

Je lève les yeux machinalement et, là où je m'attendais à voir ma mère, son splendide visage que la mort elle-même n'est pas parvenue à abîmer, je découvre l'énorme lustre à pendants de cristal.

« Ils sont tous là-haut à vous regarder, m'assure encore l'adjoint. C'est un mariage civil bien sûr, fait-il, soudain conscient d'être légèrement sorti de son rôle. Ce que je vous dis n'a rien de religieux. Les morts nous regardent, c'est une expression, n'est-ce pas ? Une façon de parler, de dire que votre maman aurait été contente.

– Ma mère aimait beaucoup mon mari, enfin Yves, mon futur mari.

– Elle aurait été contente », répète-t-il.

L'arrivée des autres invités nous évite de poursuivre cette conversation. Les amis, la famille, les enfants, les parents d'Yves, sa mère, petite, ramassée, aussi efficace et incontestable qu'une brique, son père, vaporeux, qui semble prêt à s'envoler, maintenu au sol par le seul poids de ses longues moustaches blanches, des amis de mes parents que je n'ai pas vus depuis des années, quelques-uns de leurs enfants avec qui j'ai joué à la poupée, à cache-cache, aux petits chevaux, au docteur, et qui me donnent l'impression d'être, pour certains, très vieux et très moches, et pour d'autres, étonnamment jeunes et séduisants. Au milieu de tous ces visages familiers, je distingue ceux de Vincent Melchio et de sa mère. Comment a-t-il su ? Lise et Dora me font des yeux ronds qui signifient qu'elles aussi sont surprises. Je souris en détaillant les vêtements de ma petite sœur ; c'est la seule ici dont l'accoutrement me convienne, parce qu'il n'a rien de faussement élégant. Elle porte des sabots, des chaussettes de toutes les couleurs qu'elle a dû tricoter elle-même, une salopette en jean et un pull marin. Ses cheveux courts ont l'air décolorés par le soleil. Je la trouve d'une beauté saisissante et, avec une petite tristesse au cœur, je me rends compte que c'est elle qui, de nous trois, a hérité du merveilleux visage. Elle est devenue américaine. Elle ne rentre que pour les grands événements (mort, mariage). Cela lui donne l'allure, la précision et l'inéluctabilité d'une virgule. La distance lui confère un pouvoir qui paraît l'emporter sur le droit d'aînesse. Elle revient auréolée, renouvelée. Se nourrit différemment. Boit du café tout au long de la journée. Tutoie tout le monde.

Vincent s'aperçoit que je l'ai vu. Il marche vers moi. Sa mère reste en arrière. Je sens les regards de mes sœurs sur nous. Elles savent que j'ai trahi, que j'ai mal agi avec lui. Les sœurs connaissent les détails biographiques de ce genre. Vit-on jamais avec quelqu'un comme on vit avec ses frères et sœurs ? me dis-je, car à ce moment précis leur présence me donne le courage nécessaire pour affronter ma lâcheté. Je souris à Vincent et quelque chose en moi se rue vers lui, une vague d'amour et de gratitude. Je songe qu'il sait qui je suis ; il mesure mieux que quiconque la fiabilité de mes attachements et leur fragilité. Et tandis qu'il approche, une vague contraire, dont je n'identifie pas immédiatement la nature, reflue en moi. Sa démarche, la façon qu'il a d'incliner légèrement la tête, de battre des paupières m'informe de ce qui, à l'époque où nous étions amis, était un secret, ou plutôt une donnée indéchiffrable, pour lui comme pour moi.

« J'ai appris pour ta mère », me dit-il en me prenant dans ses bras avec une force qu'il ne possédait pas à quinze ans.

Je pleure un instant sur son épaule. Je savoure la solidité de son corps, la fermeté de ses muscles. Ses paroles que l'on pourrait croire convenues sont les bonnes, elles m'atteignent sans détour.

« J'ai lu le faire-part dans le journal, il y a deux ans. J'ai voulu t'appeler, mais je n'avais plus ton numéro. J'aurais pu le chercher. Je n'ai pas osé ou j'ai eu la flemme, parfois ça revient au même. Il y a quinze jours, je suis passé à la mairie pour des papiers et j'ai regardé machinalement le panneau d'affichage à l'entrée. Je ne lis jamais ces panneaux, mais là, je ne sais pas pourquoi, j'ai lu et j'ai vu ton nom. J'ai su que tu te mariais aujourd'hui et j'ai pensé que cette fois, j'allais oser. Je suis venu. »

Il rit doucement, ou plutôt, il glousse. Il met sa main devant sa bouche d'un geste plus efféminé que féminin.

« J'ai été dégueulasse, lui dis-je.

– Ouais, fait-il avec un nouveau gloussement.

– Mais c'est parce que je ne savais pas comment t'aimer.

– Moi non plus, reconnaît-il. Je ne savais pas comment.

– C'était impossible.

– Un amour impossible ! s'exclame-t-il avec emphase, et je trouve cocasse ce cri qui fait tourner quelques têtes.

– Qui c'est le monsieur ? me demande Nelly en grimpant dans mes bras.

– C'est Vincent, mon ami d'enfance.

– Bonjour, petite fille », dit-il en lui tendant la main.

Nelly accepte les présentations et la main qu'elle serre du bout des doigts.

« Tu as connu ma maman avant que je suis née ?

– Oui.

– Et tu savais que j'allais naître ?

– Non. »

Nelly détourne son regard et son attention de cette grande personne qui manque si cruellement d'intuition.

« Moi, dit-elle dans mon cou, j'ai toujours su que j'allais naître.

– C'est lequel ton mari ? » demande Vincent.

Je lui montre Yves qui parle avec sa mère à quelques mètres de nous, en précisant :

« C'est le père de mes enfants, Matteo et Nelly.

– Il est beau. »

Je regarde Yves, avec sa chemise blanche et son foulard indien noué autour du cou, ses yeux bleus penchés, ses pommettes hautes, ses lèvres ourlées, son menton gracieux, son nez à peine tordu et aplati, que j'adore et qu'il a donné à notre fils.

« Il est beau, dis-je en écho.

– Le mien est moins beau, me confie Vincent. Et beaucoup plus vieux. Mais je l'aimeueueu, comme dit la chanson. On va se pacser le mois prochain.

– Oh ! » fais-je au lieu de dire « félicitations », « bravo » ou « mazel tov ».

Je me trouve décevante mais cela n'a pas l'air de gêner Vincent. C'est comme si, ayant déchu une fois pour toutes, j'avais perdu tout pouvoir de le désappointer.

« Mesdames et messieurs ! » clame une voix dans un micro que deux doigts ont préalablement tapoté pour en vérifier le fonctionnement.

Le secrétaire de mairie nous demande de nous asseoir. Il appelle les futurs mariés à se présenter devant M. l'adjoint au maire qui fait son entrée en musique. La marche nuptiale que Felix Mendelssohn avait écrite pour *Le Songe d'une nuit d'été* retentit dans une interprétation discutable que n'aident pas les baffles cacochymes.

L'homme à la peau couleur aubergine avait raison. Au moment de dire « oui », ma gorge se serre et des larmes coulent sur mes joues. Yves embrasse l'une d'elles avant de poser ses lèvres sur les miennes. Il ne pleure pas. Il ne pleure jamais. Il a trop d'ironie en lui pour cela. C'est sa plus grande qualité et son plus grand défaut.

« Vive la mariée ! » clament Matteo et Nelly en faisant pleuvoir sur nous des pétales de rose tirés d'un panier que leur a donné Lise.

« Vive les mariés ! » reprennent les autres en chœur.

Une fois que tout le monde a quitté la salle des mariages, Nelly passe un long moment à ramasser les pétales et à les remettre dans le panier après les avoir défroissés. Quand je lui demande pourquoi elle fait cela, elle me répond que c'est pour le souvenir. « On les collera dans un album et on les fera sécher, m'explique-t-elle.

– Ta maman faisait de très beaux herbiers quand elle était petite », lui dit Vincent.

Nelly feint de n'avoir rien entendu. Elle éprouve peu de plaisir à converser avec les adultes s'ils ne sont pas ses parents. Elle préfère parler seule, ou à son chien en peluche qu'elle a nommé Altona Grabek et qui, pour cette raison, nous inspire, à Yves comme à moi, le plus grand respect.

« Ah oui, c'est vrai, les herbiers, dis-je à Vincent. J'avais complètement oublié.

– Tu ne les as pas gardés ? » s'étonne-t-il.

Nous nous asseyons sur les marches du grand escalier moquetté de rouge qui s'élève au cœur de la mairie, tandis que les gens vont et viennent, et que des bras chargés de plateaux ou portant des caisses emplies de flûtes à champagne se dirigent vers le vaste vestibule situé au premier étage que la mairie a mis à notre disposition pour l'apéritif. Au moment où mes fesses touchent le sol, je rajeunis de quinze ans. S'asseoir sur les marches avec Vincent est un dispositif dont je n'aurais pas soupçonné l'efficacité et qui me permet de voyager dans le temps. Je ne crains pas que mes enfants aient faim ou envie de faire pipi. Je n'ai pas peur qu'ils trébuchent ou se perdent dans un couloir. Je ne me demande pas si Yves a besoin d'aide, si nous avons prévu assez de nappes.

« Non. Je ne sais pas où ils sont.

– Et ceux en plâtre ?

– En plâtre ?

– Tu ne te rappelles pas ? Tu faisais sécher des fleurs que tu collais ensuite sur des carreaux de plâtre, avant de les vernir. C'était tellement joli et raffiné. J'y pense souvent. C'est une de mes inspirations.

– Mais je faisais ça en maternelle ! On ne se connaissait pas encore en maternelle.

– Tu as continué après. Je ne peux pas croire que tu aies oublié. Je me souviens de la sécheresse et de l'étrange douceur de ta peau quand tu avais travaillé le plâtre. Certaines fois, ton visage était poudré.

– Je faisais surtout de la musique.

– Oh là là, la musique. Tu t'enflammais quand tu en parlais. Tu étais prétentieuse, mais drôle quand même. Et tes imitations de Mme Peerlnashty : "Eh ben, c'est pas brillant brillant." Tu joues toujours du violon ?

– Ça fait des années que j'ai arrêté.

– Pourquoi ?

– J'ai tout arrêté. Le violon, l'orchestre, toi. On n'est plus les mêmes, si ? Tu es le même, toi ?

– Je ne sais pas. Je t'aime exactement de la même façon.

– Sauf qu'avant, quand on était au collège, tu n'utilisais pas ces mots. Tu ne m'as jamais dit que tu m'aimais.

– J'aurais eu honte.

– Qu'est-ce qu'on avait honte ! Tu as toujours honte ?

– C'est rare, mais ça m'arrive. Parfois, je trouve que j'ai du ventre et ça me fait un peu honte.

– Tu n'as pas de ventre.

– Un tout petit peu.

– Moi, j'en ai depuis que j'ai eu les enfants. Pas beaucoup, mais ça me gêne et j'ai honte que ça me gêne parce que c'est comme si je leur en voulais.

– T'es con.

– Je t'énerve ?

– Non. J'ai toujours bien aimé ton côté superficiel et profond en même temps. Tu es une femme extraordinaire.

– Je ne sais pas qui je suis. Je ne l'ai jamais su et je le sais de moins en moins.

– Tu es la fille qui fait les plus beaux herbiers du monde. Tu es la fille qui nous gonfle des heures en parlant de Jean-Sébastien Bach. Tu es la fille qui reconnaissait l'interprète d'une polonaise de Chopin mais qui pensait que les Beatles n'étaient que trois.

– Je n'ai jamais bien connu Chopin.

– Mieux que moi, en tout cas.

– Quand je suis avec toi, quand tu me parles, j'ai l'impression d'être plus vraie que le reste du temps, d'exister davantage. Je suis moins diluée. Chez moi, je suis dissoute dans Yves, dans Nelly et Matteo. C'est comme si… Tu vois les mètres de menuisier, ceux en bois qui se replient ? C'est comme si je n'avais jamais le temps ni l'espace nécessaires pour me déplier sur toute ma longueur quand je suis avec eux.

– Et blablabla et blablabla, fait Yves en se postant devant nous. Madame la mariée, vous êtes demandée à votre mariage. Salut, dit-il en s'adressant à Vincent.

– Salut », répond Vincent en lui tendant la main.

Nous gravissons l'escalier qui mène à l'endroit où sont dressées les tables. Tous les trois, de front, au même rythme. J'en suis frappée : nos pieds se posent exactement au même instant sur une marche, alors que nos jambes ne sont pas de longueurs équivalentes. Je suis au centre. À gauche, mon passé, à droite, mon avenir, et moi, au milieu, au présent, à l'invivable présent. Ce temps que la musique ignore.

Les gens viennent vers moi, me parlent, m'embrassent, me félicitent pour la beauté de mes enfants. Je bois un verre de champagne. Yves fait semblant de vouloir prononcer un discours. Tout le monde rit. Je bois un verre de champagne. Matteo court après Nelly, il glisse sur le sol lisse et se fracasse la tête contre le coin d'une table. Une bosse éclôt aussitôt sur son front, une bulle impeccable d'un bel indigo qui vire au vert puis au jaune sur l'un des côtés. On lui pose un glaçon dessus. Il hurle. Je bois un verre de champagne. La mère d'Yves parle avec mon père. Henri Taïeb s'éclipse, ne m'embrasse pas car il ne veut pas me déranger, dit-il, pendant que je parle avec mes amis. Le père d'Yves contemple l'étoffe des rideaux. Je bois un verre de champagne. Nelly pleure. Je ne sais pas pourquoi. Quelques minutes plus tard, elle rit. Yves la hisse sur ses épaules et fait le cheval.

Tata Jacqueline se compose une assiette de petits-fours. Elle saisit un sandwich au pâté, hésite, le repose sur le plateau, le remplace par un fagot de haricots verts ceinturé de lard, sélectionne trois tomates, les échange contre des moins mûres, tâte les légumes, y renonce, se découpe une fine tranche de mimolette. Je bois un verre de champagne. Je demande à tata Colette si elle va toujours déjeuner chez Dimitri. Elle m'annonce que le restaurant a fermé et a été remplacé par une crêperie qui s'appelle Aux galettes de Philomène ; c'est très bon, Jacqueline et elle y vont tous les mercredis car il y a des enfants ce jour-là, c'est plus joyeux. Je bois un verre de champagne. Quelqu'un met de la musique. J'entends *I Just Can't Stop Loving You*. Vincent danse avec ma mère. Mais non, ce n'est pas ma mère. C'est Dora. Je bois un verre de champagne. Yves danse avec moi. Il me dit que je suis belle et bourrée, mais surtout bourrée, ajoute-t-il à mon oreille. Nelly veut danser avec mon père qui reste assis, elle lui attrape les mains et les agite doucement. Je vois se dessiner sur les lèvres de mon père un sourire que je ne connaissais pas, que je n'avais jamais vu. Je bois un verre d'eau que me tend Yves. Je prends Matteo dans mes bras. Je le serre très fort. Il me dit : « Aïe, tu m'écrases. » Puis : « Tu sens l'odeur du cagibi de chez papi. »

À la maison, le soir venu, Yves prépare des pâtes aux saucisses. Les enfants frappent dans leurs mains, mangent trois bouchées et s'endorment à table. Sans avoir faim, je termine leur assiette.

« Est-ce que tu vas changer de nom ? me demande Yves en m'enlaçant, après qu'il a couché Matteo et Nelly. Est-ce que tu vas t'appeler comme moi ? Comme si on était frère et sœur ? Est-ce que tu vas dire "Bonjour, c'est madame Yves Deschênes à l'appareil" quand tu téléphoneras ? Comme si tu étais moi en fille ?

– Non, lui dis-je. Je vais garder mon nom, mais je vais changer de métier. »

Rita

« Tu ne t'ennuies pas, ici, avec moi ? Avec ta grand-mamie ?

– Non.

– Comment ça se fait ?

– Je ne m'ennuie jamais.

– Pourquoi ?

– Parce que ma mère est morte avant ma naissance.

– Et alors ?

– Alors, je l'imagine.

– Tu crois que tous les orphelins sont comme toi ? Tu penses que dans les orphelinats, personne ne s'ennuie ?

– Je ne suis pas orpheline. J'ai un papa.

– Oui, c'est vrai.

– C'est le fils de ton fils, tu le sais, quand même ?

– Tu as parfaitement raison. Mon fils a épousé une femme et il a eu deux garçons avec elle. Martin et Étienne. Étienne est ton papa et c'est mon petit-fils. Et maintenant, tu es là, toi, mon arrière-petite-fille.

– À qui je ressemble ?

– À personne.

– Je ne ressemble pas à mon papa ?

– Non.

– À toi ?

– Non.

– À la maman de mon papa ?

– Encore moins !

– Pourquoi tu ris ?

– Parce que la maman de ton papa, je l'ai toujours trouvée… Comment dire ? Mon fils a choisi une femme très différente de moi. C'est une bonne chose. Mais elle est absolument glacée. Tu comprends ce que ça veut dire, une personne glacée ?

– Oui, grand-mamie. Je comprends. Je comprends pratiquement tout. Tu sais bien. Alors si je ne ressemble à personne que tu connais, c'est que je ressemble à ma maman. Ma maman était comme moi. Elle avait les mêmes cheveux et le même nombril. Pourquoi tu ris encore ?

– J'aime être avec toi. C'est agréable de t'entendre parler.

– Moi aussi, j'aime être avec toi et j'aime te parler. Tu es vieille. Tu es ralentie. Tu écoutes lentement. Tu n'as pas peur que je te parle de ma maman et que je te dise qu'elle est morte parce que toi aussi, tu vas bientôt mourir.

– Pas tout de suite quand même. Ton papa t'a confiée à moi. Je suis responsable. J'ai dit que je tiendrais le coup. Je lui ai promis.

– Alors quand il viendra me rechercher, dès qu'on aura fait les bisous et refermé la porte, tu iras dans ton lit pour mourir ?

– Peut-être pas immédiatement. Peut-être que je durerai encore un peu. Et puis je préférerais mourir dans mon jardin.

– Sous le pommier ?

– Oui, c'est une bonne idée ! Sous le pommier. Une pomme me tomberait sur la tête et je n'aurais pas mal parce que je serais morte. »

Rita éclate de rire et applaudit son arrière-grand-mère, pas la Tourangelle, celle qui ressemble à Agnès Varda.

Dans le jardin, le pommier attend son heure, l'heure d'assommer grand-mamie, il lève ses branches vers le ciel et découpe ainsi, entre ses rameaux, des milliers de papillons bleus, les jours où le ciel est dégagé. Parfois, ils sont gris. D'autres fois, blancs. Il se dresse au milieu du jardin, sur une pelouse parsemée de pâquerettes et de boutons-d'or. Rita demande à son arrière-grand-mère si elle peut lui montrer la Grande Ourse que dessinent les petites fleurs.

« La Grande Ourse est dans le ciel, répond la vieille dame. Dans le ciel quand c'est la nuit.

– Je pense qu'elle est aussi sur le sol quand c'est le jour, affirme Rita. Je pense que le sol est un reflet du ciel et que tout ce qui se trouve en haut est aussi en bas. Par exemple, le pommier, il a des branches sous la terre qu'on appelle racines, mais si je me retourne, si je me mets complètement à l'envers, j'appelle les racines branches, et les branches, je dis que ce sont des racines. »

Elle a raison, elle ressemble à sa mère. Comme sa mère avant elle, Rita possède une vision. Elle produit une interprétation du monde. Ce qu'elle voit ne lui suffit jamais.

« Quand est-ce qu'il revient, papa ?

– Quand il aura réglé ses affaires.

– Quelles affaires ?

– Il ne m'a pas dit.

– Tu préfères mon papa ou tonton Martin ?

– On ne pose pas ces questions, Rita.

– La preuve que si, puisque je te la pose.

– Je ne devrais pas te le dire, mais j'ai toujours préféré ton papa.

– Pourquoi ?

– Parce qu'il écoute et qu'il regarde. Son père et sa mère se plaignaient de lui quand il était petit. Ils disaient qu'il était lent. Il ne coupait pas sa viande tout seul. Mais c'est parce qu'il regardait le couteau. Il ne savait pas faire ses lacets. Je disais à ton grand-père – mon fils : Achète-lui des baskets avec du Velcro…

– C'est quoi le Velcro, grand-mamie ?

– C'est… comment dit-on, déjà ? Des cratchs.

– Des scratchs.

– Voilà. Mais ni mon fils ni ma belle-fille ne voulaient lui acheter des chaussures à scratchs. Alors je lui en ai offert pour son anniversaire. Je me les suis fait envoyer par une cousine qui habitait en Amérique. Tu te rends compte ? C'était tout nouveau à l'époque. J'ai toujours aimé les nouveautés.

– Il était content ?

– Non. Il a dit qu'il aimait les lacets.

– Papa aime des choses bizarres.

– Oui.

– Ma maman, elle était bizarre ?

– Je ne sais pas. Je ne l'ai pas connue. Personne ne l'a connue.

– Si, ses parents, ils l'ont connue ! Ou alors ils sont morts à sa naissance. Comme moi. Moi, ma maman ne m'a jamais connue.

– Ton papa t'a montré des photos ?

– Oui. Mais il n'a pas montré des photos de moi à ma mère parce que, tu comprends, il en avait pas avant que je naisse.

– Bien sûr. »

La vieille dame prend la main de la petite fille dans la sienne et la berce quelques instants. L'herbe étincelle en dégainant vers le ciel ses minuscules poignards. Une merlette sautille sur ses pattes avant de s'envoler. Le soleil qui réchauffe la terre fait s'évaporer l'humidité qu'elle a recueillie pendant la nuit et cela crée un arôme aigre et capiteux, semblable à celui du café. Rita et son arrière-grand-mère, assises à l'arrière de la maison, l'une sur le perron, l'autre sur un tabouret, inspirent et se soûlent du parfum presque indiscernable qui fait frémir leurs narines et éclore en chacune une connaissance différente qu'on aurait du mal à nommer et qui a à voir avec la mort, la féminité et l'au-delà.

Nous sommes en Bourgogne, près de Vézelay. La maison a des murs en crépi couleur sable, des encadrements de fenêtre en briques, comme il est de coutume dans la région, et un toit en tuiles rouges et plates que grignotent des coussinets d'une mousse opulente, très verte. Les roses trémières, encore en boutons, encadrent la porte à deux panneaux vitrés dont le bois a été peint en rouge bordeaux pour s'accorder avec les briques. Les volets, toujours rabattus, sont prisonniers de la vigne vierge. Quand on ouvre les fenêtres, ça grince. Quand on les referme, on craint que le châssis ne se brise tant le bois est sec, léger. Parfois Marie-Louise, l'arrière-grand-mère de Rita, a l'impression de manier son propre squelette quand elle manipule la crémone. La légèreté, la porosité, le grincement, le jeu – car son corps a joué, et elle a maintenant une épaule beaucoup plus haute que l'autre. Elle se sent voilée, elle aussi. Elle se sent transparente. Toujours, elle a été traversée par des images qu'elle ne parvenait pas à communiquer aux autres. À l'époque où elle était mariée avec le capitaine Alfred Charvet, en poste au Maroc, puis en Tunisie et, pour finir, en Côte d'Ivoire, elle voyait des couleurs et s'enivrait de parfums que personne autour d'elle ne semblait percevoir. Quand elle lisait les récits d'Ella

Maillart, conseillés par le père Cerone, qui avait croisé sa route en Asie, elle se sentait comprise. Le reste du temps, elle avait l'impression d'être une originale sans excentricités. Une épouse d'officier qui aime glaner des graines, des morceaux d'écorce et les regarder germer.

Quand elle a rencontré Rita, son arrière-petite-fille amenée par son tout jeune papa, elle a eu l'impression de découvrir après tant d'années, à l'issue d'une vie qu'elle considère comme heureuse mais creuse aussi, figée dans un brouillard de solitude et d'incompréhension, une compagne parfaite. Ensemble elles cousent (mal), elles cuisinent (bien), elles parlent des heures durant, s'évertuent à trouver le mot juste pour désigner ce qui les préoccupe, les émerveille. Elles ont quatre-vingts ans d'écart. Six ans. Quatre-vingt-six ans. Elles viennent de se connaître et se sont tout de suite bien entendues.

Étienne n'a pas eu le choix. Les vacances sont arrivées. Les vacances qui ne cessent de revenir. Il s'est toujours débrouillé mais cette fois, il est à court d'idées. La directrice du centre aéré lui a assuré qu'il n'y aurait pas de problèmes, que même s'il n'avait pas rempli le formulaire à temps, elle prendrait la petite. Il ignore si c'est parce qu'elle est au courant de sa situation ou parce qu'elle a un faible pour lui. Les deux hypothèses sont vraisemblables. Il sait qu'il déclenche quelque chose chez les femmes. C'est son fonds de commerce. Il n'en tire ni fierté ni plaisir.

Le mercredi, et puis durant les petites vacances et celles d'été, à présent, le centre aéré encore et encore, avec cette drôle d'odeur que Rita rapporte de là-bas, une odeur différente de celle de l'école, mélange de pâte à modeler, d'huile rance et de vêtements d'enfants imprégnés de sueur et oubliés pendant des semaines dans un carton.

Étienne a pensé à Martin. Aller lui rendre visite. Boire un café dans le grand salon aux murs prune. Prendre des nouvelles d'Ève et du bébé. Proposer en riant, l'air de rien, de leur prêter Rita pour les vacances, comme une mini-fille au pair. Attendre la réponse et, quelle qu'elle soit, tout raconter à son frère. Dans les moindres détails, sans craindre l'humiliation, le sentiment d'abjection. Il lèvera le voile et ce sera un nouveau départ.

Étienne enfourche son vélo et traverse la ville, confiant. Les mots lui viennent, forment une cascade régénérante d'aveux. À chaque coup de pédale, les battements de son cœur s'accélèrent, mais ce n'est pas à cause de l'effort physique ; l'emballement est lié à la perspective de la délivrance. La fin du mensonge. Il ne peut cependant s'empêcher de repenser au jour où, quelque temps plus tôt, il avait amené Rita en catastrophe chez Martin pour qu'il la garde une heure ou deux, peut-être trois, parce que la maîtresse était malade et comme tu travailles à la maison, et puis, tu verras, elle est tellement sage, tu lui files un puzzle et tu ne l'entends plus.

Martin avait tiqué.

« Et toi, tu ne peux pas la garder ? Vu qu'elle est tellement sage, comme tu dis.

– J'ai un rendez-vous.

– C'est quoi ce rendez-vous. »

Étienne n'avait pas répondu. Regard fuyant.

« Un rendez-vous pour acheter ? avait demandé Martin. Pour vendre ? Pour que tu puisses faire tes petits trafics de merde ? Je passe le concours de la magistrature dans deux mois, je n'ai pas envie de me traîner ce genre de casseroles. »

Étienne était reparti avec sa fille. Il l'avait emmenée à son rendez-vous.

« Bonjour, madame.

– Bonjour, ma mignonne. Il y a un beau parc à côté d'ici, Karmin va t'y emmener. Tu veux bien ?

– D'accord. »

Chasser ce souvenir. Pédaler plus vite. Arriver en nage chez Martin, tant pis. Sans prévenir. Pas grave, il sera chez lui. C'est dimanche et, le dimanche, Martin lit la presse qu'il n'a pas eu le temps de consulter durant la semaine. En jogging, dans son appartement de monsieur, allongé sur son canapé vert olive, avec, à portée de main, une montagne de quotidiens et de magazines sur la table basse bleu pétrole. Ève, sa femme, et Séraphin, leur fils de dix-huit mois, déjeunent chez les grands-parents et iront se promener au jardin ensuite.

À mesure qu'il approche, Étienne se prépare à l'épanchement. Il va tout déballer, répandre la vérité et la honte. Déjà le fardeau s'allège. Le poids qu'il doit soulever à chacune de ses inspirations, comme si des dizaines de corps s'amoncelaient sur sa poitrine, se répartit et s'éparpille, pulvérisé par les mots qu'il s'apprête à prononcer, la confession qu'il va livrer. *I'm just a gigolo,* chantonne-t-il sans l'avoir décidé, et des larmes de gratitude s'échappent de ses yeux – ou est-ce le vent qui les fait couler ?

Il revoit leur enfance, l'enfance des frères Charvet, l'univers qu'ils composaient à deux, les parties de Lego, de bataille navale, les déguisements de Zorro, le poignard rétractable, la boussole, les jumelles, les talkies-walkies qui ne fonctionnaient jamais, les barils de Skip, le Frisbee cadeau de la station-service Fina, les mardis soir devant *La Piste aux étoiles*, le vélo de course à dix vitesses de Martin, le sien à trois vitesses, les sprints et la triche au chrono, les genoux écorchés. L'effroyable silence au dîner. Denise, qu'ils ne songeraient pas à appeler maman, qui se balance sur sa chaise en fumant une cigarette avec un air de reproche à tous adressé. Papa, qu'ils n'auraient pas l'idée d'appeler Édouard, qui tousse nerveusement, cherchant des yeux dans la salle à manger à jamais identique un motif d'étonnement susceptible de créer un dialogue. Les filles. Martin adolescent, Étienne encore enfant, malgré leurs dix-huit mois seulement de différence. Une nouvelle petite amie tous les trois jours, parfois plus. Les rires dans la chambre d'à côté, alors que Denise fait les courses et que papa est au travail. Le bruit du lit qui cogne contre le mur, les soupirs et les cris, ceux des filles et ceux de Martin, les échos d'une orgie dans la chambre du fond qui deviennent la bande originale d'un album de *Lucky Luke* dans celle d'à côté. Les joues roses des filles assises dans la cuisine après l'amour (mais Étienne se contente du mot « après » sans rien derrière, par pudeur autant que par innocence). Les Pépito partagés sur la table en Formica jaune, trempés dans un diabolo grenadine ou un lait menthe.

« Il est marrant, ton frère. »

Silence de Martin.

Étienne se rappelle que son aîné n'échangeait pas un mot avec ses conquêtes. Il leur collait une cigarette dans la bouche, l'allumait, puis la glissait dans la sienne, et cela semblait devoir remplacer les phrases. Étienne, ne maîtrisant pas ces codes, se sentait obligé de faire la conversation.

« On a un an et demi de différence.

– Et vous vous entendez bien ? Vous n'avez pas d'autres biscuits ?

– Oui. Non. »

Martin interrompait l'échange en attrapant la jeune fille par la nuque. Étienne admirait la gestuelle virile de son frère. Se demandait comment il l'avait acquise. Il gratifiait Sandra, Corinne, Véro, Christelle ou Stéphanie de son magnifique sourire de bêta (bouche étirée d'un côté à l'autre du visage, lèvres serrées masquant les bagues de l'appareil orthodontique) et agitait les doigts de sa main droite dans un salut qui se voulait relax et amical mais qui était rarement interprété ainsi. Les amants précoces retournaient à leur bagatelle tandis que lui, une éponge à la main, nettoyait la table et faisait la rapide vaisselle du goûter.

C'était l'époque où ses pantalons étaient subitement devenus trop courts sans devenir trop étroits, un mystère qu'il n'était jamais parvenu à percer. Parfois, allongé sur son lit, il s'imaginait qu'il était un soldat, seul survivant au fond d'une tranchée. Il guettait le sifflement de la bombe au loin et rabattait ses coudes sur son crâne pour se protéger. Il jouait à la guerre tout seul. Ou alors au naufragé, et, dans l'eau qui entourait son îlot, il croyait voir nager, seins nus, des sirènes qui avaient le visage de Sandra, Corinne, Véro, Christelle ou Stéphanie.

Ils avaient tout partagé, Martin et lui. De nouveau, ils partageraient tout. Il n'y aurait pas de gêne. Ce serait même drôle. Martin rirait, il n'en reviendrait pas : « Toi ? tu fais ça, toi ? » Et il lui demanderait des détails. Étienne satisferait sa curiosité et tout deviendrait léger et craquant. Meringue de l'enfance retrouvée.

Étienne accroche son vélo au pied d'un réverbère et s'engouffre dans l'immeuble. Il n'a pas la patience d'attendre l'ascenseur et gravit les trois étages en courant. Il glisse sur le tapis et se rattrape de justesse en projetant ses mains vers l'avant pour protéger son visage.

Il repart aussitôt. Sonne à la porte, haletant, trempé, l'intérieur de la poitrine brûlé par l'essoufflement.

Martin tarde à venir ouvrir. Un instant, Étienne pense qu'il est peut-être sorti. Mais non, c'est dimanche, il a tous les journaux à lire, une semaine entière d'informations à comparer, à analyser. Peut-être aurait-il dû téléphoner avant, d'autant que Mme Dodu, la gardienne de son immeuble, lui a signifié au moment où il a déposé Rita à la loge que ça l'arrangeait pas trop vu qu'elle s'était pris une sacrée cuite la veille et se payait une gueule de bois des familles. Je n'en ai pas pour longtemps, lui a-t-il promis en installant Rita encore à moitié endormie sur le clic-clac défoncé, avec un album des *Schtroumpfs*. « Quarante francs ? » « Va pour trente, mon joli. Et un 'tit bisou là ! » répond la gardienne en tendant son décolleté plat et osseux.

Face à la porte d'entrée toujours fermée, Étienne songe au contact de ses lèvres sur le haut de la cage thoracique de Léonie Dodu. Une planche à découper dont le bois a été attendri par l'eau et qui conserve dans ses fibres le parfum du sang de viande, d'ail, d'oignons, et celui, plus fade mais non moins persistant, des épluchures de patates. La peau de Mme Dodu est fine et froide, sans élasticité. Tout en l'embrassant, il a posé une main sur l'os saillant de sa hanche, un appui presque anodin mais dont il sait qu'il vaudra une tasse de chocolat chaud à Rita dans le courant de la matinée.

« Ah, salut. C'est toi ? fait Martin en ouvrant finalement sa porte.

– Je te réveille ?

– Non.

– Je te dérange ?

– Non. Entre. »

Martin gagne la cuisine sans se retourner vers Étienne, sans lui demander s'il veut un café. Il soupire. Il a des soucis. Étienne observe son grand frère, regarde le bout de ses doigts qui gigotent bizarrement, écoute le rythme saccadé de sa respiration, remarque qu'il n'est pas en jogging et qu'il n'a pas enfilé ses habituelles espadrilles rapportées du Pays basque où les parents d'Ève possèdent une maison. Il est pieds nus et porte un pantalon de costume, comme s'il avait été interrompu alors qu'il s'habillait pour sortir. Une fois dans la cuisine, il fait pivoter le filtre de la cafetière électrique pour y déposer la poudre et flanque la moitié du paquet à côté. Il dit merde con fait chier tout en continuant les préparatifs avec des gestes brusques qui manifestent une forte irritation. Le cœur d'Étienne se serre exactement comme, une quinzaine d'années plus tôt, il se ratatinait dans sa poitrine lorsque, à la question « Tu viens jouer ? », son frère, qui avait toujours dit oui, avait commencé à répondre : « Nan, pas envie. »

« Je ne sais pas si je dois accepter, dit Martin. C'est tentant et, en même temps, les prêts sous seing privé, c'est délicat. Ça marche quand tout va bien, mais en cas de conflit… »

Étienne a l'impression qu'il lui faut compléter un dessin en reliant des points dont on aurait effacé les numéros. Il ignore à quelle situation Martin fait référence, mais sa longue pratique de l'observation et sa non moins longue habitude de docilité lui permettent de comprendre. Il suffit d'écouter « à mort », comme du temps de l'orchestre, comme le lui conseillait Antonia. Voilà en quoi consiste sa méthode. Se concentrer pour ressentir les signaux même inconscients, accorder sa vibration à celle qui se dégage, sans qu'il le sache lui-même, de son interlocuteur, ou plutôt, car son commerce s'est établi avec les femmes, de son interlocutrice. Son aptitude naturelle se double d'un effort soutenu de calme intérieur, de silence absolu au-dedans de soi. Le for profond s'évide, la voix du désir personnel est muette, celle du besoin aussi. Étienne s'ouvre et accueille. Il est disponible comme aucun humain ne l'est.

Martin poursuit son monologue. Il évoque une occasion qui ne se présente qu'une fois par vie. Mais voilà qu'il prononce le prénom de sa femme. Il dit : « Ève, Ève, Ève. » Alors Étienne se rend compte qu'il n'a pas été aussi attentif que nécessaire. Il a manqué l'aiguillage. Il sait qu'il ne faut pas demander à revenir en arrière. De la même manière que quand Mme veuve Stern (c'est elle qui insiste pour être nommée ainsi) grimace tandis qu'il la lèche – à peine un froncement de sourcils –, il ne faut surtout pas s'interrompre pour demander si tout va bien, si elle a mal quelque part, si elle désire changer de position ou accélérer les choses. Il est indispensable de ne pas intervenir et de plonger dans une compréhension plus grande encore, dans une absence à soi plus totale, dans une écoute absolument minutieuse du squelette de cette femme dont les muscles, les tendons et la peau contrariés, contraints et bafoués par quarante années de mariage heureux et malheureux, savent à peine chantonner en sourdine la gamme de ses envies.

Ainsi, il s'entend répondre à son frère : « Ça va s'arranger. »

Parce que, pendant qu'il rêvassait aux textures variées de l'épiderme de Mme veuve Stern – grain lisse et serré sur les épaules, plus inégal et légèrement capitonné sur le ventre, tombant et doux comme la soie au creux des cuisses –, les informations distillées par les grommellements de son frère se sont organisées pour dresser le tableau d'une maison magnifique que Martin aimerait acquérir mais pour l'achat de laquelle il faudrait qu'il emprunte de l'argent à son beau-père, lequel est partant, mais le problème, c'est le couple car, depuis la naissance de Séraphin, Ève ne veut plus jamais coucher avec lui, et comment fera-t-il s'il craque, qu'il la trompe, qu'elle le découvre et qu'ils divorcent ? Les prêts sous seing privé, c'est parfait quand tout va bien, mais c'est autre chose en cas de conflit. Étienne hoche longuement la tête. Le flot des vérités se retire avec celui de la honte. Il ne dira rien de ses secrets à son aîné. L'occasion est passée et le moment perdu.

Il pourrait, en revanche, faire profiter son frère de la modique science qu'il a acquise au fil de ces dernières années. Lui indiquer comment regagner les bras d'Ève. Ou bien lui dire que s'il envisage de se séparer d'elle avec autant de facilité, c'est peut-être que rien de tout ce qu'ils vivent ensemble n'a de valeur : le salon aux murs prune, le canapé en toile vert olive, les journaux de la semaine sur la table basse bleu pétrole, le jogging et le reste. Une vie parfaite. Une vie minable. Une vie parfaitement minable dont il ne sert à rien de sauver une miette. Une vie parfaitement minable qui est toutefois un rêve d'existence à côté de celle qu'il mène lui-même. Les tractations avec Léonie Dodu, le jambon sous cellophane coupé avec les ciseaux à papier dans les pâtes de l'avant-veille, la journée au parc d'attractions sans cesse repoussée à cause d'un appel de Mme Aimée S. qui paie tellement bien et qui est si triste qu'on ne peut rien lui refuser, le livre de lecture oublié au square, retrouvé par le gardien mais fichu en l'air par la pluie, et Rita qui rassure son père, les yeux pleins de larmes, en lui expliquant que non, non, t'inquiète pas, la maîtresse ne s'en rendra pas compte, elle est très bête. La transe qui devient de plus en plus difficile à atteindre. Au début, c'était incroyable, d'une facilité presque déroutante.

C'est ce qu'Étienne m'explique après que nous nous sommes retrouvés par hasard dans l'arrière-salle de La Boîte à peindre, un café où je ne vais jamais et où un collègue de la fac, enfin, plutôt un étudiant comme moi, m'a donné rendez-vous pour me remettre une série de cours que j'ai ratés à cause des vacances des enfants qui ne correspondent pas à celles de l'université.

J'ai repris des études, huit ans après avoir décidé de changer de métier. Au soir de mon mariage, tout paraissait si clair, cerné d'immédiateté. Je le dis, je le fais. Mais le lendemain matin, j'enfilais mon uniforme de travail, un tailleur bleu marine dans lequel Yves me disait que je ressemblais à une hôtesse de l'air. Une semaine plus tard, j'en étais toujours au même point, car parfois le temps qui passe n'affecte pas certains domaines de notre vie. Le corps ne change pas. Aucune ride nouvelle ne se dessine. Mais les enfants prennent dix centimètres et, du jour au lendemain, n'ont plus un vêtement à leur taille. Leur croissance se stabilise et soudain des cernes blancs se dessinent sous nos yeux, dévoilant le contour de l'orbite. On se regarde dans la glace et on pense à Yorick. Pourtant la veille… Alors on applique une touche de correcteur sous l'œil. Un mois plus tard, on s'est habitué et on se contente d'un barbouillage rapide au fond de teint. C'est notre nouvelle tête : moins de joues, les prunelles tapies dans leurs trous, un pli amer aux commissures des lèvres, quelque chose de mort dans le regard, et toujours on garde le même métier alors qu'on croyait en changer en un claquement de doigts, parce que ce temps qui passe, on ne l'a pas.

« Je n'ai pas le temps » est la phrase que j'ai prononcée le plus souvent durant les premières années de mon mariage.

Parce que je suis petite et menue, les gens me disaient que je faisais plus jeune que mon âge. Je voyais cependant la différence et je sentais les années filer. Bientôt j'aurais atteint la moitié de ma vie. Déjà ? À 28 ans, je me disais rendez-vous à 82 et cela me faisait sourire. À 35, j'ai retourné le sablier pour m'imaginer à 53 et cela m'a donné des frissons. Il fallait que je me sauve. Je devais semer l'ennemi. J'ai encore attendu, déguisée en hôtesse de l'air, et, un matin, au terme d'une urgence d'une centaine de mois, j'ai laissé mes camarades fiscalistes à leur clientèle, quitté mon fauteuil en cuir qui tourne, mon bureau en verre fumé à travers lequel les hommes regardaient mes genoux – pas tous les hommes –, oublié l'agenda plein, les sempiternelles recherches de baby-sitters, et je me suis inscrite en licence de musicologie grâce à un jeu d'équivalences et au talent que j'avais développé à force de remplir des dossiers de demande d'exemption.

J'ai repris mon violon.

Mon master portera sur Clyde Spencer. C'est l'un des premiers chefs à avoir enregistré les compositions de Fanny Hensel. Je renoue avec le passé, j'en saisis tous les fils. Je vais rebroder ma vie avec les couleurs qui m'ont manqué. Marlène Siamois m'avait parlé de sir Clyde, à une époque où, malgré la différence d'âge, j'avais l'impression que nous étions devenues amies. Je l'aidais à ranger après les répétitions, je lui donnais à lire des poèmes que j'écrivais, elle me montrait des photos d'un concert en plein air auquel elle avait assisté. Elle demeurait toujours un peu froide, mais quand elle m'avait parlé de son ancien camarade d'études, j'avais pensé : Elle est encore sous le charme. Dernièrement, j'ai appris qu'il était tombé dans le coma à la suite d'une maladie. Je me sens une affinité supplémentaire avec lui. Je ne m'inquiète pas. Il en sortira, comme j'en suis sortie.

Je passe mes soirées à écouter des œuvres en annotant les partitions. Mes amis ont quinze à vingt ans de moins que moi. Je suis vieille et je suis jeune. Je vis plongée dans l'or du son. Et j'attends Kevin au fond de La Boîte à peindre en buvant un thé remarquable par son absence de goût, servi dans une théière en fer-blanc minuscule qui contient moins qu'une tasse. Je songe que quelque temps plus tôt, à la même heure, j'aurais encore été au bureau, assaillie par le remords d'arriver, une fois de plus, en retard pour le bain des enfants, ce fameux bain des enfants que je pourrai enfin leur donner quand ils auront vingt-cinq et vingt-trois ans parce que je serai en préretraite.

Mes enfants sont propres, Yves les lave, juste ce qu'il faut, ou plutôt il leur dit : « Allez vous laver, les enfants » en tirant sur son joint dont la fumée s'échappe par la fenêtre, car nos enfants sont déjà trop grands pour qu'on les accompagne dans leurs gestes intimes. Finies les couches, terminés les « Tu peux m'essuyer, s'il te plaît ? ». Cela semblait sempiternel et c'est déjà fini. Nos enfants sont des apprentis adolescents. Leur peau s'ouvre. Elle s'épaissit. Laisse le sébum jaillir. Ils sont sérieux. Ils travaillent bien à l'école. Ils adorent leur père qui continue de leur faire la lecture à l'heure du dîner, deux pages de Rousseau, un sonnet de Shakespeare, le début du chant 3 de l'*Iliade*, la « Prose du Transsibérien » par épisodes, *Le Lys dans la vallée* avec cette prononciation si drôle qu'il a de madame de Mort... (plus loin) sauf ! Ils savent qu'il fume, me disent-ils en son absence. Nous échangeons des propos amicaux concernant nos versions personnelles de la bienséance, nos façons de vivre, les conventions. Je les regarde me parler, leurs bouches d'enfants encore pleines des mots de leur père dont je sais qu'ils devront les oublier un long moment avant de pouvoir les prononcer de nouveau ; je les écoute, mes enfants, avec leurs larges yeux de faon, leur nez en mutation, l'éclat de leurs lèvres que ne tord aucune aigreur, leurs sourcils fournis, en désordre, admirables et vigoureux, l'un garçon, l'autre fille, et tous les deux sortis de moi. Comment est-ce possible ? Leur tout petit corps déposé sur le mien à la naissance. Cette union, cette intimité, et à présent ils me parlent de leur père qui fume. Enfin, ils me parlent dans ma tête, car je suis à La Boîte à peindre et j'attends Kevin, quand, à la table en face de la mienne, s'assied un homme foudroyant.

C'est moi qui vais vers lui, comme chaque fois, excepté la première, à la mairie, dans la salle des mariages pour le concert de Noël des maternelles. Je m'assieds à sa table, abandonnant mon thé à sa fadeur.

« Je peux ? Tu attends quelqu'un ?

– Oui. Non. »

Et je lis, comme à chaque rencontre, la surprise et la curiosité dans son regard. Qui est cette personne ? Elle a l'air de me connaître. Laissons-la parler, la mémoire me reviendra peut-être. Alors, aussi rodée qu'une boîte à musique, je déroule les picots qui bout à bout forment ma mélodie personnelle, mon identité : Cité d'or, Gustave Courbet, Martin, l'école d'art, le vieux pont, la nuit chez moi, le bébé.

« Elle est grande maintenant, dit-il.

– Quatorze ans.

– Comment tu sais ?

– Mon fils est né un an après. Il a treize ans. J'ai aussi une fille de onze ans.

– Ah ? » fait-il, mais il ne m'écoute pas.

La prochaine fois que nous nous verrons, je devrai sans doute lui rappeler que j'ai deux enfants.

Je n'insiste pas. Je ne tente pas de m'affirmer. Comme d'habitude, je dois me préparer à disparaître, à absorber. J'ai l'impression que je suis la seule personne à qui il parle. C'est certainement faux, c'est improbable. Je ne possède aucun indice qui me permette de l'affirmer, car bien qu'il me raconte tout, ne m'épargne rien, se montre à moi sans pudeur, il me demeure étranger, et je continue, en connaissant tout de lui, de ne pas savoir qui il est. Il n'y a rien que je puisse faire pour lui, rien d'autre que je puisse faire avec lui, alors je croise les bras sur le bois de la table, j'avance un peu le menton et, comme un village subit au petit jour l'assaut brutal d'une crue, je me laisse terrasser par ses paroles.

Cela commence aux environs de Vézelay, huit ans plus tôt. Rita et Marie-Louise à l'arrière de la maison bourguignonne. Je les vois comme si j'y étais, alors qu'Étienne ne fait qu'imaginer la scène qu'il me raconte. Je connais cette région parce que Mme Rémi, qui nous enseignait la musique, organisait durant l'été des stages pour ses élèves parisiens dans sa maison de famille à Clamecy. Dès qu'Étienne mentionne Vézelay, je revois les tuiles plates, les roses trémières, la chaude lumière de juillet qui fait trembler l'air au-dessus des champs de colza. Et parce que je me rappelle Antonia, je n'ai aucune peine à me figurer Rita. La petite fille a des joues trop grosses pour son visage étroit et de grands yeux penchés et noirs qui semblent tout dévorer. Je reconnais en elle cette catégorie d'enfants légèrement disgracieuses à l'âge où toutes les autres sont jolies et qui deviendront d'une grande beauté quand elles seront adultes. Elle a des mains trop petites et trop potelées pour ses longs bras maigres. Ses pieds se tournent vers l'intérieur dès qu'elle s'assied, et son dos s'arrondit dans ce qu'on pourrait prendre pour un avachissement, alors que c'est une posture de réflexion, d'attente. Un rien la fera bondir. On l'appelle et elle saute. Elle est imbattable à la course.

Me voici donc chez l'arrière-grand-mère, celle qui ressemble à Agnès Varda. Je coiffe un visage carré d'une coupe au bol et le tour est joué. Pas la peine de questionner Étienne. J'ai appris, même si ce n'est que notre deuxième séance (j'hésite à l'appeler ainsi, mais je ne trouve pas d'autre mot), à ne pas trouver étranges ses entrées en matière, ses choix temporels, les noms de ses personnages. Où il va, je vais. Où sa pensée se pose, je me pose avec elle. Je considère que sa première phrase, quelle qu'elle soit, est le début de l'histoire, sans lui interdire les retours en arrière, les bonds en avant. Je sais qu'il ne faut pas l'interrompre et j'éprouve une pointe de fierté en me disant que je suis la seule, l'élue, choisie pour l'écouter.

À un moment, Kevin a dû arriver, me donner les cours, et je l'ai remercié sans le regarder. Il n'a pas osé nous interrompre. Je ne lui ai pas proposé de se joindre à nous. Je voulais qu'il disparaisse, comme on désire, plongé au cœur d'un rêve merveilleux, que la sonnerie du réveil se taise. Je veux retourner dans les méandres et les tourbillons, dans les cataractes et les chutes, dériver dans la lenteur du courant et me noyer presque dans le flot de paroles. Sa bouche, sa bouche, sa bouche. Jamais La Boîte à peindre ne doit nous mettre dehors, jamais la nuit tomber, jamais le jour poindre. Autour de nous, les clients du café viennent et repartent, s'installent, mangent, boivent. Les serveurs s'activent, mais nous percevons à peine l'agitation.

Le jardin bourguignon a refermé ses grilles. Nous voici cinq ans plus tôt. Étienne raconte le désordre de sa vie d'alors. Des médicaments traînent en permanence sur la table qui n'est ni la table de la cuisine, ni la table du salon, car Rita et son père vivent dans une pièce unique, plutôt grande pour le prix, mais si terriblement encombrée, si inextricablement crasseuse que l'espace s'en trouve rétréci. À côté du biberon pas encore rincé s'entassent des mouchoirs en papier usagés, des cure-dents coupés en deux, des dosettes de sérum physiologique, une bouteille de Toplexil impossible à ouvrir parce que le bouchon à vis est encroûté par le sucre du sirop, un tube de Mytosil dont le contenu s'échappe au niveau d'une pliure, une plaquette de Xanax, une pince de bijoutier, une boîte de Doliprane vide, une couche sale roulée en boule, une tasse de café à moitié bue, la notice d'un antibiotique, un tube de Donormyl, un tube de Polysilane, un sachet d'Aspegic 100, une boîte de Guronsan, une cuillère à moitié pleine de chocolat en poudre, une biscotte, une lettre des impôts, un courrier de relance, un papier de la crèche, une ordonnance de calmants, d'euphorisants, des fils de cuivre, des fils d'argent, de laiton, d'acier inoxydable, une flaque de sauce tomate, une boîte ronde en métal ayant contenu du baume du tigre, une boîte de sardines à l'huile sans sardines à l'intérieur, rien que de l'huile, un pyjama mouillé, des pierres semi-précieuses, des compresses stériles, deux lettres d'huissier, un chèque déchiré en petits morceaux, un livre d'images en carton racontant les goûts, les actions et les mésaventures d'un papa, une serviette de toilette, une bombe de déodorant vide et encore d'autres choses, dissimulées, stratifiées dans les profondeurs du désordre et dont Étienne ne veut pas connaître la nature. C'est trop compliqué, trop fatigant. Il n'y a rien à faire. Il est perdu. Il n'y arrivera pas. C'est allé trop loin. Il n'a plus la force et plus aucune confiance en lui. S'il trouve un travail, il le quitte. S'il perçoit une aide, il néglige de renvoyer le formulaire. S'il se sent sale, il ne se lave pas, il s'endort. S'il a rendez-vous à la PMI, il oublie. S'il est convoqué à la crèche, il doit à la même heure se rendre à l'ANPE. Sa ligne téléphonique est coupée. L'électricité le sera bientôt (la mise en demeure se trouve sous la couche sale roulée en boule). Parfois c'est la nuit, parfois c'est le jour. Il existe des moments agréables. Étienne prend Rita sur ses genoux et lui lit Papa tombe, Papa a un rhume, Papa jardine. Rita gazouille. Elle répète certains mots. Elle n'a même pas un an et elle parle. Elle dit : « Papa gro ! Titufabik ? Boinobibron. » Mais, la plupart du temps, c'est désagréable. Étienne essaie de lire un livre, pas un livre sur les mésaventures de Papa, un livre normal, un roman. Il ne se rappelle plus comment on fait. Comme s'il ne savait plus dans quel sens ça se tient. Il le repose sur la chaise où il l'avait pris, s'empare de la pince et commence à entortiller des fils de métal pour sertir une pierre de lune qu'il était certain d'avoir déposée sur le rebord de la fenêtre mais qui a dû rouler par terre. Il abandonne la fabrication du bijou. Depuis qu'Antonia est morte, il n'a terminé aucune pièce, ce qui ne l'empêche pas de continuer à en entreprendre de nouvelles. Ainsi, parmi les monceaux, les amas qui envahissent leur caverne à Rita et lui, se trouvent une trentaine d'amorces de boucles d'oreilles, cinquante-trois projets de bagues, une vingtaine de colliers et seulement quelques bracelets sans fermoir. Bientôt Étienne sera à court de matériaux. Les pierres et les différents fils ont été payés il y a longtemps, dans l'autre vie, celle qui devait durer toujours.

Après avoir passé dix-huit mois au Brésil, Antonia et lui étaient rentrés en France, bronzés, en sandales. C'était l'hiver et il neigeait à l'aéroport. Un violent découragement s'était abattu sur eux deux au même instant. Ils s'étaient regardés, effarés de se sentir pour la première fois, et sans s'y être du tout attendus, absolument sans ressources. Mais Antonia avait sorti son euphonium de l'étui, Étienne avait tiré la guitare sur laquelle il avait appris une douzaine d'accords durant leur voyage, et ils s'étaient mis à jouer pour les familles et les hommes d'affaires qui patientaient dans la queue des taxis. Pieds presque nus dans la neige, morts de froid, ils avaient eu le temps de gagner le prix d'un ticket de RER jusqu'à chez eux, avant de se faire dégager par deux vigiles sympathiques qui leur avaient proposé de leur donner des chaussettes.

Cette vie qui devait durer toujours ne connaissait ni contraintes ni contours. Ils l'appelaient « la grande expérience » et considéraient que n'avoir aucun projet constituait une éthique taillée sur mesure pour eux. S'il fallait gagner de l'argent, ils chantaient, remportaient un concours de danse, ou vendaient leurs bijoux aux terrasses des cafés et sur les plages. Dès qu'ils avaient des sous de côté, ils s'achetaient des pierres, un peu d'or, du cuivre. Parfois, ils étaient riches. La plupart du temps, ils étaient « tout juste » et c'était ce qu'ils préféraient, être tout juste. Comme ils l'étaient l'un pour l'autre. Ils conservaient leurs outils dans des boîtes qu'ils fabriquaient eux-mêmes avec des morceaux de bois qu'ils assemblaient puis peignaient.

Où sont-ils passés, à présent, ces coffrets aux charnières concoctées à partir de boucles de ceinture ?

Étienne ne saurait le dire. Quelquefois, il en retrouve un en cherchant un body. Il dessine une broche et commence à en façonner les chatons, mais Rita se réveille. Il lâche son ouvrage et le bijou à peine esquissé tombe au creux d'une écharpe, balayé sans ménagement par une main qui s'empare d'une boîte de lait en poudre à la limite de la péremption. La grande expérience a changé de texture. Elle n'est plus que contours, elle n'est plus que contraintes. Étienne dépose Rita à la crèche en se faufilant devant le bureau de la directrice pour éviter qu'elle ne l'alpague à cause des mois de retard, puis il marche au hasard dans les rues. Quand il pleut, ses pieds sont mouillés, quand il y a du soleil, son front est brûlé. Ses baskets n'auront bientôt plus de semelles, mais le dessus est encore pas trop mal. Il porte toujours le même jean noir avec un tee-shirt noir aussi. Si c'est l'hiver, il remonte la fermeture du pull camionneur qu'il a récupéré dans une poubelle et qui lui va très bien. Il ne se rend pas compte que les filles et les femmes se retournent sur lui.

Mais un jour, à la terrasse d'un café, l'une d'elles, qui le voit passer chaque matin, tend légèrement son pied au moment où il passe à sa hauteur. Le croc-en-jambe fonctionne et Étienne accomplit une très belle chute qu'il amortit avec grâce. Il se relève et se tourne aussitôt vers la personne qu'il craint d'avoir blessée. Non, non, tout va bien, elle n'a rien. Elle lui dit de s'asseoir. Veut lui payer un café.

« Si, si, j'insiste, ça me fait plaisir. »

Et quelque chose en lui entend dans la façon qu'elle a de prononcer le mot plaisir qu'on peut déduire… il ne sait quoi, mais disons qu'un chemin s'ouvre. Alors il s'assied au côté de Marina L., conseillère en communication à la retraite d'origine argentine, au large visage rieur et à l'instinct de survie plus développé que la moyenne. Étienne se frotte machinalement le genou.

« Vous êtes blessé ? Un café, ça vous va ? demande Marina L.

– Non. Oui. »

Marina L. fait signe au serveur. Elle commande d'une voix assurée. Un très léger accent teinte son français. Lorsqu'elle bouge les bras, ou la tête, un parfum subtil de cèdre se promène un instant dans l'air avant de s'évanouir. Étienne aime cette odeur et, comme cela fait très longtemps qu'il ne parle plus avec personne et qu'il a oublié que certaines choses se disent tandis que d'autres se taisent, il marmonne :

« Vous sentez bon.

– Comment ? dit Marina L. qui a parfaitement entendu.

– Vous sentez bon », clame Étienne au moment où le serveur dépose la tasse sur la table avec un sourire.

Marina L. regarde Étienne longuement, sans parler. Elle tient à ce que la phrase qu'il vient de prononcer occupe tout l'espace, l'espace entre eux, l'espace autour, qu'elle envahisse la rue. Elle veut qu'Étienne en perçoive l'écho. C'est une femme savante, intrépide, solitaire et riche. Elle a envie d'un amant. S'il est suffisamment jeune et suffisamment beau, elle est prête à le payer. Elle ne voit aucun inconvénient à cette transaction. En quelques phrases, elle explique à Étienne de quoi il s'agit.

« Tu l'as déjà fait ? Ça te tente ?

– Non. Oui. »

Les femmes

Marina L. lui a dit, la première fois qu'il est monté chez elle :

« Tu auras surtout affaire à des femmes mariées, ou qui ont été mariées. Je suis la première, mais il y en aura d'autres, alors écoute-moi bien. Quand on vit des années avec quelqu'un, tu l'apprendras plus tard, je te souhaite de l'apprendre un jour, l'esprit s'échappe souvent quand le corps est au lit. On rêve, on se raconte des histoires. C'est un pouvoir que nous avons tous et toutes et dont nous faisons plus ou moins bon usage. Il s'agit simplement de l'exercer, de bien l'utiliser. On dit souvent des femmes qu'elles simulent. Tu as déjà entendu cette expression. Même si tu es très jeune. On dit toutes sortes de choses sur les femmes. Qu'elles sont frigides, que ce sont des salopes, qu'elles manipulent les hommes. Ne te préoccupe pas de ces banalités. Les femmes que tu rencontreras, parce que tu as la chance d'être tombé sur moi, que j'ai beaucoup d'amies et que tu as besoin d'argent – je t'ai suffisamment observé pour n'en pas douter, la petite fille dans la poussette qui grince, tes chaussures foutues, tes ongles, tes cheveux trop longs, ta façon de marcher, de ne rien chercher des yeux –, les femmes que tu rencontreras, donc, seront expérimentées. Elles auront vécu plus de choses que toi et elles seront à la fois timides et aventureuses. Si elles font appel à tes services, c'est que le désir palpite encore en elles et, pour certaines, qu'il les ronge. Fie-toi à leur désir. Écoute-le avec une attention extrême. La plus grande de tes qualités – d'où tiens-tu cela ? – en plus de ta beauté bien sûr – quelles merveilles, ce visage, cette silhouette –, c'est la patience avec laquelle tu écoutes. Je t'ai choisi. Pour moi aussi, c'est une première et cela fait des mois que j'y pense, que je me prépare, que je cherche. J'ai croisé d'autres candidats, mais aucun qui m'inspirât une telle confiance. Je n'en reviens pas de la confiance que tu m'inspires. Tu veux dire quelque chose ? Je vois que tu ouvres la bouche comme si tu n'osais pas m'interrompre. Que veux-tu dire ?

– Vous ne parlez pas comme tout le monde. Je ne connais personne qui parle comme ça.

– C'est mon accent ?

– Non.

– C'est la déformation professionnelle, alors. La communication. C'est un métier dans lequel il faut savoir parler avec autant de précision que si on écrivait. Improviser comme si on avait répété des heures durant. Cela te dérange ? Tu trouves peut-être que j'ai l'air snob. »

Étienne secoue la tête et touche la main de Marina L. aux doigts courts et bizarrement replets, alors que le reste de son corps est mince.

« Je déteste mes mains, dit-elle en caressant les doigts du jeune homme. Toutes les femmes que tu rencontreras détestent avec vigueur une ou plusieurs parties de leur corps. Elles sont fières de leurs épaules, mais haïssent leurs chevilles. Elles acceptent leur ventre mais dissimulent leurs seins, ou le contraire. Tu pourrais te méprendre et croire que c'est à cause de cette honte qu'elles veulent quelqu'un comme toi, parce que avec un autre homme, un homme qu'elles ne paieraient pas, elles se sentiraient mal à l'aise, jugées. C'est exactement l'inverse, ne l'oublie jamais. C'est par vanité qu'elles iront vers toi. Un tout petit vestige de vanité. Et ce minuscule îlot d'amour-propre est la chose la plus précieuse au monde, ce sera ton territoire, tu le cultiveras, et de là naîtra ton désir, car il faudra que tu en aies, n'est-ce pas ? Les pilules, c'est bien joli, mais ça ne suffit pas. Il faudra que tu rêves leur rêve. Il ne s'agit pas de soumission, il s'agit d'accord. Tu es musicien ? Tu joues d'un instrument ?

– Oui. Non. Un peu.

– Voilà », déclare-t-elle en s'asseyant sur ses genoux.

Il comprend qu'elle est son instrument. Il comprend aussi quelque chose sur lui-même. « Ça me vient en te racontant », me dit-il – il n'est pas sûr d'en avoir eu conscience sur le moment. Il comprend qu'il fait partie d'un groupe spécial, celui des êtres susceptibles d'être initiés, de recevoir un enseignement.

Les pieds de Christiane W. ressemblent à ceux de sa grand-mère : le gros orteil se rabat en diagonale sur son voisin, prêt à lui passer dessus, avec, à la naissance de l'articulation, un oignon. « Quand j'étais petit, me confie-t-il, j'entendais ma grand-mère dire “J'ai mal à mon oignon” et je percevais une pointe d'affection dans sa plainte. Son oignon, elle l'aimait bien. C'était le sien. »

Les pieds de Christiane W. sont pointus. Diaboliques. Chaque orteil est couronné d'un cor parfaitement rond.

« Ils sont affreux, dit-elle en essayant de les cacher, l'un sous l'autre. J'ai tellement honte.

– Je ne les trouve pas affreux.

– Vous êtes gentil. Vous êtes payé pour être gentil, ajoute Christiane W.

– Non. Je suis vraiment gentil. Je suis payé pour autre chose. Ce n'est pas de la gentillesse que vous voulez. »

Loreleï B. – ce n'est pas son vrai prénom – préfère qu'il la nomme ainsi. À leur premier rendez-vous, elle porte un chemisier bleu pétrole très décolleté. Étienne est ému qu'elle ait décidé, malgré la peur du ridicule qui envahit les femmes de son âge quand il s'agit de dévoiler leur corps, d'exposer ainsi la naissance de ses seins. Il pense, en scrutant la peau fine, semblable à un papier ancien qui renvoie la lumière, miroitant à peine, subtilement décollée du derme et parcourue de rides, que la poitrine d'Antonia aurait eu un jour cet aspect et qu'elle ne l'aura jamais. Il s'imagine que cette dame est Antonia et il caresse très doucement le triangle de peau après l'avoir longuement regardé. Puis il la prend dans ses bras et la soulève du sol, comme une enfant, une princesse, pour l'emmener dans sa chambre.

Avec toutes, il prend des précautions, mais elles ne le protègent que physiquement. Avec Aurélia V. qui est atteinte d'un cancer généralisé, encore vaillante et belle, mais dont les mois sont comptés, il a dû parlementer.

« Pas la peine d'utiliser une capote. Je me fiche que tu sois séropositif. Je vais mourir très bientôt, de toute façon.

– Vous pourriez être infectée vous-même, lui a-t-il rappelé.

– Comme tu es flatteur. »

Il a souri et a pensé : Non, je suis père de famille.

Viviane F. est longue et maigre. Elle ne sourit jamais. Quand elle éprouve de la joie, du plaisir, ou qu'elle est simplement contente, sa bouche se tord, les deux coins vers le bas. Un sourire à l'envers, si on veut. Ils se voient le jeudi après-midi et la majeure partie du rendez-vous se passe à boire du thé, un thé vert japonais qui exige des préparatifs longs et minutieux. Ils ne parlent pas. Ils se regardent. Ses genoux sont étonnants, les plus jolis qu'Étienne ait jamais vus, parfaitement ronds malgré l'absence de chair, comme s'ils n'avaient pas de rotule, ou alors si parfaitement emboîtée entre le fémur et le tibia qu'aucune dépression ne se dessine, aucune ombre. Ses genoux ressemblent à des joues. Mais Étienne ne doit pas regarder ses jambes. Il doit la regarder droit dans les yeux. Au fond des yeux. Durement. C'est ainsi qu'elle envisage les préliminaires. Puis elle lui tourne soudain le dos, se met à quatre pattes, jambes tendues, si bien que son bassin est à hauteur de celui de son partenaire qui sait ce qu'il doit faire. Il a préparé sa transe dans le métro. Quand il arrive chez elle, il est prêt. Elle le met dehors très vite après ça. L'argent l'attend sous le paillasson. Quand il s'accroupit pour le ramasser, tandis qu'elle referme la porte de son bel et grand appartement silencieux, il éprouve plus de tristesse qu'au terme de ses autres rendez-vous.

Katioucha Z. n'est pas russe. Elle est rose et replète. Les cheveux entièrement blancs coiffés en chignon au sommet du crâne. Elle entoure son corps moelleux de jupons, de tuniques, de châles. Elle parle à l'oreille d'Étienne en roulant les « r ». Il la chatouille et elle se pâme dans des extases de rire et dit : « Ah, ah, je n'en peux plus, je vais m'évanouir, je ris, je ris tellement, mon Dieu, je vais m'évanouir » et elle s'évanouit. Il doit ouvrir son corsage et dégrafer sa jupe, lui faire un brin de bouche-à-bouche, et c'est alors qu'elle se met à crier : « Tu en profites, chenapan ! » avant de s'évanouir à nouveau. Il la ranime en lui caressant les paupières avec une plume de paon. Elle revient doucement à elle et lui donne cinquante francs. Ce n'est pas beaucoup, mais il n'a pas grand-chose à faire. Marina L. l'a prévenu qu'Huguette F., enfin Katioucha Z., était pingre.

Étienne parle, il me parle et je tente d'être aussi attentive que lui. J'aimerais, à mon tour, être initiée, appartenir à ce groupe, comme il dit, capable d'apprendre, de progresser. Je commande un verre de vin au garçon de La Boîte à peindre. Je remarque que ce n'est pas le même que celui qui m'a apporté mon thé. Il y a eu un changement de service. La nuit commence à tomber. Il faudrait que je téléphone. Que j'appelle la maison. Mais la maison n'existe plus. Des tableaux apparaissent, des portraits de femmes, elles sont nues, ou sur le point d'être déshabillées, et Étienne va coucher avec elles, ou les faire jouir à l'aide de trois doigts, selon la commande qu'elles lui auront passée. J'assiste en pensée à toutes les scènes qu'il évoque et ma présence se réduit au contact de mes ischions avec le bois de la chaise, de la même façon qu'au musée, je ne suis plus qu'une paire de jambes, une paire de pieds dont l'allure, contrairement à celle de la promenade ou de la course, n'est pas dictée par le cerveau mais par un temps de contemplation durant lequel je me dématérialise pour devenir un personnage ou un détail de l'œuvre qui m'aspire. Je suis une poule dans une cour de ferme, je suis le reflet sur un verre dans la main d'un marié, le poisson d'une nature morte, je porte une toge, des guenilles, une fraise, je suis une tour, un portique, un vitrail, je suis rouge, je suis immense, une tache, le vertugadin d'une ménine, un trait, un fifre, du jaune, un chapeau, un triangle.

Étienne évoque à présent Marianne T.

Marianne T. est petite et carrée. Ou plus précisément, rectangulaire.

Une femme brique, me dis-je, comme la mère d'Yves. Mais je ne fais aucune remarque. Je ne dis rien. J'écoute.

C'est une ancienne cliente de Marina L. et c'est la première femme pour Étienne, après Marina L., mais Marina L. ne compte pas, ou plutôt, elle compte autrement. Elle est… son agent, dit-il.

Je ne résiste pas. J'interviens :

« On ne dit pas proxénète ? On parle de prostitution, non ?

– Si. Si. Mais Marina n'est pas une professionnelle. Elle ne touche pas d'argent sur…

– Sur tes passes ? Alors ce n'est pas non plus un agent. Un agent d'artiste, de musicien ou de sportif prend un pourcentage. Elle, elle ne prend rien, tu dis. Elle ne prend vraiment rien ?

– Non. Elle le fait par amitié.

– Par amitié pour toi ?

– Par amitié pour ses amies. Elle a beaucoup d'amies.

– Mais, toi, tu n'es pas son ami, à force ? Ça fait combien de temps ?

– Dix ans. Non, un peu plus.

– Et tu la vois toujours ? Elle n'est pas incroyablement vieille ? Elle n'est pas morte ?

– Eh bien non, pas du tout », répond Étienne en souriant. Et il répète : « Pas du tout. »

J'ai prononcé des mots qu'Étienne n'aurait pas choisis : proxénète, prostitution, passe, pour lui faire croire que rien de ce qu'il dit ne m'étonne, que tout cela, je le savais. Ce monde, ce commerce n'ont aucun secret pour moi. J'ai masqué ma surprise et mon désarroi sous un masque de connivence. J'ai utilisé ce que je pensais être le jargon du métier. Mais ces termes lui sont étrangers. Ce n'est pas ainsi qu'il se voit, qu'il se considère. Pendant qu'il parle, une aura mystique se dessine autour de lui, de sa tête, de ses mains. Il est comme une icône, et mes paroles malvenues semblent glisser sur lui. Il s'élève, il s'angélise et s'ennoblit, il est la source de joie de dames parfumées, il est l'homme pour toujours fidèle à la seule femme qu'il a jamais aimée. Étienne, l'insouillable, me dis-je.

Mais peut-être est-ce aussi par provocation que je lui parle comme je le fais, avec trivialité. Il s'en sort trop bien. J'ai envie de lui demander comment il déclare son activité aux impôts, à la Sécurité sociale, à sa mutuelle. Je veux à la fois être son contrôleur fiscal (j'en ai fréquenté suffisamment du temps de l'uniforme d'hôtesse de l'air pour savoir les singer) et vieillir très vite, m'enrichir en un éclair pour faire partie de son harem. Je ne peux m'empêcher d'inverser la situation en pensée. Et si c'était moi qui me confiais à lui, si j'étais la prostituée en pause à La Boîte à peindre, parlerais-je de mes clients comme s'il s'agissait de tableaux d'une exposition, de personnages de roman ? Saurais-je atteindre la transe ? Aurais-je cette allure, cette confiance sereine en moi ? Éprouverais-je cette espèce de curiosité attendrie pour les hommes que je rencontrerais chez eux, dans des chambres d'hôtel, la garçonnière prêtée par un ami, tandis que ma fille irait de la crèche à la maternelle, puis de l'élémentaire au collège ? Que ressent Étienne, sachant que cahiers et stylos sont payés par son sperme, que chouchous pour attacher les couettes, cartable à roulettes et baskets à semelles lumineuses sont obtenus à coups de queue, à coups de langue ? Et pourquoi pas ? Car c'est toujours soi, son corps, que l'on vend quand on travaille. C'est du moins la leçon que l'initié m'enseigne.

Obstiné, Étienne continue de creuser le sillon entamé.

Marina L. l'a prévenu que ce ne serait pas facile. Elle lui a dit : « Marianne et moi avons presque le même nom, mais pas le même physique, ni la même vie. Elle dirige une scierie. Assez masculine, un visage ingrat portant des marques d'acné – c'est émouvant d'ailleurs parce que son adolescence est si loin ; mais non, l'adolescence n'est jamais loin. Elle a des petites jambes, des cannes de serin, comme elle dit elle-même. Un gros ventre, une grosse poitrine. Elle n'est pas jolie, mais elle est absolument volcanique. Je n'ai jamais autant ri avec quelqu'un. Si tu la fais rire, si elle te fait rire, c'est gagné. Le physique compte beaucoup pour toi ?

– Je ne sais pas. Je n'ai jamais essayé.

– Avec moi, comment tu as fait ?

– Comme vous m'aviez dit.

– Tu peux être plus précis ?

– La tête s'échappe quand le corps est au lit.

– Tu as pensé à autre chose ? À quelqu'un d'autre ? À une femme qui t'attire ?

– Oui. Oui. Non. »

Il a essayé d'expliquer à Marina L. comment il s'y prend. Comment il atteint la transe. C'est une histoire de concentration. Et il y a aussi toutes sortes d'itinéraires qu'il connaît parce que Antonia les lui a appris.

« Je suis un peu comme la femme du cordonnier, résume-t-il pour moi.

– La plus mal chaussée ? dis-je.

– Non, je crois que la femme du cordonnier finit par savoir réparer les chaussures.

– Je ne comprends pas.

– Personne ne comprend. Moi-même, je ne comprends pas. Certains jours, je trouve ce que je fais parfaitement normal, comme si j'avais un métier, et d'autres fois je sombre. Sur les fiches, à l'école, Rita écrit que je suis travailleur intérimaire. Elle ne m'a jamais demandé dans quel secteur. Elle a quatorze ans. Elle sait tellement de choses.

– Tu n'es pas le premier à qui ça arrive. Les prostituées ont toujours eu des enfants. »

Étienne sourit, caresse la courbe de son verre, les yeux dans le vague et, de nouveau, je suis traversée par un sentiment insensé, celui d'être en conversation avec un sage. S'il se mettait à chanter avec les oiseaux, ou si des bêtes sauvages pénétraient dans le café pour venir lui lécher les mains, je ne serais pas surprise.

« Je vais la voir tous les week-ends, dit-il.

– Qui ça ?

– Rita. Elle vit chez son arrière-grand-mère.

– Celle qui ressemble à Agnès Varda ?

– Comment tu sais ? »

Je ne relève pas. Je ne réponds pas. Je sais qu'au bout du silence, il reparlera.

« Quand elle est entrée à l'école primaire, reprend-il, j'avais décidé de tout arrêter. Je l'ai emmené chez Marie-Louise qui était d'accord pour la garder, le temps que je règle mes affaires. Rita n'est jamais revenue vivre avec moi, et je n'ai jamais rien réglé. Marie-Louise va avoir quatre-vingt-quinze ans. Dès que mon téléphone sonne, je pense que c'est Rita qui va m'annoncer qu'elle a trouvé son arrière-grand-mère morte…

– Sous le pommier ?

– … Oui, pourquoi pas ? Sous le pommier ou dans son lit.

– Mais Marie-Louise ne meurt pas.
– Non, elle ne meurt jamais. »

Je voudrais signaler à Étienne qu'il a jeté un sort à sa grand-mère. Une carte se déploie soudain devant moi, comme si on avait collé mon œil à un télescope braqué sur un ciel d'août. Des constellations invisibles jusqu'alors m'apparaissent. Je vois des femmes, des fillettes, des vieilles, toutes reliées entre elles, je vois Antonia, Rita, Marie-Louise, Denise, je vois Marina L., Mme veuve Stern, Marianne T., Christiane W., Loreleï B., Aurélia V., Viviane F., Aimée S., Katioucha Z., Léonie Dodu et d'autres encore, dont j'ignore le nom, mais que j'imagine, dont je perçois la présence, billes de rosée sur une toile d'araignée, toutes reliées entre elles, femmes, fillettes, vieilles, et l'espace d'une seconde, je comprends où se situe Étienne, la place qu'il occupe dans cette architecture.

Mais c'est une intuition furtive et, la seconde d'après, je ne sais plus ce que l'instant d'avant je percevais comme une évidence. Le vin, me dis-je. Le vin me donne des visions.

Les tables autour de nous se sont peu à peu vidées. Le chahut de l'heure de pointe s'est éteint. La Boîte à peindre a servi des litres de vin, de bière, de café, d'eau, de sodas, des kilos de bavette à l'échalote et des centaines de frites, des feuilles de salade flétries, des crèmes caramel tremblantes, et le garçon, qui a eu la bonté de ne pas nous mettre dehors alors que nous ne dînions pas, nous contentant de boire, parce qu'Étienne est un habitué – sommes-nous au pied de l'immeuble de Marina L. ? –, essuie les tables d'un coup de chiffon avant d'y poser les chaises et de balayer les miettes, les restes de nourriture, les mégots, les serviettes en papier roulées en boule, afin de remettre à neuf l'endroit pour le lendemain.

Le lendemain ? me dis-je. Qu'est-ce que c'est que ça ? Demain, il y a quoi ? J'ai percuté quelque chose, je suis sortie des rails. J'ai trop bu. Je ne pourrai pas me lever quand le café fermera. Je ne pourrai pas rentrer chez moi. Je voudrais m'endormir, tête dans les bras croisés sur la table, comme à l'école quand le maître nous trouvait trop dissipés et que c'était l'heure de la sieste. Je veux qu'Étienne me porte, comme une petite fille, comme une princesse, qu'il m'emmène, là-haut, chez Marina L., ou chez lui, qu'il me borde, qu'il se souvienne de mon nom, du lycée, de la maternelle.

L'énergie nécessaire pour vivre ma vie s'est échappée de mes veines, le sens a fui hors de mon cerveau. Je rebrousse chemin, je revois chaque bifurcation, les instants de choix, les moments irrémédiables. Je démêle mon existence comme une chevelure qui n'a jamais connu le peigne. Je méprise mon destin, et cela crée en moi une aigreur terrible. Je réécris mon histoire à partir de souvenirs, de bribes d'existence avortées qui, au terme d'une hésitation, à la faveur d'un changement d'avis, n'ont pas fécondé l'avenir.

Ainsi, je me vois, habitant jusqu'à ma mort un appartement qu'Yves et moi avions visité pour l'acheter, avant de découvrir que l'immeuble était frappé d'alignement ; je m'obstine à exiger de mes parents qu'ils m'inscrivent au stage de voile lors de nos vacances en Bretagne, et je deviens skipper ; je continue d'exercer mon métier d'avocate fiscaliste ; je tombe dans la crevasse qui s'était ouverte, sans que personne s'en doute, aux abords de la piste noire que le moniteur nous avait obligés à prendre en classe de neige, et je meurs ; un ovule récalcitrant se montre plus accueillant que celui qui a contribué à former Matteo, et c'est un autre enfant que lui qui naît, une poignée de jours avant ce petit frère fantôme ; je traverse la rue au moment où un chauffard a grillé le feu au carrefour où je descendais du bus pour me rendre chez Henri Taïeb, et je perds l'usage de mes jambes ; je dis à Martin « Ça ne te fait pas envie ? » face à la cage des orangs-outans, et je porte ses enfants à la place de la froide Ève ; je ne tombe pas malade en classe de seconde, et je deviens la meilleure amie d'Antonia. Ainsi, je meurs des dizaines de fois et je vis des centaines de vies. Mais toujours, je me retrouve dans la salle des mariages, sous le lustre aux pendants de cristal et je dis : « Moi aussi, je t'aime », au petit garçon aux cheveux de travers qui s'est retourné pour contempler mes yeux ronds.

« Je pense à ma mère, dis-je soudain, alors que je pensais à tout autre chose, comme si je répondais à une question que personne ne m'a posée.

– Comment ? fait Étienne.

– Non, rien. Peu importe. Je crois qu'il faut qu'on y aille. »

Mais voilà que ma mère est avec moi. Ou plutôt, c'est moi qui suis avec elle, le jour où elle se rend compte qu'elle est amoureuse de son patron.

Henri Taïeb, dans sa longue blouse blanche de coupe classique – revers étroits et simple poche de poitrine –, passe la tête dans l'entrebâillement de la porte du secrétariat, et ma mère regarde sa main brune et délicate qui prend appui sur le chambranle au moment où il lui annonce qu'elle peut partir, il est l'heure. Elle entend quelque chose dans sa voix, ou est-ce un éclat dans son œil qu'elle saisit ? Elle s'est toujours doutée qu'il l'appréciait, qu'il la trouvait à la fois fiable et belle, mais à cet instant, c'est comme s'il était parfaitement incandescent. Le buisson ardent, se dit-elle. Il brûle sans se consumer. Et l'émoi qu'elle suscite chez cet homme timide l'émeut interminablement.

Si elle avait levé les yeux une seconde plus tard, peut-être n'aurait-elle pas été ainsi contaminée. Ce qu'elle voit à cet instant, elle ne l'a jamais vu avant, dans aucun regard. Elle songe aux récits des personnes touchées par la grâce, encore irradiées, des années après, par la splendeur de l'apparition. Qu'a-t-elle vu dans les yeux du dentiste farouche ? Elle s'est vue elle-même. Ourlée d'or. L'or de la foi. Car, au moment où elle surprend son regard, Henri croit en elle avec une conviction qui surpasse de loin celle que génère la certitude. La croyance confère une réalité à ce qui, autrement, n'en aurait pas. Elle est substance et force.

Ce mouvement n'échappe pas à ma mère. Elle se sent elle-même soulevée du sol, emportée, et je sais qu'à cet instant, nous n'existons plus, Lise, Dora et moi, pas davantage que mon père. Si nous mourions, bien sûr, ce serait triste, mais nous ne pouvons pas mourir car, à cette seconde, ce moment incandescent de l'amour, nous avons si parfaitement cessé d'exister que c'est comme si nous n'avions jamais été au monde.

Ma mère à mes côtés, qui lit par-dessus mon épaule tandis que je sens ma vie aspirée par l'abandon auquel je rêve de me livrer, m'apprend combien les liens filiaux sont fragiles, et cette révélation, loin de m'anéantir, m'éblouit. Une chose et son contraire, me dis-je. Une chose et son contraire existent sans s'annuler. Ils demeurent parallèles, côte à côte, ou plutôt face à face, comme l'être et son reflet, sauf que l'on perd de vue qu'il existe un miroir et que l'on croit soudain possible que l'image à la surface du verre précède l'objet qui s'y dessine.

Que se passerait-il si Étienne m'emmenait avec lui ? Serais-je prête à tout laisser derrière moi ? À accepter que les flots quittent le lit qu'ils ont creusé ? À devenir une autre ? Comment le saurais-je ? Car Étienne n'exige rien de moi. Il me demande si j'ai rendez-vous avec elle.

« Avec qui ?

– Avec ta mère, répond-il simplement. Tu as dit qu'il faudrait qu'on y aille, que tu pensais à ta mère, non ?

– Oui, j'ai dit ça. »

Et parce qu'il n'a aucune idée qu'elle est morte, parce qu'il ne sait rien de moi, qu'il ne m'a jamais questionnée sur mon passé et qu'il y a peu de chances qu'il en sache un jour davantage, je laisse trembler à la surface de mon esprit un rendez-vous nocturne avec ma mère disparue depuis bientôt dix ans.

Saint Étienne l'insouillable devient saint Éloi, patron des horlogers. Il manipule le temps. Il l'étire, le retient, le retourne. Et peut-être, me dis-je, est-ce ce talent qui en fait un amant extraordinaire, le meilleur de tous, celui dans les bras duquel la durée s'abolit. Les vieilles redeviennent jeunes, les heures filent en un clignement de cils. Lui-même ne semble pas s'altérer. Il a gardé la minceur de ses seize ans, la démarche élastique de l'écolier qui chemine nez en l'air vers la classe et dont le cartable chargé de livres et de cahiers ne pèse rien. Il paraît infatigable, maintenu droit et alerte par la légèreté dont seuls jouissent les grands distraits.

Et, de nouveau, je l'envie.

Je l'envie d'être sans attaches, privé d'amarres. Au loin, sa fille dont prend soin son aïeule sert de nord à sa boussole. Il va les voir, la petite et la vieillarde, pour un week-end ou une semaine, se construit un établi dans les anciens clapiers au fond du jardin, y dépose des pierres, des fils de métal, des bijoux à moitié terminés, des chaînettes, range tout comme il faut dans d'anciennes boîtes à clous, certaines en bois, d'autres en plastique, et Rita s'émerveille.

« Tu me fais une bague ?

– Oui.

– Et un collier qui va avec ? Et une couronne aussi ?

– Un diadème plutôt », propose-t-il.

Mais il repart avant d'avoir achevé, et la promesse de bijoux demeure suspendue dans le jardin. Rita croit la voir, tendue d'un arbre à l'autre, jumelle de la corde à linge.

Certains soirs d'été, elle s'aventure dans la partie pentue du terrain. Elle dit à Marie-Louise qu'elle va cueillir des orties pour la soupe. Mais au lieu de ça, elle ouvre sans la faire grincer la porte à deux battants dont la tige rouillée glisse hors de l'anneau avec la douceur des mécanismes mille fois maniés, et elle entre dans l'atelier de son père colonisé par les araignées. Ça sent le fer, l'argile et la moisissure. Elle fait coulisser le couvercle des anciennes boîtes à clous et tâte les cailloux, les gemmes du diadème dont le dessin traîne sur le sol, piqué des grains de beauté noirâtres dont l'humidité alliée à l'ombre a parsemé la feuille arrachée, six mois plus tôt, à son cahier de travaux pratiques. Au verso, elle la voit comme si elle pouvait en distinguer les contours à travers le papier, gît pour longtemps la grenouille disséquée en cours de sciences naturelles. Un dessin d'après nature, d'après la mort de Virginie (ainsi avait-elle baptisé son cobaye), qui lui a valu un zéro parce qu'elle n'avait pu le rapporter à son professeur afin qu'il note la précision de ses observations. Accroupie dans le noir, adoptant, malgré son grand corps d'adolescente, cette posture qui, d'entre toutes, reste sa favorite, elle gratte la terre battue du bout de l'ongle avant de porter son doigt à la bouche. Elle a toujours aimé le goût de la terre. Dès qu'une averse cesse, elle se précipite dehors pour humer l'air chargé de particules envolées du sol.

Au collège, elle n'a pas d'amis. Elle sait qu'elle est différente, de cent façons. Elle n'a pas de mère. Cette absence est un talisman. Elle a toujours été trop grande pour son âge, goguenarde aussi. Elle ne prend rien au sérieux, consciente que tout finit un jour, absurdement, dans un claquement de doigts, un ronflement qui s'interrompt, une voiture qui quitte la route, un caillot de sang, une dent qu'on a négligé de soigner, un ami trompé, une maîtresse éconduite, un employé floué qui exige réparation. Elle ne se fait aucune illusion. Elle aime, malgré ou peut-être à cause de cela, les tours de magie dont elle refuse de penser qu'ils reposent sur un « truc ».

Elle sait à quoi ressemble le corps d'une femme de plus de quatre-vingt-dix ans. Elle connaît les plis de la peau et le poids de ces plis, le mont de Vénus chauve et les rares poils blancs, la cornée sous l'œil, plus rouge et plus fatiguée que la sienne, qui s'ouvre vers le bas, bâille légèrement et semble incapable de retenir la prunelle à la sclère jaunie, larmoyante. Elle ne redoute pas l'arête des tendons asséchés, pas plus que les écailles qui se sont formées à l'avant du tibia, les épaisseurs de cal blanc sous les talons, la pâleur des aréoles et la largeur tendre des mamelons auxquels personne ne prête plus attention. Elle lave le corps de son arrière-grand-mère dans la baignoire sabot à l'aide d'une éponge au creux de laquelle elle fait longtemps mousser le savon – toujours le même, rose, à la bonne odeur de propre qu'elle achète à la supérette du village. Elle rince les cheveux blancs avec l'eau de la citerne pour qu'ils brillent. « À quoi bon ? » dit Marie-Louise en souriant (elle n'a plus la force de hausser les épaules). « Pour que tu sois belle », répond

Rita. « Je n'ai jamais été belle, lui signale son aïeule. Même quand j'étais jeune. Mais maintenant, je suis un désastre », ajoute-t-elle en riant sans bruit, redoutant la quinte de toux.

Rita ne parle pas aux autres filles. Elle n'est jamais sortie avec un garçon. Elle ne s'impatiente pas. Elle passe tant d'heures à essayer de comprendre le mystère de sa propre existence qui ne ressemble à aucune autre que l'ennui est chassé de ses journées.

Sur son bulletin, les professeurs notent « élève prometteuse ». Elle a décidé de croire à cet augure asséné depuis des années. Elle se regarde dans le miroir. Fait une tête de grenouille en étirant sa bouche, puis une tête de mouche en arrondissant ses yeux et en frottant ses mains sous son menton. Elle se trouve marrante. Elle pense qu'un jour, elle fera partie d'une bande, peut-être même en sera-t-elle la chef. Tout en tripotant cinq perles qu'elle s'amuse à faire rouler au creux de sa main, elle écoute leur cliquetis et songe au film qu'elle a vu la veille à la télé avec son arrière-grand-mère. On y découvrait la vie d'un grand chef d'orchestre anglais. Il souriait comme personne et elle s'était dit : Un orchestre, oui, ça me plairait bien, un orchestre.

Je ne sais encore rien d'elle. Je ne l'ai jamais vue. Mais je l'imagine après que j'ai quitté Étienne sous la marquise de La Boîte à peindre, et cette rêverie m'aide à me tenir droite malgré l'ébriété, à mettre un pied devant l'autre malgré le dépit, à héler un taxi malgré le chagrin. Pourquoi la vie d'Étienne est-elle tellement plus intéressante que la mienne ? me dis-je, avec le même sentiment d'injustice qu'un enfant qui jalouse le jouet d'un autre, doublé d'un soupçon de ridicule, car ce n'est plus de mon âge. Pourquoi sa vie est-elle si tragique ? Tumultueuse ? Rien ne s'y passe comme ailleurs. L'amour y est absolu, la mort frappe au sommet du bonheur.

Quand je me glisse entre les draps, auprès d'Yves, aussi chaud qu'un pain qui sort du four, il me dit : « Tu sens le vin et le tabac. J'adore. » Il m'enlace.

Mon corps est au lit et mon esprit s'échappe.

TROISIÈME PARTIE

Les carnets de sir Clyde Spencer

Tandis que je marche en direction de la rue Rousseau où se situe le cabinet de Joseph Devarny, le thérapeute que je consulte depuis deux ans, je songe que je recèle un trésor. Jusque-là, je n'ai rien dit, rien d'important, mais la séance d'aujourd'hui sera différente. J'ignore comment j'ai tenu si longtemps, pourquoi j'ai résisté. Et juste après, ou au même moment, je me demande comment faisaient ma grand-mère et mon arrière-grand-mère. Comment font l'homme de ménage, le soudeur intérimaire ? Comment faisait Louis XIV, et comment les agriculteurs s'y prennent-ils en période de moisson ? Et de nouveau, je m'interroge : Comment faisait ma grand-mère, comment faisait ma mère, les jours où elles étaient tristes ? Comment ont-elles fait, toutes ces femmes, depuis la nuit des temps ?

Durant une longue période de sa vie, ma mère a conservé et roulé en boule des milliers de sacs en plastique. C'est un magnifique symptôme. Je me dis que quelque chose devait la faire souffrir. Une chose dont elle ne pouvait parler, qu'elle n'aurait su nommer. Personne ne s'en est rendu compte, personne ne s'en est inquiété, et elle a vécu ainsi, avec pour unique moyen d'expression une langue parlée par elle seule, le polyéthylène. Collectionnait-elle les sacs avant notre naissance ? Il y avait surtout des cabas en tissu et des filets au crochet à l'époque.

Que lui répondaient ses parents quand elle se plaignait de l'ennui, ou qu'elle était d'humeur maussade à cause d'un chagrin d'amour ? Ils ne lui disaient pas : « On te comprend, ma fille, on est passés par là, nous aussi », ou bien : « Nous t'avons pris rendez-vous chez le meilleur psychologue du quartier. » Ils ne disaient rien. Et, d'ailleurs, ma mère ne se plaignait pas. Elle songeait que ses parents avaient vécu l'exil, la misère et la guerre – et elle ? Rien. Sa muselière bien serrée sur la bouche, elle avançait à travers les années comme dans un roncier que personne n'avait eu le temps de défricher pour lui faciliter le trajet ou lui indiquer un chemin.

Ses premiers bas, elle les avait peints à même la peau de ses jambes. Sa deuxième paire, celle en nylon que lui avait donnée une camarade de classe plus fortunée et dont elle avait découvert qu'elle était filée à partir du talon, plissait sur ses chevilles fines et lui faisait honte. Mais dès qu'elle sentait poindre en elle le regret de ne pas posséder de vrais beaux bas de soie, elle se talochait à grands coups de galoches aux semelles à clous portées par ses ancêtres sur les chemins glacés, les chemins de neige, des routes qui ne menaient nulle part et que l'on n'empruntait que pour fuir.

Quand elle a eu ses bébés, trois filles, l'une après l'autre, et qu'elle se décourageait face au tas de couches à laver, que ses nuits étaient hachées par leurs pleurs et que les journées se fondaient l'une dans l'autre sans que jamais pourtant rien n'avance ni ne change, à qui en parlait-elle ? Y avait-il quelqu'un pour la consoler, lui rappeler qu'elle était belle et jeune, qu'un destin particulier lui était réservé ?

Ma mère était-elle intelligente ? À quel âge a-t-elle eu ses règles ? J'aimerais le lui demander.

Je ne me suis jamais rendue sur sa tombe. À quoi bon ? Je sais à peine comment elle a rencontré mon père. À un bal, oui. Mais ont-ils dansé ensemble ? L'a-t-il invitée à tournoyer sur la piste, lui qui n'avait pas le sens du rythme ? Se sont-ils regardés par-dessus le bord de leurs verres ? Ont-ils été présentés l'un à l'autre par un ami commun ? Je pourrais poser la question à mon père, mais il manquera toujours sa version à elle. Quelle robe portais-tu ? Étais-tu contente de ta coiffure ? Avais-tu déjà été amoureuse ?

Je pense à ma mère quand j'avais dix ans, puis douze, puis quatorze. C'était toujours la même. Ses journées se suivaient, identiques, et pour moi, c'était comme si elle avait été piégée par le temps, comme si, toutes ces années, elle n'avait fait que marcher en sens inverse d'un tapis roulant. Son présent devait ainsi durer toujours. Et voilà qu'elle était morte.

Comment est-ce possible ? Je me pose cette question en sonnant à la porte de Joseph Devarny. Que s'est-il passé ? A-t-elle trébuché ? C'est plutôt comme si elle avait cessé d'avancer, ou que la vitesse à laquelle le tapis roulait avait doublé, puis triplé, sans qu'elle parvienne jamais à adopter une cadence identique, pour finir par reculer, s'épuisant chaque jour davantage face à l'impossible défi lancé par la succession hâtive des semaines, des mois et des années.

Elle a pourtant eu la bonne idée de quitter la voie qu'elle s'était tracée. Quand j'ai eu quinze ans, elle a abandonné sa maison, elle a bondi hors du train en marche. C'était une façon de déjouer le temps. Elle a triché avec sa propre vie, s'est retrouvée dans une autre maison où les enfants avaient dix ans de moins que les siens. Et je l'ai vue rajeunir. Je me demande ce qui a cloché. A-t-elle été punie ? Par qui ?

Comme ce fut soudain. Comme ce fut incongru. Une belle femme, au front auréolé de rares cheveux blancs qui dessinaient une nouvelle blondeur autour de son visage paisible, lèvres charnues, paupières rieuses bien que closes, nez puérilement retroussé, épaules rondes et pleines, peau lisse et ferme malgré les premières tavelures de l'âge, est allongée sur un lit d'hôpital. On me dit que c'est fini.

Qu'est-ce qui est fini ? Tout ? La joie ? Le monde ? Sa vie ? La nôtre ?

Je regarde ma mère, inaltérée par la mort (sauf son corps qui, sous le drap, semble plus petit, plus chétif que de son vivant) et je me dis : Ce n'est pas fini. Je me dis : Elle est morte, mais ce n'est pas fini. Je voudrais prendre sa main dans la mienne, ses doigts couronnés d'ongles en amande. Je manque de courage. Je redoute le contact, l'absence de réponse. Je me rappelle l'effet de ventouse quand, enfant, je glissais ma main dans la sienne. Sans un mot, nous regardions droit devant nous, filant je ne sais où, dans la rue, à la plage, dans un grand magasin. Ma main se levait à peine, sans que je lui en donne l'ordre, mais peut-être était-ce parce que la sienne, déjà, s'était détachée de son corps pour aller à la rencontre de mes doigts. Nous n'avions pas besoin de serrer, l'étreinte était lâche et comme indépendante de nous, de nos autres gestes, de nos pas, de son autre main qui tenait peut-être celle de Dora, de Lise, ou de mon père. Nos mains ensemble formaient un oiseau unique, libre, un oiseau dont l'une des ailes fut, durant quelques années, plus courte que l'autre.

Je sonne à la porte, les yeux pleins de larmes.

Joseph Devarny me reçoit dans son bureau, une pièce carrée au rez-de-chaussée, éclairée par une haute fenêtre qui donne sur un jardin. Sa barbe grise a l'air plus emmêlée que d'habitude, ses yeux à fleur de tête me dévisagent distraitement, la cravate mal nouée autour de son col de chemise ouvert est tissée de motifs marins. Massif, il se déplace malgré tout avec légèreté et beaucoup de lenteur. Il me dit de m'installer dans le fauteuil face à la cour arborée.

« Je vous écoute », fait-il, comme à chaque fois, en s'asseyant face à moi sans un bruit, et je songe que s'il se posait sur un nuage cela reviendrait au même.

Je le regarde. Il me regarde. Je ne dis rien. Je vois un chemin de halage et l'expression « chemin de halage » empêche tous les autres mots de se présenter à ma conscience. Je détourne les yeux. Je me tords les mains. Je n'ose pas dire « chemin de halage », mais comme rien d'autre ne vient, je me tais. Je baisse les paupières, je fixe mes genoux. Je voudrais me forcer à ouvrir la bouche. Mes mâchoires sont scellées. Je me demande ce qui se produirait si je commençais ainsi : « Chemin de halage. » J'ai l'impression que je n'ai jamais ressenti une honte pareille. Je sais pourtant qu'il est bon de dire ce qui vient comme cela vient. Que cette pièce carrée au rez-de-chaussée est le lieu de la parole sans autre but qu'elle-même.

Le temps passe et plus il passe, plus ma gorge se serre. Mon ventre aussi se noue. Je me dis que, à défaut d'en parler, je pourrais essayer de comprendre pourquoi le chemin de halage occupe tout l'espace en moi depuis que j'ai franchi le seuil de cette pièce. Je me représente un sentier le long d'une rivière. Je pose un cheval sur le sentier. Je l'attelle. Au harnais, je noue un cordage. Sur les flots, une barge attend. J'ignore comment relier l'animal au bateau. J'ouvre les mains vers le plafond en signe d'impuissance.

« Je ne sais pas », dis-je d'une voix assourdie par les sanglots imminents.

Je lève de nouveau les yeux vers Joseph Devarny dont l'expression ne s'est pas modifiée depuis qu'il m'a ouvert la porte. Son visage est à la fois impassible et concentré, et comme il a l'air d'attendre et qu'il n'est pas pressé, je parle.

Je ne dis rien du temps. Je n'évoque pas le présent éternel des parents dans le souvenir d'enfance, cette façon qu'ils ont de ne jamais vieillir pour nous. Je ne dis rien non plus de l'illusion d'être à bord du même bateau/temps que ma mère quand j'étais petite, alors que le sien filait plus vite que le mien, parfois chahuté par une houle que mon embarcation ignorait. À l'âge où, dans mes yeux de petite fille, ma mère paraissait parfaitement stable, installée dans une durable apogée, elle devait comme moi aujourd'hui avoir l'impression de n'être qu'une feuille de papier à cigarette entre ses propres parents et ses enfants, une pellicule qui ne compte pas, presque impatiente d'appartenir elle-même au passé, pour au moins se trouver quelque part. Je ne dis rien de la sensation de plus en plus présente d'avoir une double vie. Celle qui m'appartient et dans laquelle je me déplace sans joie, et l'autre dont je ne fais pas partie et qui, néanmoins, me passionne. Une vie à laquelle je ne peux rien retrancher ni ajouter, que je ne puis ni améliorer ni empirer, dont les personnages ne pensent rien de moi, dans laquelle il n'y a aucun enjeu ni aucun risque. Cette autre vie qui m'aspire et ne sera jamais ni ratée ni accomplie.

Plutôt que d'évoquer ma mère dont il me semble que le fantôme continue d'embrumer mes journées, plutôt que de parler d'Étienne, mon fiancé éternel et de la fascination malade qu'il exerce sur moi, je dis : « Le rabbin chantait faux. »

Je me demande s'il est nécessaire que j'explique, que je situe la scène, mais, songeant que j'ai déjà gâché une partie de la séance, j'enchaîne : « Ce n'était pas celui de d'habitude. Nous n'avons pas d'habitudes parce que nous ne sommes pas pratiquants, mais c'est toujours le même qui s'occupe des enterrements dans la famille de mon père. Pour ma tante Colette, c'était lui. Il a un chapeau noir un peu trop petit et trop haut, des hanches larges et un veston qui brille aux coudes. Il a quelque chose de brusque, d'impoli. Mais il chante comme un ange. Il commence par prier en marmonnant, puis il déplie un papier et dit quelques mots en français. Des banalités concernant la bonté et la droiture du mort. Je ne sais pas comment il s'y prend, mais je finis toujours par être émue, avant même qu'il se mette à chanter de sa voix d'ange.

« J'ai été émue quand il a sorti cette imbécillité sur tata Colette. Il a dit – ça me fait rougir de le répéter – il a dit : "Elle voyait mieux que beaucoup d'entre nous." Il ne la connaissait pas. Il l'avait peut-être croisée à l'enterrement de Marcel, mon grand-oncle, ou à celui de Mauricette, une petite-cousine de mon père, mais pour un rabbin, repérer quelqu'un à un enterrement, c'est comme pour un employé du péage, reconnaître un conducteur dans l'habitacle de sa voiture. Il a dit ça comme il aurait dit n'importe quoi d'autre, simplement parce que mon père avait dû noter sur la fiche que sa sœur décédée était aveugle. Il a aussi parlé de la solitude nouvelle de Jacqueline, sa jumelle. À son sujet aussi, il a prononcé une phrase idiote mais qui, comme une flèche en caoutchouc tirée à bout portant atteint à coup sûr le cœur, m'a marquée sans laisser de cicatrice.

« Il ne devait pas être libre cette fois. Peut-être qu'il était en vacances à Eilat. Je ne sais pas pourquoi je dis ça, c'est un peu raciste, non ? En tout cas, celui qui l'avait remplacé, plus vieux, l'air beaucoup plus gentil, maîtrisait mieux la syntaxe – ah oui, j'ai oublié de dire que notre rabbin de d'habitude parle un français bizarre, indescriptible. Le remplaçant avait un regard gris très doux et des mèches de cheveux encore rousses, malgré son âge, qui s'échappaient de son chapeau. Il m'a tout de suite plu, mais il chantait tellement faux, si mal, avec une voix si horrible que Lise, Dora et moi, on n'a pas pu s'empêcher de rire. Je n'ai pas vu tout de suite qu'elles riaient. J'avais la tête baissée et j'ai commencé à me mordre les lèvres pour étouffer le rire dans l'œuf. Mais j'ai senti quelque chose, un mouvement dans le corps de ma sœur et c'était trop tard, quand j'ai relevé la tête pour regarder Dora, j'avais déjà été contaminée par le fou rire, et elle aussi, et Lise pareil. On a fait semblant de pleurer fort. On gémissait, on haletait, mais c'est impossible que les gens n'aient pas remarqué. On était devant, en première ligne, les trois filles. »

Je poursuis mon récit durant le reste de la demi-heure. Je décris les croque-morts : deux d'entre eux engoncés dans leur costume gris mal coupé, les deux autres élégants, et même carrément beaux, portant des vestes flatteuses et des pantalons impeccables. L'un des jolis garçons me sourit et je me sens troublée. Je parle de leurs gestes précis, de la gratitude que j'éprouve pour eux, du cercueil sur leurs épaules, des cordes qui descendent la boîte dans le rectangle creux qui sent la cour d'école, de la cuillère à soupe qui sert à lancer du sable sur le bois, du son que produit le couvercle au moment où les gravillons heurtent sa surface et qui font penser que le cercueil est peut-être vide, de la hantise de lire sur les pierres tombales avoisinantes un couple de dates trop rapprochées, le calcul irrésistible et effroyable qui s'ensuit (mort à six ans ? À treize ? À vingt-deux ? À partir de quel âge est-ce tolérable ?), des pieds qui écrasent les fleurettes vaillantes poussées dans les allées, de l'haleine lourde après les larmes et le silence, de l'étreinte indifférente de certains, du corps-à-corps bouleversant avec d'autres. J'oublie de mentionner qui on enterre. Je crains que Joseph Devarny ne pense qu'il s'agit de mon père. J'ai honte de cette méprise qui s'apparente à une manipulation. Je ne dis pas non plus qu'en revenant vers les voitures, j'ai surpris la main d'Yves dans celle de Lise.

J'ai voulu être spirituelle et, debout sur le trottoir, une fois la porte de Joseph Devarny refermée, je pleure conjointement l'enterrement de mon père, alors qu'il est encore vivant, et le départ de mon mari avec ma sœur, qui n'a jamais eu lieu et n'existe que dans mon imagination.

« Un chemin de halage, tu sais ce que c'est, oui ou non ? »

Mon père ne répond pas. Il est assis sur une chaise de la cuisine. Le café qu'il a versé dans ma tasse a été réchauffé dans une petite casserole que je reconnais. Ma mère y faisait autrefois chauffer le lait qu'elle versait sur notre chicorée soluble, à nous, les filles, qui n'avions encore droit qu'à l'ersatz.

Derrière ses lunettes fumées, je distingue ses yeux devenus pâles avec la maladie, avec l'âge. Je me demande ce qu'il voit de moi. Je n'ai jamais su à quel point il était gêné. À soixante-quinze ans, il vit seul, fait ses courses, se prépare à manger, se lave, se rase et s'habille, s'occupe du ménage, comme un voyant.

« Bien sûr, finit-il par répondre. Bien sûr que je sais. Tout le monde sait ça.

– Et qu'est-ce que ça t'évoque ?

– Rien. De quoi tu me parles ?

– D'un chemin de halage.

– Qu'est-ce que ça peut me fiche ?

– Je ne sais pas. C'est pour ça que je te pose la question.

– Tu n'appelles jamais, tu passes me voir une fois tous les six mois et quand tu débarques sans prévenir, c'est pour me faire le coup du sphinx ?

– Je n'ai pas envie d'avoir cette conversation.

– Quelle conversation ?

– Celle où tu dis que je ne viens jamais te voir.

– On en reparlera quand tu seras vieille. »

Je n'ose pas lui dire que quand je serai vieille, il sera vraisemblablement mort. Mais il le sait, bien entendu, et se met à rire. L'humour noir est le seul qu'il ait jamais eu.

« Quand on était petites, on allait parfois à la campagne pour faire un pique-nique. On prenait le train. On allait où ?

– Jamais au même endroit.

– Il n'y avait pas le cabanon de tonton Marcel, vers Fontainebleau ?

– On y est allés une fois, c'est tout. Ta mère et moi, on aimait le changement. Surtout elle. Ha ! Ha !

– Est-ce qu'on allait parfois au bord d'une rivière ?

– Non.

– Pourquoi ?

– Dans les familles où il y a des noyés, on ne pique-nique pas au bord des rivières », déclare mon père d'un ton solennel.

J'ignore à quoi il fait allusion. Il n'y a aucune histoire de noyé dans ma famille.

« C'est un dicton ?

– C'est la vérité.

– Alors pas de rivière ?

– Non. »

Il se tait, joint les mains sous son menton, croise une jambe par-dessus l'autre. Sa barbe de trois jours pas tout à fait blanche lui va bien. Il ressemble de plus en plus au jeune homme qu'il a été. C'est parce qu'il a maigri, me dis-je, et aussi parce qu'il est seul.

« Comment va ton mari ? me demande-t-il soudain, comme frappé par une inspiration.

– Je ne sais pas.

– Tu ne sais pas comment va ton mari ?

– On ne vit plus ensemble.

– Tu dois lui manquer », dit mon père, avec beaucoup de douceur.

Et bien que je sois persuadée du contraire, et malgré le souvenir désagréable que m'ont laissé nos derniers échanges au cours desquels Yves a parlé de ma froideur, de mes absences, de mon incapacité à goûter le sel de la vie (rien de tel qu'un ancien hippy), de mon visage fermé et de mon regard mort, je joue un instant à imaginer que mon père a raison : mon mari, dans l'appartement qui nous endette encore conjointement pour les dix-huit prochaines années, pense à moi, à ma façon unique de cuisiner les artichauts, aux mélodies que je hurle à pleins poumons sous la douche, à mes orteils qu'il a toujours trouvés comiques, à la manière que j'avais, jusque dans les derniers mois encore, de me pendre à son cou par-derrière pour grimper sur son dos (l'ultime fois pourtant il s'était écrié : « Aïe, tu me fais mal ! Putain, j'ai plus vingt ans »).

Comment vais-je vivre sans lui ?

Je songe alors à la joie éprouvée tandis que je roulais dans la nuit sur mon vélo en direction de chez Maëlle. Elle travaille à l'Ircam et j'ai fait sa connaissance au début de mes recherches autour de Clyde Spencer, le chef d'orchestre auquel j'ai consacré mon master et que je suis d'encore plus près depuis qu'il s'est réveillé amnésique en sortant de son coma. Maëlle avait proposé de m'accueillir si ça tournait mal, notre histoire, et je filais vers chez elle comme à bord d'un tapis volant, enivrée par la perspective de dormir dans un lit qui n'était pas le mien, de boire un café (peut-être mauvais) qui n'aurait pas été préparé par Yves, d'être seule, de faire n'importe quoi, d'être une autre, comme si, en me débarrassant de lui, c'était surtout avec moi-même que j'en finissais. Je roulais dans la nuit urbaine et j'avais l'impression de traverser un royaume enchanté. Je braillais le concerto pour deux violons de Bach et j'étais les deux violons et l'orchestre. Je me répondais à moi-même, comme Oïstrakh à Menuhin, remplaçant les traits d'archet par des *padadida* et des *nanananinana*, libérée de toutes les contraintes, des apparences, des horaires, libérée de ma propre vie, un peu comme si je me suicidais sans mourir.

Quitter son mari, quelle aventure.

« C'est un brave garçon, ajoute mon père.

– Tu es conseiller conjugal, maintenant ?

– Je dis les choses comme elles sont. Halage, connais pas. Yves, bon garçon. »

Et voilà que mon père m'ensorcelle. J'ai envie d'être à la maison. Allongée sur le lit, dans la chambre, un conducteur ouvert sur les genoux, je ferme un instant les yeux et je sens la fumée du joint sur lequel Yves tire quelques bouffées avant d'aller préparer le dîner. J'ai eu les enfants au téléphone. Je sais qu'ils vont bien. J'en parlerai à leur père en buvant un verre de vin avec lui. Nous nous congratulerons à notre façon sur les succès et les enthousiasmes de nos adultes débutants. Auprès de qui peut-on se vanter sans ridicule, sans crainte, sans agressivité, de la fierté que font naître en nous les enfants ? Avec notre complice dans le crime, point de retenue, on se vautre dans la réclame pour la fille, pour le fils. Tout y passe, la qualité remarquable de leurs cheveux, l'obtention au premier coup du permis de conduire, les talents de caricaturiste, ce don incompréhensible (il/elle ne tient certainement pas ça de moi) pour l'alpinisme, la maturité politique, la maîtrise des œufs brouillés, leur teint, l'intensité de leurs chagrins d'amour, leurs blagues, leurs choix intrépides, leurs amis désopilants. Combien de fois nous sommes-nous livrés, Yves et moi, à ce ressassement heureux ? L'activité la plus indécente – je m'en rends soudain compte – à laquelle puisse s'adonner un couple. Souvent c'était moi qui commençais. Yves tempérait puis, se laissant entraîner, finissait par me surpasser. Je surprenais parfois une larme à son œil et je faisais comme si je n'avais rien vu. Devant les autres, nous nous efforcions de dire autant de mal que possible de Matteo et Nelly. Nous leur trouvions d'adorables défauts et les montions en épingle, réservant l'éclat de leurs exploits à notre intimité, de la même façon qu'en public nous n'échangions que les plus chastes baisers.

« Tu n'as qu'à l'appeler, si tu veux de ses nouvelles, dis-je à mon père pour couper court à l'attendrissement.

– Qui veux-tu que j'appelle ?

– Yves, mon mari que tu aimes tant.
– Je n'ai pas son numéro.
– Papa !
– Quoi, papa ?
– Arrête d'être comme ça.
– Comment, comme ça ?
– Raide, catégorique, conventionnel.
– Ainsi sont les pères depuis toujours, et je ne compte pas changer.
– Pourquoi tu ne me comprends pas ?
– Parce que je n'essaie pas. Je n'ai pas envie de te comprendre. Je ne suis pas là pour ça.
– Alors tu sers à quoi ?
– À rien. Ça aussi, on en reparlera quand tu seras vieille. Quand on est vieux, on ne sert à rien. C'est comme la matière et l'antimatière. Tout le monde sert à quelque chose sur terre. Sauf nous, les vieux. Nous sommes l'antimatière du monde actif. Le Rabbi Nahman de Bratslav en parle mieux que moi. Dieu, quand il a créé le monde, a laissé un espace vide de sa présence, voilà ce qu'il explique. Il dit : "Cet espace où Dieu n'est pas est notre monde ; et pourtant, il y a Dieu."
– Tu lis les penseurs juifs, maintenant ?
– Je les ai toujours lus.
– Je ne te connais pas, en fait.
– On ne connaît ses parents qu'entre zéro et dix ans. Et réciproquement. Ensuite, on se perd de vue. C'est dans l'ordre des choses. Et je ne pense pas qu'il doive en être autrement.
– Tu te contredis.
– Pas du tout.
– Tu voudrais que je t'appelle plus souvent, que je passe te voir, mais en même temps tu dis qu'on doit se perdre de vue.

– Exactement.
– Je ne comprends pas.
– J'ai envie de te redire qu'on en reparlera quand tu seras vieille, mais je vois que ça ne te fait pas rire. Ta mère non plus n'aimait pas mon humour. Elle me trouvait sinistre. Elle aussi, elle voulait que je la comprenne. Mais avec une épouse, c'est pire qu'avec les enfants. Une épouse, on ne la connaît jamais. »

En sortant de chez mon père, je titube. Une des raisons pour lesquelles j'éprouve de grandes difficultés à lui rendre visite, c'est parce qu'il habite encore l'appartement de mon enfance. Aller le voir, c'est comme recevoir d'un coup sur le dos tous les cartables que j'ai collectionnés durant ma scolarité, contracter de nouveau toutes les angines, enfiler les bonnets qui grattent, revivre la mélancolie pâteuse des dimanches soir.

Je m'assieds sur un banc du jardin public en face de son immeuble. Je sors un cahier de mon sac. J'éprouve le besoin de relire les citations que j'ai relevées dans le journal de sir Clyde Spencer. J'ai l'impression que ses phrases pourront m'aider à plonger, comme je le fais face à l'immeuble de mon enfance, dans la profondeur du temps. Car je ne peux plus avancer. Je ne vois pas comment atteindre l'heure suivante, la minute, la seconde. Le temps sur le dos duquel je cheminais a ouvert sa gueule, comme font les monstres déguisés en îles dans les contes merveilleux. Me voici engloutie par le toboggan de son œsophage, et je m'effondre d'aujourd'hui à hier.

Clyde Spencer dirigeait en chantant, en dansant, dans une joie enfantine. Jamais il n'avait besoin de se faire respecter car, expliquent les musiciens qui ont joué sous sa direction : « Il ne se demandait pas si on allait le respecter. Il arrivait au pupitre comme on arrive sur un terrain de foot où des inconnus se passent déjà la balle. On débarque, on dit : “Je peux ?” et ça passe ou ça casse. Certaines personnes se font rembarrer systématiquement. À d'autres, on dit toujours oui. Clyde était de ceux-là. Il disait : “On joue ?” et on lui faisait place. »

Pendant mon master, j'avais visionné des heures d'entretiens le concernant. Originaire de Bakewell, au sud-est de Sheffield, sir Clyde Spencer avait étudié à l'Académie Sibelius. C'était là que Marlène Siamois et lui s'étaient rencontrés. Elle avait renoncé à une carrière peu accueillante pour les femmes, alors que – lui disait-il – elle était cent fois meilleure qu'il ne l'était. « C'était vrai ? » avais-je demandé à mon professeur. « Non, avait-elle répondu. Il aurait dit n'importe quoi pour faire plaisir à quelqu'un, c'était un homme exquis, d'une grâce ! Et puis, avait-elle ajouté, en musique, comme dans n'importe quel autre art, c'est souvent la détermination qui fait la différence. Je n'étais pas meilleure et je n'avais aucun désir de l'être. Je n'avais pas non plus envie de me retrouver à courir le monde dans des trains, des avions… Et regarde, j'ai la folie des grandeurs, si j'avais fait carrière, peut-être n'aurais-je jamais dirigé d'autre orchestre que celui du conservatoire de Vesoul. » À l'époque où nous avions eu cette conversation, l'une des deux ou trois fois où Mme Siamois m'avait invitée à prendre un café en salle des professeurs pour me remercier d'avoir replié une cinquantaine de pupitres, sir Clyde Spencer avait encore toute sa tête et passait sa vie dans des trains et des avions pour aller au-devant d'inconnus, sa baguette à la main et son sourire radieux aux lèvres, sautillant sur place dans l'anticipation du plaisir qu'ils prendraient et se donneraient.

Vingt-sept ans plus tard, il a perdu la mémoire à la suite d'un coma provoqué par un virus grippal.

Presque à chaque minute de la journée, depuis qu'il s'est réveillé de plusieurs mois d'un sommeil ininterrompu, il note fébrilement les mêmes phrases, dans des carnets, au bas de partitions, sur des serviettes en papier et parfois même sur ses manches de chemise : « Aucune douleur. Pas de différence entre la nuit et le jour. Comme une nuit sans rêve. Je suis parfaitement incapable de penser. C'est la première fois que je vois un être humain. Première fois de ma vie. Je connais toutes sortes de choses, mais il n'y a aucun événement dans mon esprit que je puisse présenter à ma conscience. C'est la première fois que je suis conscient. Je suis vraiment éveillé pour la première fois. Ne pas considérer cette entrée. Chez moi, c'est hier. J'habite un monde où il n'y a pas de temps. Être mort, c'est facile, on n'a rien à faire. »

Je prends mon téléphone portable dans mon sac à main et je fais défiler les photos des documents légués par sa femme, lady Spencer, à l'Ircam. Maëlle les a sortis des archives pour moi.

« Tu pourrais aussi bien les emporter », m'a-t-elle dit en déposant sur la table une pile de carnets et un carton renfermant des feuilles volantes, des morceaux de papier en tous genres, raturés, ornés de gribouillis, revêtus des mêmes phrases, encore et encore, comme si, à chaque minute, la vie de sir Clyde commençait avec les mêmes obsessions, les mêmes interrogations, les mêmes angoisses. « Nous n'avons pas vocation à garder ce genre de trucs. C'est sa veuve… je veux dire sa femme, qui a insisté parce que, soi-disant, son mari aimait tellement la France et qu'ils avaient toujours eu le projet de se retirer dans le Morvan.

– Elle est musicienne ?
– Qui ça ?
– Lady Spencer.
– Oui. Elle était flûtiste dans un des derniers orchestres qu'il a dirigés avant de tomber malade. Elle est beaucoup plus jeune que lui. Ils se sont mariés peu de temps avant la catastrophe. C'est une des personnes les plus amoureuses et les plus tristes que j'aie jamais rencontrées. »

Je repense à cette dernière phrase en zoomant sur les clichés dont je sais qu'il faut que je les imprime pour pouvoir les classer et les étudier. Chaque fois que je veux travailler sur ces sources, je trouve autre chose à faire, une urgence se déclare, mon téléphone n'a plus de batterie. Chaque fois, c'est le même effroi qui m'étreint et je crois qu'il est lié aux notations horaires. Non seulement les phrases se répètent, mais elles ne sont espacées que de quelques minutes. Je lis : « 6:37 pm : First time I see a human being » ; puis, juste en dessous : « 6:53 pm : First consciousness. First time I'm truly awake » ; un peu plus bas encore : « 7:07 pm : First time I see a human being » ; et plus loin, après un griffonnage indéchiffrable et la mention *Ignore that entry* : « 7:25 pm : First awakening ».

Pour Clyde Spencer, chaque instant de sa vie est le premier. Il n'est pourtant pas innocent. Il possède toutes ses anciennes facultés. Il lit, il écrit, il sait compter, mais il ne peut rien intégrer de nouveau. Il est capable de diriger une œuvre à condition de ne pas s'interrompre. En cas de nuance non respectée, d'erreur d'articulation, de déséquilibre entre les voix, il reprend au début, même si l'on est à trois mesures de la fin. Il ne reprend pas au début du mouvement. Le seul début qu'il puisse aborder est celui de l'œuvre, et il faut pour cela que

Sybil Spencer, sa femme, tellement jeune, amoureuse et rapide, jaillisse de son siège ou des marches menant à la fosse ou à l'estrade pour aller replacer les feuilles ou rouvrir le conducteur à la première page avant que sir Clyde ne se mette en colère, ne commence à hurler : « Qui a fichu le bordel dans mes partitions ? Qui a touché à mes affaires ? » Parce qu'il n'a aucune idée que c'est lui-même qui a tourné les pages, un instant plus tôt. Dans son esprit, c'est de nouveau la première fois qu'il se trouve devant cet orchestre. S'il est de bonne humeur, il rit et s'exclame : « Practical joke, ha ! » Une blague, un bizutage de bienvenue. Mais le plus souvent, s'il est forcé de s'interrompre et que Sybil ne bondit pas assez vite, il enrage, comme si une fibre infime, un brin d'algue séchée au fond de sa conscience comprenait de quelle malédiction il était l'objet : un tour de passe-passe métaphysique faisant de lui le seul passager du temps qui ne se déplace jamais.

Dans un des documentaires que j'ai visionnés, on le voit avancer de dos dans la travée centrale d'une salle de concerts, tenant la main de sa femme. Elle le conduit jusqu'au pupitre où sont posées la partition et la baguette. Elle lui glisse quelques mots à l'oreille. L'orchestre se lève à l'approche du chef. Clyde Spencer sourit (il a conservé un sourire d'une séduction folle). Il fait signe aux musiciens de s'asseoir et, après avoir pris une inspiration profonde et calme, il déploie très lentement ses bras, les immobilise un court instant et incline à peine la paume de ses mains. À ce signal, un hautbois, deux violons et un violoncelle commencent à jouer, bientôt rejoints par une clarinette, deux flûtes et le reste des cordes. Mais quelque chose semble gêner le chef, un bruit, un insecte peut-être. Il s'interrompt, baisse les bras. L'orchestre se tait et sa femme, qui s'était assise au premier rang, se précipite vers lui pour savoir ce qui le contrarie. Entendant ses pas, il se retourne, la voit, lâche sa baguette et court vers elle en s'écriant : « Oh, ma chérie, ma chérie, je suis tellement content que tu sois venue ! Quel bonheur de te voir ! » Il sait que la jolie jeune femme aux boucles châtain clair et au beau regard bleu est sa femme – il la serre dans ses bras, l'embrasse sur la bouche –, mais c'est la toute première fois qu'il la voit (selon lui) de la journée, du mois, de l'année peut-être, alors que quelques minutes plus tôt, il la tenait par la main.

Je sais que Clyde Spencer souffre d'un trouble de la mémoire immédiate. Il n'y a plus en lui de lieu où stocker les événements au fur et à mesure qu'ils se produisent. Mais peut-être vont-ils s'enfouir dans une crypte à laquelle il n'a pas accès, dont il ne possède pas la clé. Ainsi, tout est toujours neuf. La joie qu'il éprouve à voir sa femme avec qui il a sans doute passé toute la journée et qui n'a disparu de son champ de vision que durant quelques minutes est bouleversante. Il est « si content de la voir », autant de fois par jour qu'elle disparaît et réapparaît. Cette joie – on le lit sur les traits de la belle dame à l'étroit front de nacre – est une torture pour elle.

Lorsque Clyde Spencer s'élance, baguette en main, il est impossible de soupçonner que quelque chose cloche chez lui. Il dirige avec la même rigueur, la même verve qu'avant sa maladie. Sa manière de créer un chaos dans la coda en s'adressant soudain individuellement à chaque pupitre est intacte. Parfois, comme si un œuf avait éclos à la surface de sa conscience, il s'exclame, car quelque chose en lui, sans doute, se rappelle que cette phrase lui venait aux lèvres : « Mesure 45 ! » Puis il ajoute systématiquement : « Les personnes concernées comprendront. » On remarque, cependant, à force de repasser les images des captations récentes, que lorsqu'il décide de reprendre à une certaine mesure il le fait de façon raide, guindée, comme s'il avait prémédité la chose ou appris par cœur phonétiquement un texte dont il ne comprendrait pas tous les mots. Et il finit toujours par conclure que personne n'est concentré, que c'est impossible et que ça ne sert à rien, autant reprendre au début.

Assise sur le banc dans le jardin public, face à l'immeuble dans lequel j'ai grandi, je regarde les trois fenêtres qui trouent la façade du cinquième étage. Deux grandes et une petite, la chambre des parents, la salle à manger et la cuisine. La chambre de Lise donne sur la cour. La salle de bains, où se trouvent aussi les toilettes, est éclairée par un vasistas sur le toit. Je me glisse à travers les carreaux, à travers le temps qui n'existe pas comme me le prouvent les carnets de sir Clyde. J'ordonne à la nuit de tomber.

Je vois mon père et ma mère dans leur lit. Mon père fume en lisant le journal. J'aime le bruit presque imperceptible du tabac qui se consume. Ma mère agite la main devant son visage, mais je sais que l'odeur de la fumée ne l'incommode pas. C'est seulement pour ne pas en avoir dans les yeux. Elle noue un foulard rose à plumetis sur sa tête afin de maintenir en place, durant son sommeil, les bigoudis autour desquels elle a enroulé vingt-deux mèches de cheveux. J'en connais le nombre parce que c'est moi qui ai eu le privilège d'y planter les petits piques en plastique pour les faire tenir près du crâne. J'ai compté les piques, jaune pâle pour la plupart, roses pour certains. Je les ai fichés dans la matière étonnante des rouleaux, créatures hybrides nées d'un accouplement improbable entre un ressort, un filet et une brosse à cheveux. Je regarde mes parents adossés à leurs oreillers, éternellement vivants, éternellement jeunes dans l'appartement de mon enfance.

Je m'introduis ensuite chez Lise. Lise qui ne dort jamais et essaie, face au miroir en pied, un kilt court qu'elle a acheté avec son propre argent de poche, tout en lisant un roman de Marie Cardinal. J'admire la façon qu'elle a de tourner la page en s'aidant de son nez. C'est la seule personne que je connaisse à procéder ainsi. Je crois que c'est parce qu'elle aime l'odeur du papier. J'admire aussi ses jambes qui ne sont ni trop fines ni trop musclées, des jambes, me dis-je, avec lesquelles elle pourra sauter de joie, s'enfuir, rattraper un bus, sa vie durant. C'est ma grande sœur. Je trouve qu'elle fait tout mieux que moi. Et je considère que c'est normal.

Je me faufile ensuite dans la salle de bains où Dora se brosse les dents. Elle écoute la radio en agitant la tête. C'est sa mâchoire qui bouge, pas la brosse. Dora est ma petite sœur, mais je ne pense pas qu'elle fait tout moins bien que moi. Lise et moi ressemblons à notre père. Dora est du côté de notre mère. Pour moi, c'est comme si elle était sacrée. Dans le canapé que nous déplions chaque soir, nos pieds se touchent. Nos mains jamais. Avant de dormir, l'une demande à l'autre de quoi elle a envie de rêver. Parfois je n'ose pas lui dire la vérité, quand il s'agit d'un garçon, par exemple, et j'imagine que pour elle, c'est la même chose, mais nous n'avons jamais l'impression de mentir et, juste avant de sombrer, nous nous disons : « Pourvu que ton rêve se réalise », ce qui a un autre sens que dans le reste du monde et nous fait nous sentir spéciales.

Je n'ose pas aller dans le salon, qui n'est en réalité qu'une alcôve dans le fond de la salle à manger, je redoute de m'y voir, dépliant le canapé, tirant la poignée située au milieu de la barre en fer (la poignée d'origine qui était dans le même velours miel que les coussins a fini par se casser, on l'a remplacée par une ancienne ceinture de papa raccourcie et percée de nouveaux trous), d'abord vers le haut, puis vers moi, d'abord avec force puis avec douceur, aidée par les ressorts et le système ingénieux qui m'étonne chaque matin et chaque soir par son efficacité. (Quand, en classe de troisième, nous étudions les forces et l'effet de levier, je pense au canapé du salon.) Je crains de me surprendre en train de sucer mon pouce alors que j'ai onze ans, de me voir examiner mon reflet dans le miroir à cadre doré accroché au mur d'en face, aspirant mes joues de l'intérieur et faisant ressortir ma bouche pour me donner l'air, enfin ce que j'imagine être l'air, d'une femme – une femme dont quelqu'un, un jour, tombera amoureux. Je n'ai pas envie de revenir à ce moment de ma vie où tout était en place, où tout paraissait possible – papa, maman, les sœurs, la maison, l'école, la musique –, et de le comparer à mon existence présente, ce que j'en ai fait, ce que le temps y a modifié – plus de maman, plus de sœurs sous le même toit, des enfants, un métier, la musique.

Je retourne dans la chambre de mes parents, je m'assieds au coin de leur lit, du côté de ma mère, comme quand un cauchemar me réveillait ou que je n'arrivais pas à dormir. Ils font semblant de ne pas me voir, comme lorsque j'étais petite et que je me glissais dans leur domaine sur la pointe des pieds ; jouant mon jeu, ils feignaient de ne s'être aperçus de rien. Ma mère continuait de limer ses longs ongles en amande, et mon père de lire son journal, et je n'existais pas. Jusqu'au moment où ma mère finissait par dire, mais parfois au bout d'un temps très long : « Va te recoucher, ma petite poulette. »

À présent que je suis grande, une femme adulte, que j'ai moins de dix ans de différence avec ma mère, le jour de sa mort, je m'assieds au coin du lit. Comme par le passé, je suis muette (jamais je ne disais « j'ai fait un cauchemar » ou « je n'arrive pas à dormir »). Je ne trouve rien à dire à mes parents. Que pourrais-je leur apprendre ? Ils savent tout. Que pourrais-je leur offrir ? Ils ont tout. Je pourrais les prévenir. Mais de quoi, et à quoi bon ? Les lèvres de ma mère remuent. Aucun son ne s'en échappe. Je la regarde et, pour la première fois, au lieu de garder les yeux baissés vers ses ongles comme elle le faisait toujours afin de prolonger le jeu, elle lève les paupières et me fixe de ses prunelles bleues cerclées d'anthracite. Elle a une expression de défi, comme si elle voulait me faire comprendre, sans me chasser pour autant, sans sévérité, que je ferais mieux de m'occuper d'autre chose, ou plutôt, qu'elle est contente comme ça, avec ses bigoudis sur la tête, avec la coiffure de dadame ridicule qu'elle aura grâce à eux le lendemain. Je cherche la méchanceté sur son visage, il n'y en a pas. La colère ? Aucune. Le dépit ? Non. L'inquiétude ? Pas davantage. Le défi seul.

Que vas-tu faire de ta vie ? me demandent les yeux clairs, presque entièrement dépouillés d'expression. Je songe aussitôt à mes sœurs, que je montre du doigt mentalement dans une tentative désespérée de « c'est pas moi, c'est elle ». Je pense à Dora, à Greg, son mari, et à leur vie américaine, avec leur fils adopté il y a vingt et un ans en Laponie et qui, après avoir été un génie mathématique précoce, s'est abîmé dans la consommation et la vente de stupéfiants, pour finir apprenti ébéniste dans une entreprise de bâtiment dominé par une Amérindienne qu'il appelle Vache-debout et que ça fait rire. Je pense à Lise et à son troisième mari qui est enfin le bon (parce que ce n'est pas le mien), qui a dix ans de moins qu'elle et trouve toujours le meilleur endroit où aller danser quand il la rejoint dans les villes parfois sinistres où se déroulent ses audiences. Mais les yeux ne me quittent pas. Les yeux ne me demandent pas des nouvelles des trois sœurs, un bulletin d'informations groupées. Les yeux qui paraissent sans cils tant le regard est perçant ne scrutent que moi.

Assise sur le banc, face à l'immeuble dans lequel j'ai grandi et où, d'une certaine manière, je suis encore, serai toujours, fantôme en papier découpé du souvenir, plus tenace et plus vraisemblable que mon être de chair et de sang qui périt un peu plus à chaque seconde, s'éparpille, s'égare, je regarde le carnet que j'ai ouvert sur mes genoux et je relis la mention : « First time I'm truly awake » (Je suis vraiment éveillé pour la première fois). Je sollicite une consultation avec Clyde Spencer, comme autrefois, comme dans les mythes, le passé et les légendes. Lui seul sait ce qu'est le présent, lui seul connaît et perçoit le supplice du déjà plus et du pas encore. Si je lève de nouveau les yeux vers les fenêtres de mon père, je peux me persuader que mon enfance persiste à s'y dérouler comme dans un cinéma permanent. Qui pourrait me certifier le contraire ? Comment peut-il y avoir un après puisque rien ne s'additionne ?

Sir Clyde a raison. C'est sans cesse *the first time*, la première fois, et l'enchaînement des heures et des jours, le fait de considérer la suite de perles instantanées comme un collier n'est qu'une illusion qui nous permet de penser et d'espérer. Chez Clyde Spencer, aucune préméditation possible, l'intention est absente. Assise sur le banc, au bord de cet abîme, je songe qu'il est le seul d'entre nous à percevoir la vie telle qu'elle est vraiment.

C'est alors qu'un homme à la voix grave, aux baskets noires de crasse bâillant sur des orteils plus crasseux encore, à la chevelure hirsute et au grand pardessus graisseux et lourd qu'il porte à même son corps entièrement nu que je m'efforce de ne pas voir et qui dégage une odeur empoisonnée dont j'ai l'impression que je ne parviendrai jamais à me débarrasser, une odeur qui a plongé en moi comme l'aurait fait la lame d'un couteau, me demande :

« Alors, connasse, tu l'as ou tu l'as pas ? Je te demande une chose qui n'est pas compliquée, salope. C'est savoir si tu l'as. Et si tu l'as, tu me la donnes. T'as compris ? Quelle heure il est, putain de merde ? »

Dans la boutique de l'horloger

La vitrine était étroite. Les étagères, recouvertes de satin blanc molletonné, paraissaient tenir en équilibre par magie, sans crémaillères. Le verre qui les protégeait du vol, de la poussière, des intempéries, mais pas des regards, reflétait les passants rares, la rue où ruisselait l'eau de pluie et le magasin d'en face surmonté d'une fière enseigne où on lisait, en rouge sur fond blanc, JOUETS – LISTES DE MARIAGE. Sur la devanture, deux banderoles en papier indiquaient : l'une, BAIL À CÉDER, en noir sur jaune, et l'autre, À VENDRE, en jaune sur brun. La rue piétonne, ponctuée par des enceintes de poche diffusant des succès de variétés vieux de dix ou quinze ans, semblait murmurer : « Autrefois, ici même, il y avait de la vie. »

Je m'étais arrêtée devant la bijouterie pour regarder les bagues, affreuses comme elles peuvent l'être avec leur or trop vif, leurs pierres taillées en série, leurs petits détails encombrant la ligne pour « faire moderne ». Les prix étaient élevés, écrits à la main sur de minuscules étiquettes. Qui peut bien acheter ce genre de choses, et à un prix pareil ? me demandai-je. J'imaginais les fiançailles, le mariage, les noces de coton, de perle, d'argent et d'or. Ainsi s'aiment les humains, me dis-je, et cela me donna envie de me changer en chienne ou en biche.

Les montres aussi m'intriguaient. Certaines avaient un énorme cadran, lui-même divisé en plusieurs cadrans, chacun pourvu d'un trio d'aiguilles. On y mesurait tout : les heures, les minutes, les secondes, les décalages horaires, les records à la course à pied, la pression atmosphérique et que sais-je encore. D'autres avaient un fin bracelet orné d'une pastille énigmatique de la taille d'une pièce de cinq cents, sans un seul chiffre, rien que deux bras, un petit et un grand, perdus dans l'infime immensité, progressant sans bruit, sans heurt, évoquant des journées délicates passées à ne rien faire, sinon ses ongles, le cœur fatigué pourtant par une tristesse filandreuse.

Les humains se scindaient donc en deux sous-catégories, les hommes et… Mais voilà que quelqu'un me regardait depuis l'intérieur de la boutique. J'étais restée trop longtemps devant la vitrine pour ne pas entrer. Les yeux grossis par des verres corrigeant l'hypermétropie étaient noirs et brillants, curieux. Pourquoi pas ? songeai-je. Pourquoi ne pas entrer et tuer ainsi, en compagnie de ces pierres laides et de ces bracelets chronométriques grotesques, la demi-heure qui me séparait de mon rendez-vous.

« Vous vendez des montres », dis-je au bijoutier après avoir refermé la porte derrière moi.

Ce n'était pas une question, pas une affirmation non plus. Ni l'une ni l'autre n'auraient eu le moindre sens étant donné ce qu'on voyait dans la vitrine.

« Je vends des montres, dit l'homme en blouse blanche fermée sur un col de chemise noire (une soutane à l'envers, pensai-je). Oui, je vends des montres. »

Ce n'était pas une réponse. C'était une pointe.

« Et les gens achètent ?

– Oui, les gens achètent. Ils achètent des montres.

– Pourtant l'heure est partout. Sur les téléphones, les enseignes de pharmacie, les horloges sur les places, les parcmètres, à la radio, partout.

– L'heure de la montre est différente. »

Comme je fronçais les sourcils, il poursuivit :

« L'heure à votre montre n'est pas la même que l'heure à la mienne. Vous pouvez choisir de l'avancer de quelques minutes, ou de la laisser retarder. Vous pouvez négliger de changer la pile. Et votre rythme cardiaque, la fluidité de votre sang, votre métabolisme, en fait, lui aussi, influe sur le mécanisme. Le quartz est un matériau très sensible. Un matériau vivant.

– Mais si ce n'est pas la vraie heure, si elle est différente pour tout le monde, à quoi ça sert ?

– La vraie heure, dites-vous ? Vous y croyez, vous, à la vraie heure ?

– Le méridien de Greenwich, fis-je, sentant mes jambes se mettre à trembler.

– Il n'y a que deux vraies heures dans la vie, chère madame. Celle de la naissance et celle de la mort. Entre les deux, c'est…

– Allez dire ça aux élèves qui arrivent en retard en cours et se font coller. Aux personnes qui se voient refouler au guichet d'une administration par un index pointé sur un panneau indiquant "Fermeture à 16 heures" alors qu'il est 15 h 58. Dites-le à la personne qui court sur le quai de la gare et voit le cul de son train s'éloigner si lentement qu'elle pourrait presque monter en marche, mais non, c'est trop tard.

– Je leur dis, répliqua-t-il. Je ne cesse de leur dire.

– Vos bagues sont horribles, lançai-je sans l'avoir prémédité, regrettant aussitôt cette attaque.

– Les gens préfèrent, m'apprit-il.

– Les gens préfèrent quand c'est horrible ?

– Les gens préfèrent quand c'est laid.
– Tous les gens ? De tout temps ?
– Non, peut-être pas. Mais la plupart.
– Et pourquoi, selon vous ?
– Parce que la beauté est effrayante. La beauté est cruelle. Elle vous découpe un cœur en morceaux.
– Alors une belle bague, selon vous, ça brise un cœur ? » m'étonnai-je, amusée, et inquiète aussi, parce que depuis que j'étais entrée dans cette boutique, j'avais l'impression d'être en conversation avec le diable.

Supposons que ce soit lui. Le diable. Assis dans son royaume, protégé par des centaines de hallebardes déguisées en aiguilles de montre. Qu'aurais-je envie de lui demander ? Que me proposerait-il ? Et en échange de quoi ? Revenir en arrière, reprendre, réparer les erreurs, ne rien regretter ; tout cela pour mon âme. Mon âme, cette médaille en toc, moi à l'avers et moi au revers. Mon âme, une miette, ce qui reste une fois le repas terminé. Pourquoi ce fragment aurait-il la moindre valeur ? J'avais le sentiment d'avoir passé ma vie à attendre de devenir moi-même sans jamais m'en approcher. Être soi, quelle solution décevante, un résultat piteux, surtout lorsqu'on le compare à la beauté de l'équation que pose toute existence.

« Je maintiens », souffla-t-il, baissant les paupières pour la première fois, regardant ses mains qui ne portaient ni anneau ni montre, des mains fortes, poilues, aux doigts courts et larges.

Un silence se fit. Il semblait qu'il aurait pu durer toujours car rien ne le dérangeait, hormis le claquement léger des gouttes de pluie sur la chaussée récemment repavée en larges dalles qui glissaient atrocement par temps humide ; un claquement assourdi par la devanture et auquel se mêlait, avec des moments magiques de parfaite synchronie, le tic-tac des montres et des horloges.

« Une belle bague, non, ça n'aurait pas le pouvoir de couper un cœur en morceaux, finit par dire le bijoutier. Je parlais de la beauté en général. On la possède, on ne le sait pas et on ne se rend compte de sa présence que lorsqu'elle nous a quittés. La beauté est à la fois naturelle, si bien qu'on ne la remarque pas, et extraordinaire, de sorte que quand elle disparaît on éprouve la sensation que jamais on ne la retrouvera.

– Vous parlez des chagrins d'amour, en fait ? lui dis-je, guidée par une intuition soudaine.

– De cela et d'autre chose. Vous voulez voir un modèle en particulier ? »

Un modèle de chagrin d'amour ? pensai-je un instant.

« Non, répondis-je. Je suis entrée parce que vous me regardiez.

– Et vous, que regardiez-vous ?

– La vitrine. J'ai rendez-vous dans une demi-heure à l'abbaye et je cherchais à tuer le temps.

– Il est mort.

– Il est mort ? Comment ça ? Mais j'ai eu Sybil au téléphone ce matin.

– Qui est Sybil ? De quoi parlez-vous ?

– De sir Clyde Spencer.

– Ah ? Non, non, celui-là vit encore. Sa montre est arrêtée, mais il vit encore. Je parlais du temps. Le temps que vous vouliez tuer, eh bien, je vous annonce qu'il est mort. Il est trois heures moins cinq. »

Je souris. Le téléphone sonna. L'horloger ne fit pas un geste. Il me souriait aussi. Comme le téléphone continuait de sonner, il cria : « Étienne, tu peux répondre, s'il te plaît ? » sans tourner la tête vers l'arrière-boutique d'où sortaient les drelins d'un appareil d'antan.

Dans la chambre d'hôtel

L'écran de télévision est la première chose que l'on voit en entrant. C'est un vaste rectangle noir et brillant fixé par un bras articulé au mur en face du lit ; un des éléments requis pour obtenir une étoile dans l'hôtellerie. Je songe que cette surface lisse, sombre et miroitante est une pierre tombale. C'est la seule chose qui fonctionne correctement ici. Les prises sont mal placées, certaines d'entre elles commandées par un interrupteur. La température de la douche n'atteint que péniblement les trente-huit degrés Celsius indiqués sur le mitigeur en faux métal argenté. Pour le reste, c'est triste et conventionnel. Le papier peint floqué cache d'anciennes fissures. La moquette râpée n'adhère pas parfaitement au parquet, sans doute plus joli et chaleureux, dont elle cache la misère supposée. Je verse une larme sur la standardisation, l'impérennité des matériaux modernes, la façon qu'ont les enduits de pleurer une rouille violacée sur les pignons des pavillons, la variété des carrelages dans les halls d'immeuble qui invite à se prosterner devant la puissance de l'imagination humaine quand il s'agit de décliner la laideur. Je repense aux paroles de l'horloger. Les gens ont peur de la beauté. Eh bien, me dis-je en contemplant le tableau qui orne la cloison à droite du lit, les voilà rassurés. La laideur a gagné du terrain. Mais je songe aussi que, plus qu'à la laideur, c'est à la normalité que la plupart des êtres humains aspirent.

« J'aimerais tellement avoir une vie normale, a déclaré Sybil Spencer quelques minutes après que nous nous étions retrouvées dans la salle commune de l'abbaye, qui sert à la fois de café, d'entrepôt pour les instruments et parfois de lieu de concert quand l'orchestre joue en formation très réduite.

J'étais arrivée avec cinq minutes de retard, car à force de tuer le temps, j'avais subi sa revanche. Lady Spencer était là, seule, assise, le dos droit et les genoux serrés, sur une chaise à peine écartée d'une petite table ronde. Sa posture m'a évoqué celle d'une requérante, à la fois disciplinée et prête à bondir. Ses traits s'étaient à peine épaissis depuis la série de documentaires dans lesquels elle m'était apparue, six ans plus tôt. Ses yeux, boules d'un bleu intense coiffées de minces sourcils arqués vers le haut, lui donnaient un air d'enfant questionneur. Elle avait de longues joues pâles, un bouton de rose lui dessinait une bouche timide. Elle semblait émerger à l'instant d'une peinture de Gainsborough. Je me demandais comment l'aborder. J'imaginais volontiers qu'elle était lasse, peut-être même jusqu'à l'écœurement, de raconter son histoire tranchée net, impensable autrement qu'en deux parties, l'avant et l'après.

« Une vie normale ? ai-je répété.

– Oui, a-t-elle insisté. Être comme tout le monde.

– Était-ce cela dont vous rêviez quand vous étiez petite ? ai-je lancé, sans bien savoir pourquoi, tout en sortant l'enregistreur de mon sac, ainsi que mon cahier et un stylo. Quand vous étiez une petite fille, vous vouliez être normale ? »

Elle s'est tue. Alors, pour lui donner le temps de réfléchir, pour la rassurer aussi, tout en lui demandant l'autorisation par gestes d'enregistrer notre conversation, j'ai dit :

« Moi, oui. Moi, je voulais être comme tout le monde. Enfin, pas quand j'étais toute petite, mais après, vers onze, douze ans, c'est presque devenu une urgence, mon unique objectif.

– Et vous y êtes parvenue ? m'a-t-elle demandé avec l'esquisse d'un tout premier sourire.

– Oui, ai-je répondu, étonnée de cette révélation sur moi-même. Je crois que j'y suis parvenue au-delà de mes espérances. »

Sybil a éclaté de rire et j'ai senti, en entendant la cascade de gloussements presque animaux, et en observant ses mains qui se portaient à son visage rougissant, qu'elle en avait complètement perdu l'habitude.

Après avoir repris son souffle, elle a déclaré (et soudain, son accent, qu'elle avait réussi à masquer parfaitement, s'est déployé avec une liberté chantante) : « Alors nous ne sommes pas semblables. Quand j'étais une petite fille, j'habitais dans le Norfolk, une grande maison avec des tableaux sur les murs qui représentaient des scènes de chasse à courre : les pantalons blancs, les bottes en cuir noir, les vestes rouges, les casquettes bombées en velours, les chevaux et, partout autour, les chiens. Vous voyez ce genre d'images, elles sont typiques de certaines familles, de certaines maisons, peut-être pas ici, en France, je ne sais pas. Quand je regardais ces choses aux murs, je pensais toujours que moi, j'étais le renard. Mon père était militaire et j'étais la seule fille. Deux garçons au-dessus, deux garçons au-dessous. Je ne voyais pas mes grands frères, ils étaient au pensionnat. Mes petits frères ne me voyaient pas parce que pour eux, une fille, c'était comme… comme… je ne sais pas quoi vous dire, comme une tasse ou une poignée de porte, quelque chose qui est là, mais on s'en fiche. Ma mère était grande, maigre et énergique, elle vivait pour la chasse et les bals, je ne me rappelle pas qu'elle m'ait regardée dans les yeux, pas une seule fois. Je n'ai jamais eu envie de lui ressembler. Ma mère était très normale dans son genre, dans sa classe sociale. Moi, j'ai toujours pensé que j'étais le renard et j'ai toujours voulu être différente.

– Et vous y êtes parvenue.

– Au-delà… comment avez-vous dit tout à l'heure ?

– Au-delà de vos espérances.

– Mais oui, a-t-elle constaté, acquiesçant vigoureusement. Je suis la personne la moins normale du monde. Je suis une musicienne qui ne joue pas de musique parce que je m'occupe d'un homme qui est un chef d'orchestre qui ne peut pas diriger seul, qui ne peut rien faire seul. » Elle a regardé ses genoux blottis l'un contre l'autre et a ajouté : « Au début… »

Au début, elle avait espéré que Clyde Spencer, son mari, son chef, son idole, retrouverait les pièces manquantes de son puzzle intérieur. Chaque matin, elle s'éveillait aveuglée par la confiance : ce jour-là, Clyde serait Clyde, impérieux, imprévisible. Il secouerait la tête, clignerait des paupières et lui dirait : « Ça va mieux. C'est fini. Je suis tel que j'étais. Pardon pour la peur et les soucis que je t'ai causés. Tu peux te reposer à présent. Je vais reprendre les choses en main. Je me sens plein d'une énergie neuve, absolument neuve. » Mais chaque matin, elle le retrouvait plongé dans son fleuve laiteux, son Léthé. Follement heureux de sa présence, mais ignorant que cinq minutes plus tôt, quand il avait ouvert les yeux, il avait déjà amplement manifesté sa joie de la voir. Elle lui souriait, lui caressait la tête.

L'enthousiasme de l'homme était intact, c'est ce qu'elle appelait « the clydeness of Clyde » (la clydi-tude de Clyde). Mais le reste était ravagé et il lui semblait que la bâtisse autrefois sereine sur ses fondations s'était changée en cabane sur pilotis et que les pilotis eux-mêmes ployaient, rongés au point de finir par disparaître, abandonnant la masure aux courants ascendants et descendants, un cube flottant, volant, défiant toute logique gravitationnelle.

Les médecins étaient demeurés flous. Le coma, les lésions, les interprétations contradictoires de l'imagerie. Tout était possible. Même une rémission totale. Le langage était revenu sans failles, contre toute attente, et sans le secours de l'année de rééducation prescrite et envisagée au départ. Il ne fallait pas, toutefois, espérer et encore moins exiger de nouvelles victoires. « Votre espoir, vos exigences risqueraient de créer un stress chez lui, expliquait le neurologue. Encouragez-le mais sans montrer que vous comptez sur quelque chose de précis. »

Pour Sybil, c'était comme si on lui avait demandé d'essuyer des verres en cristal avec une peau d'ours, les yeux bandés et les mains coiffées de moufles. Elle acquiesçait, malgré tout. Ardemment, portée par les vastes ailes de son amour encore tout chaud. Un amour qui l'avait arrachée à sa mélancolie de renarde solitaire, aux ricanements de ses frères, à tout ce que le monde avait de morose.

Les premiers mois après l'attaque du virus, il y avait encore beaucoup de Clyde en Clyde. Sybil parvenait à reconnaître en lui le centre, le noyau de l'individu. Mais peut-être était-ce seulement dans sa mémoire à elle que ce noyau subsistait. Peut-être réussissait-elle à l'halluciner à partir de ses souvenirs, de la puissance produite à l'instant de la détonation, lorsque son amour à elle avait éclaté, bientôt augmenté par la déflagration de son amour à lui. L'énergie cinétique produite par leur rencontre avait, malgré tout, commencé à s'épuiser avec les années. Et le matin, en ouvrant les yeux, Sybil avait l'impression… « Comment dire ? Vous savez, quand vous faites un mauvais rêve, carrément un horrible cauchemar, au moment de vous réveiller, c'est éprouvant, vous êtes sous le choc, mais c'est délicieux aussi parce que vous vous dites : Ouf, ce n'était qu'un rêve ! Eh bien, dans ma vie, c'est devenu le contraire. Quand je me réveille, je commence par m'installer dans un monde agréable, ma conscience encore faible ne m'alerte pas, mais quelques secondes après, je vis l'inverse du soulagement. Je m'éveille dans un cauchemar et je pense : Oh, non ! Quelle horreur ! C'est toujours vrai. »

Dernièrement ça s'était encore gâté. À présent, Clyde perdait chaque semaine un peu de sa clyditude. Il s'agaçait pour rien, était traversé par des humeurs infantiles, ridicules. Il arrivait à Sybil de soupirer, de lever les yeux au ciel. Vivre avec quelqu'un de malade est fatigant. On s'épuise à l'observer. On s'épuise à espérer. On se surprend quelquefois à lui en vouloir, à se dire qu'il ne fait aucun effort. Qu'il en rajoute. Elle avait parfois l'impression que quelque chose en lui percevait son irritation. Elle avait honte. Elle était torturée par la culpabilité et corrodée par l'ennui.

« Et puis il vieillit, a-t-elle articulé avec peine, d'une voix sourde. Son corps change, son odeur aussi. »

Ils ne pouvaient plus coucher ensemble. Que restait-il d'eux sans l'ivresse des corps ? Elle avait encore en tête la perspective éblouissante d'années d'amour qui s'était dessinée au terme d'une nuit où ils n'avaient pas fermé l'œil, harcelés par un désir insatiable ; elle était parvenue alors à apaiser sa propre passion en se raisonnant ainsi : Nous avons tout le temps, et nous essaierons tout. La vie entière sera un acte sexuel.

Aujourd'hui, Clyde n'avait plus de désir. Il était fou de joie de la retrouver, il l'étreignait à lui en briser les côtes chaque fois qu'elle apparaissait dans son champ de vision, mais il ne bandait plus, car le moindre de ses fluides était retenu par l'écluse implacable de l'angoisse, une angoisse qui, comme la joie, l'assiégeait de nouveau à chaque prise de conscience, environ toutes les sept minutes (c'était le temps que durait une séquence, d'après les observations qu'elle avait effectuées et les conclusions qu'elle avait tirées des notes prises dans le journal de bord que les médecins avaient conseillé à Clyde de tenir).

« Il me pèse », m'a-t-elle confié.

Plus rien n'amusait Sybil. Elle n'aimait plus Clyde. C'est dégueulasse de ne plus aimer quelqu'un parce qu'il est malade. Elle l'avait tellement aimé. Elle ne savait pas qu'on pouvait brûler comme ça. Elle pensait que c'était une figure de style, dans les poèmes. Je brûle d'un amour… etc. Mais elle se consumait vraiment. Elle le regardait, depuis sa chaise, au milieu des autres musiciens et elle aimait absolument tout de lui, chaque geste, ses dents, ses lobes d'oreilles, ses genoux, ses poignets. Elle en devenait folle. Elle voulait qu'il la touche et pensait que s'il la touchait un jour, elle pourrait mourir juste après, elle serait d'accord.

« Mais c'est lui qui est mort », a-t-elle soufflé.

Peu de temps après, enfin, pas tout à fait mort, une partie de lui, une partie qu'elle croyait infime. La mémoire, qu'est-ce que c'est ? À quoi ça sert ? Tout le monde dit : Je n'ai pas de mémoire, je perds la mémoire. On en rit. Quand on pense à la personnalité de quelqu'un, on ne songe jamais que la mémoire en constitue le centre, que c'est autour de ce creux, de ce trou que tout s'organise. Car la mémoire n'a ni forme ni fond, pas de contours, pas de limites, elle est capable d'engloutir cinq années d'un coup et d'y planter l'étendard récapitulatif « Enfance », tout comme elle sait décortiquer les minutes en secondes et les secondes en répétitions d'elles-mêmes, segmentées par l'itération, car il n'y a que dans le passé que l'on peut interrompre le défilement du temps pour pénétrer dans la profondeur de l'instant ; certains points chronologiques s'ornent ainsi de multiples détails, c'est un souvenir sans importance et pourtant, on collectionne tous les éléments : lumière, parfum, bruissements, lueurs, écheveau des sentiments mêlés, éventail complet des sensations.

« C'est comme s'il ne connaissait que le résultat des opérations sans avoir accès aux chiffres, a précisé Sybil. Clyde sait encore lire une partition, ses réflexes face à la musique sont intacts, mais il est coupé de l'accumulation d'expériences, d'erreurs, de réussites, de déceptions, de joies qui se sont tressées, comme les brins s'assemblent pour fabriquer une corde plus solide que si l'on additionnait simplement la résistance de chaque fil ; c'est un mélange d'additions et de multiplications. La vie est comme ça. Ce qui s'additionne se multiplie. Ainsi les années. C'est pourquoi j'ai vieilli davantage de trente à quarante ans que de vingt à trente.

« Clyde est immobile. Il se dégrade, il vieillit, mais immobile. Sa mémoire est percée, comme on dit qu'un panier est percé. Votre fortune, ma fortune… vous voyez ce que je veux dire par fortune ?

« J'ai rencontré un homme – je n'avais pas prévu de vous en parler –, j'ai rencontré un homme et c'est comme un magot pour moi maintenant. Je ne serai jamais plus heureuse, jamais comme je l'ai été, avec l'avant du navire – le navire, c'est moi –, la proue, on dit, n'est-ce pas ? la proue soulevée par l'espoir, même les jours où on est triste ou fâché. Ma proue a sombré. Je m'abîme lentement. Mais ça n'enlève rien à la richesse de ce trésor que j'ai acquis alors que je ne demandais rien, alors que j'avais renoncé à tout. »

Elle s'est arrêtée un instant et a ajouté avec un sourire : « Je ne sais pas ce qui me prend de vous parler comme ça, de renverser les haricots, comme on dit en anglais. On ne se connaît pas. »

Moi, je vous connais, ai-je pensé. Et l'écho que cette phrase offrait à sa fausse jumelle prononcée mentalement presque trente ans plus tôt, ailleurs, adressée à quelqu'un d'autre, dans une situation différente, m'a frappée comme frappe le reflet de soi entraperçu dans une vitrine tandis qu'on trottine, sourcils froncés sous la bruine, sans s'attendre à croiser cette tête familière et affreuse à la fois.

Dans la chapelle

Ils sont là. Les personnages. Ceux qui étaient déjà réunis au début de l'histoire – sans savoir qu'ils seraient réunis, sans savoir que c'était une histoire – et les autres. Il est 17 h 45. À 17 h 30, Étienne a dit à l'horloger : « À demain, monsieur Daniel » ; à quoi M. Daniel a répondu : « Quand donc te décideras-tu à m'appeler par mon prénom ? » « Au revoir, Raymond », a rectifié Étienne avant de refermer la porte vitrée.

Avant cela, il a rangé sa paillasse, étroite table carrelée et couverte de feutrine par endroits, où il taille et assemble les pierres aux chatons affreux, répare les bracelets calamiteux, remplace le fermoir de pendentifs hideux. Dans sa sacoche, il a glissé trois joncs d'or qu'il aurait pu voler, mais qu'il a tenu à retirer de son salaire, et sur lesquels il a fixé, magie de ses doigts d'elfe, une minuscule barrette de saphir, pareille à la meurtrière d'un château fort miniature qui ouvrirait sur une étendue infinie de ciel bleu. Il a conçu ce bijou en songeant à la forteresse qui retient Sybil prisonnière. Lui-même est très peu libre. Ils n'ont que cet espace pour eux deux, quatre millimètres sur un de transparence bleutée, mais les sentiers y sont si tortueux qu'ils auront du mal à tous les arpenter. La pierre est un débris, cadeau de la maison. Raymond Daniel propose la laideur mais n'a rien contre la beauté.

Quand Étienne pousse la porte de la chapelle, les musiciens sont déjà assemblés de l'autre côté du transept, dans le chœur. Ils s'interpellent, déballent leurs instruments, les chauffent avant de les accorder. Parmi eux, un visage splendide à moitié masqué par le pavillon d'une trompette. Elle ne me connaît pas, mais moi, je la connais, car elle ressemble à sa mère comme la trompette ressemble à l'euphonium, c'est-à-dire pas du tout et énormément. Chaque regard qu'elle croise, elle le gratifie d'un sourire. Elle semble être la plus jeune, mais diffuse une aura maternelle. Ses gestes sont lents et précis. Ses vêtements n'appartiennent à aucune époque identifiable, c'est comme s'ils venaient d'être cousus sur son corps plus grand et plus majestueux que ne l'était celui d'Antonia. Elle jette un instant la tête en arrière, son chignon se défait d'un coup, déployant une étonnante chevelure aux tons ambrés dont la masse paraît indomptable et pourtant, d'un tour de poignet, elle enroule une mèche unique qu'elle noue en un nouveau chignon, plus serré que le précédent, au sommet de son crâne. Elle y glisse un crayon à papier pour le maintenir en place et pose ses partitions sur le pupitre.

Lady Spencer remonte la travée au bras de son époux. Le couple progresse lentement à un rythme dicté par les jambes affaiblies de Clyde (« Il sort de moins en moins, m'a confié Sybil, quelques heures plus tôt. Ses muscles ont fondu »). Comme des mariés à l'envers, car ils se dirigent vers l'autel au lieu de s'en éloigner, ils sont accompagnés dans leur déplacement par quelques plaisantins qui entonnent une version macabre de la *Marche nuptiale*. Sir Clyde applaudit, il éclate de rire, se tape les genoux des deux mains. À ses côtés, Sybil l'observe avec tendresse et l'émotion presque intacte que ce rire, qui n'a pas été altéré par la maladie ni par l'âge, suscite systématiquement en elle. Je songe qu'à la première répétition, cette blague a fonctionné pour tout le monde. Ensuite elle s'est émoussée, comme c'est le sort des plaisanteries même bonnes, sauf pour le chef qui n'en garde aucune trace. J'imagine aussi qu'à la première exécution, elle sonnait autrement.

Le conservateur de l'abbaye, Gregory d'Angelo, me fait signe de venir m'asseoir à côté de lui.

« C'est le dernier raccord avant la représentation de ce soir, me glisse-t-il à l'oreille. Pour Clyde, c'est le concert. Et dans deux heures, ce sera aussi le concert. Nous avons tenu à conserver ce rythme pour les musiciens. Cet orchestre, comme je vous l'ai dit au téléphone… »

Oui, je m'en souviens. Cet orchestre est composé de membres volontaires d'anciens orchestres que Clyde Spencer a dirigés à travers le monde et qui se retrouvent chaque année à l'abbaye pour une résidence de quinze jours, avec trois représentations publiques dont les bénéfices sont intégralement reversés à la recherche médicale.

« Et la jeune fille ? je demande. Qui est la jeune fille à la trompette. ?

– C'est Rita. Sainte Rita, patronne des causes désespérées. C'est elle qui est à l'initiative de tout ça. C'est une jeune femme étonnante. Elle a découvert la musique très tard, adolescente, je crois. Rien à voir avec les petits prodiges élevés sous serre dans les conservatoires. Quand on lui demande comment elle a pris goût à l'orchestre, elle raconte que c'est grâce à la télévision. Un documentaire sur Clyde qui est passé il y a une dizaine d'années, vous vous souvenez ? Elle a levé les fonds toute seule, elle m'a convaincu, elle a apprivoisé Sybil, elle a téléphoné personnellement à un nombre inimaginable de musiciens à travers le monde, de solistes de renom, d'anciens camarades de collège de Clyde. Je ne suis pas certain que ce soit une trompettiste formidable, mais bon, c'était la condition. Elle voulait être dans l'orchestre et c'est à la fois notre marraine et notre mascotte. Son père est venu habiter ici avec elle. Ils sont en résidence annuelle à l'abbaye. Je crois que c'est un cas unique dans l'animation culturelle. Il a tout quitté pour soutenir le projet de sa fille. Tout. La ville, les affaires qu'il avait… »

Les affaires qu'il avait, me dis-je en établissant de mémoire la liste des clientes d'Étienne, un prénom et l'initiale du nom de famille. Secret professionnel oblige. Pauvres vieilles princesses, votre chevalier a fui. Comment ferez-vous sans lui ? Et moi, comment ferai-je ? me dis-je en surprenant le regard qu'Étienne échange avec lady Spencer, parce qu'à cet instant, je suis convaincue que je ne le reverrai jamais. Il n'a plus besoin de moi. Le sortilège est levé.

Dans le train

Assise en sens inverse de la marche, je regarde les champs fondus dans la brume que le soleil du matin n'a pas encore dissipée. Le paysage s'éloigne au lieu de m'assaillir. Je repense aux paroles du rabbin dont la voix d'ange ne disait toujours que des banalités. « Qu'est-ce que c'est qu'une âme ? s'était-il écrié dans le froid craquant du cimetière. Est-ce que ça existe ? Est-ce que quelqu'un dans cette assemblée peut me dire "La voilà, elle est ici, ou bien là" ? Qu'est-ce que la présence ? Comment savoir si nous sommes vraiment présents sur terre ? Comment être sûrs que nous ne sommes pas le rêve d'un autre ? Nous ne savons rien. Nous ne sommes pas sûrs. Nous pensons, nous nous souvenons. Et cela forme une vapeur. Une vapeur invisible. Celui qui prétend l'avoir vue est un menteur. Nos rêves, nos pensées, nos souvenirs, voilà la matière de l'âme. Et c'est ainsi que le Messie est déjà là et qu'il a déjà ressuscité tous les morts. Il est là et nous l'attendons cependant, car si nous cessons d'attendre, alors nous cessons de rêver et l'âme de tous nos chers disparus pourrira comme pourrissent les corps. »

« Chez vous aussi, il y a des rigolos et des imposteurs », avait commenté Yves, et je lui en avais voulu parce que, tant que j'écoutais le boniment, je ne pensais plus à ma tante Colette, à l'étrange vie qu'elle avait menée.

Plus aucun son ne m'atteint, pas même le fracas du train sur les rails. Je goûte comme autrefois – et j'ignore comment c'est possible, je ne sais quel choc a permis que je retrouve cette sensation – l'absence au monde. Je me retrouve, sans plus d'effort que d'effroi, sur le brancard qui roule au doux son de la gomme des pneus sur le linoléum, le long d'un corridor au plafond bleu dont la peinture s'écaille. Mon corps n'a plus ni haut ni bas – est-ce le bercement du train ? Mais où va-t-il, ce train qui me ramène chez moi, si ce n'est vers le passé ?

Le courage, me dis-je, le courage qu'il faut à chacun pour accomplir cette expérience brève et dénuée de signification, sans la possibilité de reprendre pour corriger, de faire mieux ou autrement. Le courage qu'il faut pour supporter qu'il ne reste rien. On ne va nulle part et on y va très vite. Pourvu que mes enfants ne s'en rendent jamais compte. Je dois me hâter, me précipiter pour leur dire de ne pas, pour les empêcher de, pour appliquer un bandeau sur leurs yeux. Dès que le train entrera en gare, je…

Mais sur le quai, il y aura Yves qui a décidé de venir me chercher pour sceller nos retrouvailles. Je le verrai de loin, avec sa belle tête, son air désinvolte et presque froid. Je le vois, maintenant, en pensée, et la vie ralentit, reprend son rythme imperceptible, pas plus étourdissant que la vitesse à laquelle la Terre tourne.

Mon corps n'a plus d'épaisseur. Ma peau est aussi sensible à l'intérieur qu'à l'extérieur, c'est-à-dire insensible, pas plus incommodée par l'air frais que soufflent les fentes pratiquées au bas des vitres que réconfortée par la chaleur des organes. Dix-sept degrés Celsius séparent ma température interne de l'air qui m'entoure. Je me promène dans l'épaisseur de ma peau, me réchauffe au contact de mon propre sang, me rafraîchit en plongeant vers la surface. Je renoue avec la perdition, l'éparpillement. Je deviens la vache isolée du troupeau dans le quart en haut à droite de la vitre du train, la tôle grise tachetée de boue qui recouvre les flancs du wagon, l'accoudoir cassé qui ne tient pas à l'horizontale quand j'y appuie mon bras – cette partie de moi-même que je n'identifie pas comme davantage mienne que le couvercle de yaourt sur lequel l'enfant qui mangeait tout à l'heure s'est assis sans y prendre garde, après qu'il l'avait laissé échapper de ses mains qui manquent encore de précision et de force pour accomplir parfaitement des actions aussi complexes que retirer l'opercule d'un yaourt. Je me fonds et me confonds tandis que mes doigts qui ne m'appartiennent pas particulièrement, mais sont un avatar du train, une manifestation de la vitesse, l'écho d'un gazouillis d'enfant, saisissent les écouteurs sur mes genoux et les plantent dans mes oreilles qui s'emplissent alors du troisième mouvement de l'œuvre que j'ai enregistrée hier, un *presto* à couper le souffle que Clyde Spencer a toujours dirigé une fois et demie plus vite que tout le monde.

À la merci de cette rapidité les visages et leur souvenir se superposent. La perspective s'écrase sur elle-même et un motif se dessine en anamorphose, une contrevie à présent séparée de la mienne alors que tout s'unit dans la glaise originelle. Rita retourne dans Antonia. Les frères Charvet se gémellisent et se mélangent, les époques s'encastrent et forment une saccade de temps sans cesse rejouée comme dans l'esprit nu de Clyde Spencer, ce champ dépourvu de haies. Voilà le temps, me dis-je. La sphère insaisissable du présent. Ce que je suis venue chercher chez sir Clyde et lady Spencer n'est ni une théorie de la musique, ni la résolution de l'énigme de la mémoire, c'est la lande vierge, ce désert sauvage où j'ai séjourné enfant, ou plutôt légume échappé du panier du temps, de la hotte de l'espace. Je suis venue boire à la source des minutes non consignées dans le journal de bord, ce moment semblable au néant d'avant la naissance et parfaitement dissemblable de celui d'après la mort et qui sépare deux notations concernant le premier éveil.

6:50 : première fois que je suis vraiment conscient. 6:57 : première fois que je suis éveillé.

Dans le journal

Deux bras enserrent mes épaules. Ce ne sont pas les miens. Ce sont les bras de mon mari. Les miens sont le long de mon corps, repliés au niveau des coudes pour pouvoir tenir le journal. Je suis allongée sur Yves. Je lis les nouvelles et je me demande si lorsque nous aurons quatre-vingts et quatre-vingt-douze ans, je pourrai encore faire de lui mon fauteuil. Il lit par-dessus mon épaule. J'ignore ce qu'il pense.

« Ne saute pas le carnet, dit-il. Tu sautes toujours le carnet. Moi, ça me fortifie de consulter la liste des naissances et des décès.

– Tu es rassuré de ne figurer ni sur l'une ni sur l'autre ?

– En quelque sorte. C'est mon apport à Descartes. Je lis le nom des bébés, je lis celui des morts, donc je suis. »

Je reviens en arrière et je balaie la page des yeux. En haut à gauche, en très grand, le visage magnifique de Montserrat Caballé. Je pense à elle et à ses enfants. Combien elle les a aimés. Je l'ai entendue en parler le matin même lors d'une rediffusion à la radio et je l'ai crue. J'imagine les bébés s'endormant tandis que maman leur chante des berceuses avec cette voix qui se posait comme un rayon doré sur chaque note et semblait l'illuminer de l'intérieur, comme fait parfois le soleil avec les mirabelles.

Je m'apprête à tourner la page quand mes yeux tombent sur le faire-part.

Édouard Charvet,
son fils,
Martin et Étienne Charvet,
ses petits-fils,
Rita, Séraphin, Théo et Tania Charvet,
ses arrière-petits-enfants,
ont la douleur de vous annoncer la mort de
Marie-Louise Sidonie Berthe Charvet,
née Valeur,
à l'âge de 105 ans.

Je pleure en silence. Je renifle à peine. Mais Yves se rend compte que quelque chose ne va pas. Je ne parviens pas à tourner la page.

« Qu'est-ce qu'il y a ? demande-t-il. C'est à cause de Caballé ? »

Je secoue la tête et je lui indique l'autre faire-part, anonyme pour lui.

« Cent cinq ans, fait-il. C'est ce que je nous souhaite. Tu es triste ? Elle était vieille. Tu la connaissais ?

– Oui, je suis triste. Oui, elle était vieille. Oui, je la connaissais. »

Je me tais un instant et j'ajoute : « Mais elle ne me connaissait pas. »

Remerciements

Vous êtes tant à m'avoir aidée, vous êtes tant à m'avoir guidée.

Je pense à mon professeur de musique au lycée, Annick Chartreux, qui a changé ma vie et celle d'un si grand nombre de personnes que l'on peut sans exagérer la qualifier de fée ; à Marianne Lampel, qui m'enseigna la flûte traversière de mes treize à mes dix-neuf ans et dont j'ai encore les conseils à l'oreille quand je joue ; aux membres de l'orchestre d'harmonie de mon village et à ses chefs qui nous ont accueillis, mes enfants et moi, avec une chaleur incomparable.

Je pense à Nathalie Kuperman, qui a compris avant et mieux que moi ce que voulait dire mon livre ; à Patricia Duez qui me relit et m'accompagne depuis douze ans.

Je pense à mes amies Geneviève Brisac et Florence Seyvos qui m'ont encouragée à continuer alors que j'étais perdue dans la forêt de mes signes.

Je pense à ma sœur qui partage mon enfance et accepte que je déforme nos souvenirs.

Je pense à Dante, et à nos enfants, à la façon qu'il a et qu'ils ont de m'écouter, de me faire confiance.

Merci à Olivier Cohen pour ces trente dernières années.

DU MÊME AUTEUR

Quelques minutes de bonheur absolu
Éditions de l'Olivier, 1993
et « Points », n° P189

Un secret sans importance
Éditions de l'Olivier, 1996
et « Points », n° P350

Cinq photos de ma femme
Éditions de l'Olivier, 1998
et « Points », n° P704

Les Bonnes Intentions
Éditions de l'Olivier, 2000
et « Points », n° P917

Le Principe de Frédelle
Éditions de l'Olivier, 2003
et « Points », n° P1180

Tête, archéologie du présent
(photographies de Gladys)
Filigranes, 2004

V.W. : le mélange des genres
(en collaboration avec Geneviève Brisac)
Éditions de l'Olivier, 2004
réédité sous le titre
La Double Vie de Virginia Woolf
Points, n° P1987, 2008

Mangez-moi
Éditions de l'Olivier, 2006
et « Points », n° P1741

Le Remplaçant
Éditions de l'Olivier, 2009
et « Points », n° P2439

Dans la nuit brune
Éditions de l'Olivier, 2010
et « Points », n° P2686

Une partie de chasse
Éditions de l'Olivier, 2012
et « Points », n° P3079

Comment j'ai appris à lire
Stock, 2013
et « Points », n° P3272

Ce qui est arrivé aux Kempinski
Éditions de l'Olivier, 2014
et « Points », n° P4108

Ce cœur changeant
Éditions de l'Olivier, 2015
et « Points », n° P4380

René Urtreger, le roi René
(avec René Urtreger)
Odile Jacob, 2016

La Chance de leur vie
Éditions de l'Olivier, 2018
et « Points », n° P5038

Mangez-moi
Éditions de l'Olivier, 2021

Les Éditions Points s'engagent pour la protection de l'environnement et une production française responsable

Ce livre a été imprimé en France, sur un papier certifié issu de forêts gérées durablement, chez un imprimeur labellisé Imprim'Vert, marque créée en partenariat avec l'Agence de l'Eau, l'ADEME (Agence de l'Environnement et de la Maîtrise de l'Énergie) et l'UNIC (Union Nationale de l'Imprimerie et de la Communication).

La marque Imprim'Vert apporte trois garanties essentielles :

- La suppression totale de l'utilisation de produits toxiques
- La sécurisation des stockages de produits et de déchets dangereux
- La collecte et le traitement de produits dangereux

RÉALISATION : NORD COMPO À VILLENEUVE-D'ASCQ
IMPRESSION : CPI FRANCE
DÉPÔT LÉGAL : AOÛT 2022. N° 151221 (3048669)
IMPRIMÉ EN FRANCE

Éditions Points

DERNIERS TITRES PARUS

P5609. La France sous nos yeux, *Jérôme Fourquet*
P5610. Des ballerines de Papicha, *Kaouther Adimi*
P5611. Le Cri du Kalahari, sur les terres inviolées d'Afrique *Mark et Delia Owens*
P5612. Nouvelles ukrainiennes, *Emmanuel Ruben*
P5613. Milwaukee Blues, *Louis-Philippe Dalembert*
P5614. L'Éternel Fiancé, *Agnès Desarthe*
P5615. Un autre eden, *Bernard Chambaz*
P5616. Les Vilaines, *Camila Sosa Villada*
P5617. Thésée, sa vie nouvelle, *Camille de Toledo*
P5618. La France Goy, *Christophe Donner*
P5619. La Porte du voyage sans retour ou Les Cahiers secrets de Michel Adanson, *David Diop*
P5620. L'Infinie Comédie, *David Foster Wallace*
P5621. Changer / Méthode, *Édouard Louis*
P5622. Jacqueline, Jacqueline, *Jean-Claude Grumberg*
P5623. Rêver debout, *Lydie Salvayre*
P5624. Blizzard, *Marie Vingtras*
P5625. L'Enfant céleste, *Maud Simonnot*
P5626. Kukum, *Michel Jean*
P5627. Memorial Drive, *Natasha Trethewey*
P5628. Être un homme, *Nicole Krauss*
P5629. S'il n'en reste qu'une, *Patrice Franceschi*
P5630. Fenua, *Patrick Deville*
P5631. Au printemps des monstres, *Philippe Jaenada*
P5632. Marcel Proust. Mélanges, *Roland Barthes*
P5633. La Dame couchée, *Sandra Vanbremeersch*
P5634. La Légende du baron rouge, *Stéphane Koechlin*
P5635. Quand on n'a que la terre et autres recueils *Abdourahman Waberi*
P5636. Le Serment, *Arttu Tuominen*
P5637. Indio, *Cesare Battisti*
P5638. L'Eau rouge, *Jurica Pavičić*
P5639. Analphabète, *Mick Kitson*
P5640. Larmes de fond, *Pierre Pouchairet*
P5641. L'Inspecteur Sadorski libère Paris, *Romain Slocombe*
P5642. L'Os de Lebowski, *Vincent Maillard*
P5643. The Big Sea, *Langston Hughes*
P5644. Nous n'avons pas vu passer les jours *Simone Schwarz-Bart, Yann Plougastel*
P5645. Comedian Rhapsodie, *Thomas Vdb*

P5646. Le Pansement Schubert, *Claire Oppert*
P5647. Je tremble ô matador, *Pedro Lemebel*
P5700. Sororité, Chloé Delaume, *Collectif*
P5701. Le Regard féminin. Une révolution à l'écran, *Iris Brey*
P5702. Le Sexe selon Maïa. Au-delà des idées reçues *Maïa Mazaurette*
P5703. Testo Junkie. Sexe, drogue et biopolitique *Paul B. Preciado*
P5704. Le Corps des femmes. La bataille de l'intime *Camille Froidevaux-Metterie*
P5705. Un appartement sur Uranus, *Paul B. Preciado*
P5706. Ces hommes qui m'expliquent la vie, *Rebecca Solnit*
P5707. Les Couilles sur la table, *Victoire Tuaillon*
P5708. La Crise de la masculinité. Autopsie d'un mythe tenace *Francis Dupui-Péri*
P5709. Les Argonautes, *Deborah Levy*
P5710. Moi les hommes je les déteste, *Pauline Harmange*
P5711. Présentes, *Lauren Bastide*
P5712. Seins. En quête d'une libération, *Camille Froidevaux-Metterie*
P5713. Actions scandaleuses et Rébellions quotidiennes *Gloria Steinem*
P5714. L'homme préhistorique est aussi une femme *Marylène Patou-Mathis*
P5715. La Terreur féministe. Petit éloge du féminisme extrémiste *Irene Vrose*
P5716. Quatrième Génération, *Wendy Delorme*
P5800. Paris, *Émile Zola, Edwy Plenel*
P5801. Trois Contes, *Gustave Flaubert, Aurélia Michel*
P5802. Lettres persanes, *Montesquieu, Alain Supiot*
P5803. De l'Amour, *Stendhal, Geneviève Fraisse*
P5804. Historiettes romaines, *Stendhal, Patrick Boucheron*
P5805. Le Comte de Monte-Cristo, vol. 1 *Alexandre Dumas, Vanessa Codaccioni*
P5806. Le Comte de Monte-Cristo, vol. 2 *Alexandre Dumas, Vanessa Codaccioni*
P5807. Mémoires, *Marguerite de Valois, Éliane Viennot*
P5808. Giphantie, *Charles Tiphaigne, Yves Citton*
P5809. Les Confessions, *Jean-Jacques Rousseau, Hélène L'Heuillet*
P5810. Mes Amis, *Emmanuel Bove, Eric Chauvier*
P6000. Nu avec Picasso, *Enki Bilal*
P6002. New York, aller et retour, *Raymond Depardon, Philippe Séclier*
P6500. Sa Majesté mène l'enquête, tome 1 : Bal tragique à Windsor, *S.J. Bennett*